insel taschenbuch 4888
Maxine Wildner
Hilde Knef
und das Lied des Lebens

Maxine Wildner

Hilde Knef

und das Lied des Lebens

ROMAN

INSEL VERLAG

Erste Auflage 2021
insel taschenbuch 4888
Originalausgabe

Vertrieb durch den Suhrkamp Taschenbuch Verlag
Umschlaggestaltung: zero-media.net, München
Umschlagfotos: Hildegard Knef, 1955,
United Archives/kpa/Grimm/ullstein bild, Berlin;
FinePic®, München
Satz: Satz-Offizin Hümmer GmbH, Waldbüttelbrunn
Druck: C.H. Beck, Nördlingen
Printed in Germany
ISBN 978-3-458-68188-5

Hilde Knef
und das Lied des Lebens

1. HOLLYWOOD, 1951

Um sieben kam der Masseur. Er sollte Hildes Wirbelsäule in Ordnung bringen, beim Tauchen hatte sie sich verrenkt. Als er ihren Rücken genügend durchgewalkt hatte, drehte Hilde sich um. Der bejahrte Mexikaner schlug die Augen nieder.

»Bei Damen darf ich nur den Rücken massieren«, erklärte er in gebrochenem Englisch. »Sonst verliere ich meine Lizenz.«

Ihre dämliche Offenheit, ihre unberechenbare Ungezwungenheit taten ihr leid. War Hildes Art besonders deutsch oder war das gerade das Undeutsche an ihr? Sieben Jahre nach dem Krieg galten Deutsche in Hollywood nicht mehr als Mörder, man sah sie eher als Exoten an, als *Krauts*, als Wesen von einem untergegangenen Planeten.

Man hätte die Tauchgänge natürlich auch im Meer proben können, wo die Szene schließlich gedreht werden sollte. Aber der Ozean vor Hollywood war grau und undurchsichtig wie ein Nordmeer, aus dem jederzeit ein Ungeheuer auftauchen konnte. Doch selbst wenn das Wasser kristallklar gewesen wäre, hätte Darryl F. Zanuck, der Diktator der 20th Century Fox, nicht in Reichweite seiner Studios drehen lassen. Weil es zu einfach, weil es nicht kostspielig genug war. Er ließ für die kleine Deutsche mit dem unaussprechlichen Namen einen Tank bauen, in dem ein Herkules mit Engelsgeduld sie so lange trainierte, bis sie vom Chlorwasser Augen hatte wie ein Karnickel.

Im Film sollte Hilde vor der Küste der französischen Riviera tauchen. Auch die Villa der *Comtesse Elisabeth*, die sie spielte, lag dort. Aber zu guter Letzt ließ Zanuck schließlich das meiste im Studio drehen.

Der Mann mit dem unmodischen Bärtchen hatte Hilde mit dieser Rolle den Adelsschlag Hollywoods verliehen. Sie war immer noch die *Kleene from Germany*, galt aber als eine der wenigen Ausländerinnen, die es in der Traumfabrik schaffen konnten. Hilde wollte Zanuck genau das liefern, was über ihre Figur im Drehbuch stand. »Die Comtesse Elisabeth ist kalt wie ein Eisberg und heiß wie die Tropen.«

Derjenige, der diese Worte sprechen würde, war niemand Geringerer als Gregory Peck.

Hilde sollte in dem Film lange Beine zeigen, tauchen wie eine Olympionikin, im goldenen Lamékleid Gregory Peck betören, während sie an einer dreißig Zentimeter langen Zigarettenspitze zog und ihm gleichzeitig den Cole-Porter-Hit *You do something to me* ins Ohr säuselte. Als Hilde beteuerte, dass sie nicht singen könne, bekam sie von Zanuck Gesangsunterricht aufgebrummt. Tauchen konnte sie auch nicht, also wurde sie zu Herkules in den Tank geworfen.

Fünf Uhr morgens in der Garderobe. Wer noch nicht viel galt in Hollywood, bekam keine Einzelgarderobe. Die 20th Century Fox drehte immer mehrere Filme gleichzeitig. Manchmal saßen fünf Schauspielerinnen in einem Raum. Hilde kam für die Verfilmung von Hemingways *Schnee am Kilimandscharo* zur Arbeit. Ein paar Studios weiter drehte eine Anfängerin die Komödie *Blondinen bevorzugt*.

Ein verschlafenes Mädchen mit Duschhaube und einer

dicken Ölschicht im Gesicht setzte sich zwei Plätze weiter vor den Spiegel.

»Ich bin schon wieder zu spät«, hauchte sie. »Du bist die Neue aus Deutschland, oder?« Verträumte blaue Augen, in denen Hilde das Erstaunen las, wie man so mutig sein konnte, fern der Heimat zu drehen.

»Hi«, begrüßte sie die Kollegin und beobachtete, wie die andere aus ihrem Frotteebeutel ein trockenes Brötchen, eine Pillendose und ein ziemlich zerfleddertes Buch angelte.

»Ich lese gerade Rilke.« Die Blonde drückte ein Eselsohr glatt. »Kannst du mir was über Rilke erzählen? Ich weiß nur, dass er 1875 geboren ist.«

»Genau wie Thomas Mann«, antwortete Hilde, gerührt von der naiven Offenheit der Kollegin. Sie kannte wenig von Rilkes Werk, liebte aber eine Zeile von ihm besonders. *Aus dunklem Wein und tausend Rosen rinnt die Stunde rauschend in den Traum der Nacht.*

Die Blonde schob ihr Haar unter die Duschhaube. »Wie ist dieser Thomas Mann?«

»Er ist … ganz anders als Rilke.« Hilde begriff plötzlich, wie schwer es war, die Besonderheit eines Dichters in Worte zu fassen.

»Kannst du mir vielleicht ein Buch von ihm mitbringen?«

»Wie lange drehst du noch?«

»Vier Wochen.«

»Das wird knapp. Mann schreibt ziemlich dicke Wälzer.«

Die Blonde unter der Ölschicht lächelte. »Bei der ewigen Warterei am Set kann mir kein Buch zu dick sein.« Sie sprang auf. »Ich heiße Marilyn.«

»Ich bin Hilde.«

»Du bist die Neff, stimmt's? Du hast deinen Fußabdruck

schon auf dem *Walk of Fame* verewigt, habe ich gesehen. Wie war das?«

»Im nassen Zement war das eine ziemliche Sauerei.«

Ein helles Lachen, wie ein Weihnachtsglöckchen. »Sauerei im Zement, das hab ich noch nie probiert.«

»Was nicht ist, kann noch werden.«

»Ach nein.« Marilyn zog sich aus. »Bis zum *Walk of Fame* schaffe ich es nie.«

Hilde sah kurze Beine und ein recht voluminöses Hinterteil. Die Blonde verschwand unter der Dusche.

Hilde wurde für ihre Szene fertig gemacht. Comtesse Elisabeth gab eine Soirée in ihrer Villa. Sie trug ein tief ausgeschnittenes schwarzes Kleid, rückenfrei, mit Diamanten besetzt. Sobald die Scheinwerfer darauf gerichtet waren, glitzerte es verführerisch.

Sie ging in die Maske, wurde geschminkt und kurz nach sieben Uhr früh zum Set gerufen. Auf dem Korridor rempelte sie eine Schauspielerin an. Erstaunt und beeindruckt erkannte Hilde die blonde Kollegin nur an den Augen wieder. Marilyns Gesicht war ein makelloses Oval, die Augen halb geschlossen, der Mund geöffnet, ein Gesicht wie auf einem Bild, das man nie wieder vergaß. Ihre Beine schienen nun länger, der Körper schmaler, die ganze Erscheinung schimmerte wie bei Kerzenlicht.

»Sorry«, flüsterte sie, obwohl Hilde schuld an dem Zusammenstoß war. »Ich freue mich auf Thomas Mann.« Sie wurde vom Assistenten ins Studio P12 gebracht.

Hilde blickte ihr sekundenlang nach. Es war etwas Besonderes an dieser scheuen, sichtlich überforderten Kollegin. Hilde musste quer über den Hof, wo die Villa der Comtesse Elisabeth aufgebaut war, mit geschmacklosen

Säulen und Torbögen, die eher nach Ägypten als an die französische Riviera gepasst hätten.

***

Die Außendrehs für *Schnee am Kilimandscharo* dauerten in Frankreich kaum eine Woche. Nur wenige Einstellungen wurden vor echter Kulisse gefilmt.

In der Szene am Meer sollte Gregory Peck auf einem Segelboot herumlungern, während Hilde sich ihm unter Wasser näherte. Die Einstellung, in der die Comtesse aus der Tiefe des Mittelmeeres emporstieg, war schwierig zu filmen, da die ewige Sonne der Côte d'Azur sich im Wasser spiegelte.

Der Hintergrund war noch komplizierter einzufangen. Die Croisette, berühmte Strandpromenade von Cannes, befand sich in ständiger Bewegung. Segler und kleine Jachten kreuzten das Bild, neugierige Schwimmer näherten sich dem Drehort, um den Frauenschwarm Hollywoods zu bestaunen. Selbst Darryl F. Zanuck war nicht imstande, den gesamten Strand von Cannes zu sperren, um eine kleine Badeszene zu drehen. Schließlich wurden Hilde, Peck und die Crew wieder nach Hollywood zurückverfrachtet, während das Second Unit Team in Cannes die erforderlichen Hintergrundaufnahmen drehte.

Sieben Uhr morgens am Set. Heute brauchte Hilde in kein raffiniertes Kostüm zu schlüpfen, heute erwartete man von ihr nackte Haut. Sie zog den fleischfarbenen Badeanzug an, der unter Wasser praktisch unsichtbar wurde. Zanuck wagte sich mit dieser Szene so weit, wie er nach den Gesetzen der Selbstzensur Hollywoods gehen konnte.

Da in Technicolor gedreht wurde, musste Hilde sogar beim Baden perfekt geschminkt sein. Sie bekam knallrote Lippen und ein verführerisches Augen-Make-up. Auf die falschen Wimpern verzichtete man unter Wasser. Um diese Uhrzeit eine verführerische Sirene darzustellen, verlangte Hilde einiges ab.

Im Bademantel wurde sie zu Hollywoods größtem Indoor-Becken gebracht. Mit allerlei künstlichen Algen und Felsen hatte man dem vorgetäuschten *Meeresgrund* einen mediterranen Anstrich verliehen. Durch raffinierte Beleuchtung schimmerte das falsche Mittelmeerwasser türkisblau. In der Mitte des Beckens sollte ein Techniker die Attrappe des Segelbootes zum Schaukeln bringen, auf dem Gregory Peck in Kostüm und Maske den Drehbeginn erwartete. Er winkte Hilde zu.

Sie brüllte mit ihrer immer zu lauten, immer heiseren Stimme: »Morgen, Gregory! Bist du da etwa rübergeschwommen?«

Er lachte, würdigte sie aber keiner witzigen Gegenbemerkung.

Sie konnte Gregory gut leiden, er war ein netter Kerl, aber mehr konnte Hilde selbst nach mehrwöchiger Zusammenarbeit nicht über ihn sagen. Er war genau wie die Charaktere, die er in seinen Filmen darstellte, der ruhige, blendend aussehende Amerikaner, hilfsbereit, verständig, einfühlsam, ein wenig zu ruhig für Hildes Begriffe, zu vernünftig. Etwas lustiger und verrückter hätte es mit ihm schon zugehen dürfen. Nichts Verbotenes natürlich, das verstand sich von selbst, er war verheiratet. Aber es gab ja auch noch das, was man *zwischen den Zeilen* nannte. Die Schauspielerei war eine erotisierende Kunst, das hatte Hilde früh verstanden. Dieser Beruf lebte von Gefühlen, Imagination und dem Was-wäre-wenn. Hilde trug sehr viel Gefühl in sich und jede Menge Imagination.

Gregory besaß nicht mal einen anständigen Spitznamen, der ihm etwas von dem Monolithen genommen hätte, den er für Hilde darstellte. Ava Gardner, die die weibliche Hauptrolle spielte, besaß gleich drei davon: *Snowdrop*, *Angel* und *Jersey Lily*. Hilde begegnete Ava nur bei Presseterminen und auf Partys, wo sie gern auf dem Teppich lag, ihre Schuhe in der Hand, und man über sie drübersteigen musste.

Wenn Gregory beim Drehen nicht dran war, stand er einfach allein auf einem leeren Platz, wo ihm niemand zu nahe kommen durfte. Nie fläzte er sich beim Catering, nie sah man ihn ein Bier trinken oder ein Nickerchen im Schatten machen. Stets wirkte er so frisch gebügelt wie die Hemden, von denen er bei jeder neuen Szene ein frisches übergezogen bekam.

»Wir sind dann so weit, Miss Neff«, sagte der zweite Assistent.

Sie ließ den Bademantel fallen.

»Morgen, Hilde.« Henry King, der Regisseur, kam zur Begrüßung nicht von dem Kamerakran herunter, von wo aus er die Einstellung verfolgen würde. Der Kran schwebte über dem Wasser. »Wir nehmen dich von oben und von hinten. Siehst du die Markierung? Da tauchst du los, siehst du, und dann direkt hinüber zum Boot. Okay, Hilde?«

»Das ist aber viel weiter als die Strecke, die ich bisher im Tank …«

Was sollte die Meckerei? Das kostete nur Zeit. Etwa vierzig Leute warteten am Set darauf, dass Hilde jetzt da reinsprang und ihre Arbeit machte. Fürs Meckern wurde sie nicht bezahlt.

»Alles klar, Mr King.« Sie ließ sich hineingleiten. Das Wasser war gewärmt, bei den Außentemperaturen in Kalifornien ein überflüssiger Luxus.

»Du weifft ja, erfft im letzten Moment auffatmen.« Herkules beugte sich über den Beckenrand. Der arme Teufel sah aus wie ein griechischer Gott, hatte aber einen schlimmen Sprachfehler. Jedes S hörte sich bei ihm an wie ein Doppel-FF.

»Alles klar.« Sie begann, ihre Lungen mit Luft zu füllen.

Die Maskenbildnerin drängte Herkules beiseite und machte sich ein letztes Mal mit Pinsel und Puderquaste an Hilde zu schaffen. Als sie sich auch dem Haar widmen wollte, kam die Stimme des Regisseurs über Lautsprecher.

»Die Frau wird gleich tauchen! Wir brauchen keine Frisur.«

Klappen-Heini, wie er liebevoll genannt wurde, ging vor Hilde in Position und hielt ihr das schwarze Holzmaul vor die Nase, auf dem der Filmtitel, die Szenennummer, die Einstellung und der Name *Hildegarde Neff* stand.

»Kamera?«

»Läuft.«

»Ton.«

»Läuft.«

»Klappe«, sagte der Regisseur.

Klappenheini öffnete das Holzmaul dicht vor Hildes Gesicht. »*Schnee am Kilimandscharo* sechsundachtzig, die Erste«, sagte er. Das Holzmaul schnappte zu.

»Und bitte«, sagte King.

Hilde tauchte unter. Das Wasser war Süßwasser, sie hatten es leider gechlort. Die Karnickelaugen waren also vorprogrammiert. Sie stieß sich vom Beckenrand ab und schwamm mit kräftigen Stößen auf die Mitte des Beckens zu. Sie konnte das Boot noch nicht sehen, aber in dieser Richtung sollte es eigentlich sein. Es musste doch da irgendwo sein, dieses Boot, mit dem männlichen Star obendrauf, den sie becircen sollte, sobald sie auftauchte. Wann durfte sie denn endlich auftauchen?

Die Luft wurde knapp. Erst im allerletzten Moment ausatmen, hatte Herkules ihr eingeschärft. Das hatte weniger mit der Schwimmtechnik zu tun, es war für die Kamera wichtig. Der Regisseur wollte die badende Venus in all ihrer Schönheit sehen, nicht verdeckt durch Luftbläschen. Lange hielt Hilde nicht mehr durch, ihr wurde schon blümerant. Zwei Schwimmstöße lang würgte sie noch, dann brach die Luft aus ihr hervor. Überall wildes Geblubber. Und von dem Boot sah sie immer noch keine Spur.

Mit einem Schrei des Atemholens kam Hilde hoch. Blind im ersten Moment, sah sie sich um. Sah sich überrascht um – sie war in die falsche Richtung geschwommen. Weit abgeschlagen lag das Boot hinter ihr.

»Sorry, Mr King«, rief sie, nach Atem ringend.

»Gleich noch eine«, sagte King, ohne auf die orientierungslose Schauspielerin weiter einzugehen.

»Wissen Sie, ich seh da unten nicht viel«, brachte sie zu ihrer Verteidigung vor.

»Was machen wir da?«, rief King.

»Ich gebe ihr ein Licht«, sagte der Chefbeleuchter. »Mach mal Licht unterm Boot, Chucky!« Der Chefbeleuchter stieg nicht selbst ins Wasser. Einer seiner Leute schwamm in Unterhosen zu der Attrappe und zog ein Kabel hinter sich her. Unter der Jolle wurde es hell.

»Das sieht man aber«, meldete sich der Kameramann.

»Was sieht man?«, fragte King.

»Das Licht unterm Boot.«

Ein weiterer Beleuchter schwamm los. Hilde hielt sich am Beckenrand fest.

»*Schnee am Kilimandscharo* sechsundachtzig, die Zweite«, sagte Klappenheini. Das Holzmaul schnappte wieder zu.

»Action.«

Die Kamera auf dem Kran folgte der Schauspielerin, die in einem Nichts von Badeanzug auf das unechte Boot zuschwamm. Sie erreichte es, tauchte auf und wollte die Pose der Sirene einnehmen, als ihr plötzlich Wasser in den Hals kam. Sie spuckte und spotzte und hustete, so lange, bis der freundliche Gregory ihr auf den Rücken klopfte.

»Sorry, sorry«, stammelte sie, wartete nicht erst ab, bis der Regisseur den Befehl dazu gab, sondern schwamm gleich wieder zurück. Das Ganze war ihr wahnsinnig peinlich.

Zwölf weitere Einstellungen folgten. Entweder Hilde ging die Luft aus, oder sie hatte beim Auftauchen Wasser im Auge und blinzelte undamenhaft oder sie packte den Bootsrand an der falschen Stelle – oder oder oder. Währenddessen hatte sie permanent das beklemmende Gefühl, dass der Star des Films die ganze Zeit in der Mitte des Wasserbeckens bleiben musste, nur weil eine kleine deutsche Schauspielerin ihren Job nicht anständig erledigte.

»*Schnee am Kilimandscharo* sechsundachtzig, die Zweiundzwanzigste«, rief Klappenheini. Das Holzmaul schnappte zu.

»Und bitte.« Das zweiundzwanzigste »*Bitte*« von Henry King, dem versierten Hollywood-Routinier, klang nicht mehr so freundlich wie zu Beginn.

Hilde war verzweifelt. Sie hatte einfach keine Kraft mehr. Das Chlor brannte, doch sie tauchte verbissen. Aus roten Augen sah sie das Boot vor sich, sah die Markierung, die man unterhalb des Bootsrandes für sie angebracht hatte. Sie tastete einmal daneben, dann griff sie zu. Hielt sich mit der Linken an der Mastverstrebung fest, strich mit der Rechten ihr Haar aus dem Gesicht.

Zum zweiundzwanzigsten Mal spielte Gregory Peck amüsierte Überraschung, weil er von Comtesse Elisabeth aus der Tiefe des Mittelmeeres überfallen wurde. Er lächelte das Peck-Lächeln, Grübchen links, Grübchen rechts, die selbstbewusste Haarlocke fiel ihm in die Stirn, und nach zweiundzwanzig Einstellungen wurde er zum ersten Mal seinen albernen Satz los:

»Du schwimmst hervorragend.«

»Natürlich, wenn ich finde, dass es sich lohnt«, antwortete Comtesse Elisabeth.

Hilde war überzeugt, dass sie von einer Wasserratte in einem transparenten Badeanzug nicht zu unterscheiden war. Sie sah nicht das Geringste, tat aber so, als ob sie Gregory verliebt anstrahlen würde. Bequem und trocken lag er da und sah hinreißend aus, während sie am Rande des Nervenzusammenbruchs die Verführerin spielen sollte.

»Ich schwimme doch zu dir, Darling«, säuselte sie, obwohl ihr elend zumute war.

»Kannst du alles so gut?«, knurrte Peck mit seiner charakteristischen Nussknackerstimme. Er war einer der wenigen Hollywoodstars, die mit einem satten Bass ausgestattet waren. Die meisten Filmhelden, Brando, Gable, Clift hatten eine höhere Stimme.

Kannst du alles so gut? – Kein besonders starker Satz. Überhaupt erkannte Hilde sogar als Fremdsprachlerin, dass das Drehbuch Schwächen hatte. Die Übertragung der sperrigen Hemingway-Story in einen schnulzigen Hollywood-Film erschien ihr wie die Quadratur des Kreises.

»Klettere ins Boot«, sagte Gregory.

Jetzt sollte er sie mit gekonntem Schwung über den Bootsrand heben, und zwar mit nur einem Arm! Hilde achtete auf ihr Gewicht und ihre Linie, aber gegen ihre schweren Knochen konnte sie nichts tun. Schon seit der Kindheit besaß sie Knochen aus Blei. Bei der Probe hatte nicht einmal Herkules sie mit einem Arm hochhieven können. Deshalb entschied der Regisseur, dass Gregory an der Aufgabe scheitern sollte. Er zog sie so weit neben der Bordwand empor, dass jeder Zuschauer sehen konnte, dass die Deutsche etwas anhatte. Darauf musste Hilde sich lachend wehren. Sie blieb die Stärkere, glitt ins Wasser zurück und schwamm aus dem Bild.

Laut Drehbuch sagte Gregory darauf den Satz: *»Dieses Ausweichende war die Hauptanziehungskraft der Comtesse Elisabeth. Sie wollte gejagt, gefangen und besiegt werden.«*

Hildes rote Lippen waren blau gefroren. Sie klapperte und zitterte am ganzen Körper. Sie war überzeugt, sich wie eine Amateurin benommen zu haben, und das quälte sie. In ein Handtuch gepackt, stolperte sie in die Garderobe und stellte sich unter die heiße Dusche.

Marilyn hatte ihre Duschhaube vergessen. Seit einiger

Zeit saß sie nicht mehr in derselben Garderobe. Das Buch, das Hilde ihr geliehen hatte, den *Zauberberg* von Thomas Mann, hatte Marilyn nicht zurückgegeben.

2.
BERLIN-MITTE, HEUTE

Tobias Gremmler war ein Millennial, geboren im Jahr 1996. Als Computergrafiker arbeitete er in einem Loft in der Kastanienallee. Seinem Arbeitgeber war es egal, wann Tobias den Job erledigte, daher arbeitete er meistens nachts. Tagsüber nahm sich Tobias frei.

Sobald er ausgeschlafen hatte, frühstückte er gegenüber im *Donath* und schlenderte darauf zur Schönhauser Allee. Dort konnte er sich entscheiden, ob er lieber nördlich ins trendige Prenzl'berg laufen wollte, wo sich das Leben im Tempo der Kinderwagen bewegte, die wohlsituierte Prenzl'bergmütter vor sich herschoben. Oder er konnte bergab ins trendige Berlin-Mitte laufen, wo der Touristenanteil proportional zu den Sehenswürdigkeiten anstieg und die Immobilienpreise bei einer Million überhaupt erst anfingen.

Tobias war ein Millennial, und er lebte ein Millennialleben. Aber seine Seele kam ihm viel älter vor. Seine Seele wollte sich mit einem Dasein, in dem alles überall und ununterbrochen *abrufbar* war, nicht anfreunden. Er, der die Klaviatur der Cyberwelt professionell beherrschte, träumte von einer Welt, in der *analog* keine Umschreibung für *altmodisch* war, sondern Ausdruck eines Lebens, das echter, vielleicht anstrengender und dadurch schöner sein konnte.

Manchmal fand er die Atmosphäre, nach der er sich sehnte, in der Kirschbaumallee auf der Lottumstraße, wenn die erste rosa Blüte erwachte, oder im Morgengrauen, wenn die Menschenhorden von den Straßen verschwanden und Berlin plötzlich zu duften begann. Tobias suchte Nahrung für seine Seele nicht dort, wo Berlin angeblich besonders berlinerisch war. An diesen Orten sah er nur die Abziehbilder der Stadt, die digitale Verarmung und den Hochmut der neuen Zeit.

Tobias war Single. Zwischen ihm und seiner Arbeitskollegin Marlou gab es so etwas wie eine Affinität, aber er sah keinen Grund, daraus mehr werden zu lassen. Tobias war gern allein.

Das Babylon-Kino, nur einen Steinwurf vom Alexanderplatz entfernt, war ein Berliner Mythos. Dort spielten sie Filme, die man sonst nirgends zu sehen bekam. Tobias liebte alte Filme mehr als die Hochglanzprodukte von heute und bestand darauf, sie so zu genießen, wie die Menschen sie früher gesehen hatten, in einem geheimnisvoll dunklen Saal mit roten Plüschsesseln, verwittertem Stuck und vergilbten Plakaten von Menschen, deren Namen schon lange verweht waren. Der flimmernde Lichtstrahl des Projektors fiel magisch von oben herab und füllte die weiße Zelluloidfläche vor dem Zuschauer mit Illusionen.

Zurzeit brachte das Babylon eine Hildegard-Knef-Retrospektive. Tobias wusste wenig über die Knef. Bei ihrem Tod 2002 war er gerade mal sechs gewesen. Eine Frau mit Schlapphut fiel ihm bei dem Namen ein, und da war noch etwas anderes, ein Lied über rote Rosen.

»Ist das die mit den roten Rosen?«, fragte Marlou im Büro, als er ihr von der Retrospektive erzählte.

»Was ist mit den roten Rosen?«, fragte er neugierig.

»Na, die regnen, die Rosen, in diesem Song, den kennst du bestimmt.« Marlou summte ein paar Töne, woraus man allerdings unmöglich eine Melodie ableiten konnte. »Die

Knef hat für die Nazis Filme gedreht. Sie sah ja auch aus wie ein Naziblondchen.«

»Nur weil sie in der NS-Zeit Filme gedreht hat, muss sie kein Naziblondchen gewesen sein.«

Tobias hatte keine Veranlassung, für eine Unbekannte namens Knef Partei zu ergreifen. Er wollte sich lieber selbst ein Bild machen, und zwar ohne die Hilfe von Wikipedia. Er suchte das Ursprüngliche, Echte, nicht die Kolportage. Tobias ließ die Monitore auf seinem Schreibtisch erlöschen und zog den halblangen Mantel an, der ihm das Aussehen eines Poeten aus dem 19. Jahrhundert gab.

»Ich bin dann mal weg.«

Er ließ Marlou im Loft zurück, lief auf die Kastanienallee und nahm den Weg über die Lottumstraße. Der Frühling war bereits Gewissheit, die Kirschblüte musste jeden Tag hervorbrechen.

Die Torstraße zu überqueren, war selbst bei Grün ein Risiko. Tobias rannte zusammen mit den Radfahrern los. Wie Hasen auf der Flucht vor dem Jäger hasteten sie über die sechsspurige Todesfahrbahn, viermal Auto, zweimal Straßenbahn. Tobias passierte das neue Suhrkamp-Gebäude, schlankes Understatement eines reichen Verlages. Die Volksbühne, dieser unverfälschte Nazibau, war wie immer geschlossen. Gegenüber des Theaters, am Ende des Platzes tauchte das gute alte Babylon-Kino auf. Tobias spürte ein Lächeln in sich aufsteigen, das schönste Lächeln von allen, das Lächeln der Vorfreude.

Schnee am Kilimandscharo, sagte das aktuelle Plakat. War das überhaupt richtiges Deutsch? Müsste es nicht *Schnee auf dem Kilimandscharo* heißen? Der Film stammte aus dem Jahr 1952, vielleicht war das damals als Deutsch durchgegangen. Tobias suchte Hildegard Knef vergeblich auf dem Plakat.

Tobias trat ein und war augenblicklich woanders. Er befand sich im Land der Sorglosigkeit, in dem niemand Angst hatte, etwas zu verpassen, nur weil er nicht *erreichbar* war. Er hatte das digitale Zeitalter verlassen. Alles fühlte sich plötzlich analog an. Er löste ein Ticket in dem Gefühl, sich die Freiheit zu erkaufen, aus der Zeit herauszutreten.

Als sich der Kinosaal vor ihm öffnete, hätte sein Glück nicht größer sein können: Tobias war der einzige Besucher. Er hatte Hildegard Knef ganz für sich allein.

3.
HOLLYWOOD, 1951

»Wem gehört das Auto vor der Tür, das da ohne Kotflügel?«

Mit dieser Frage hatte alles begonnen. Hilde befand sich am Set mit einem weiteren der großen Stars Hollywoods: Tyrone Power. Ihr gemeinsamer Film *Kurier nach Triest* war fast abgedreht. Wie jeden Morgen legte Tyrone die Schallplatte mit seinem persönlichen Good-Morning-Schlager auf. »Enjoy yourself, it's later than you think«, dudelte es aus seinem Wohnwagen, während ein Studiotechniker draußen unter lautem Klirren den Cola-Automaten auffüllte.

»Das Auto ist meins«, gab Hilde mit schlechtem Gewissen zu.

»Was ist denn passiert?«, fragte der zweite Aufnahmeleiter.

»Was soll schon passiert sein?« Viel zu gut gelaunt für die Uhrzeit, sprang Tyrone Power aus dem Trailer. »Autofahren kann unsere Hildy nicht, das ist passiert.« Er packte sie freundschaftlich bei den Schultern und schüttelte sie.

Hilde hatte ein ganz mieses Gefühl. Die Sache mit Tyrone war einfach nicht richtig, und sie schämte sich dafür. Besonders, weil sie Tyrones Frau Linda schon bei mehreren Gelegenheiten getroffen hatte. Linda war im gleichen Alter wie Hilde, attraktiv, fröhlich, erfolgreich. In dem Film *Tarzan in Gefahr* verdrehte sie dem Dschungelhelden augenrollend den Kopf.

Hilde war so verdammt schlecht im Lügen. Obwohl sie

Schauspielerin war, kam ihr vor, dass ihr das Wahren der Fassade schwerer fiel als all den normalsterblichen Betrügerinnen in ihrem Umfeld. Sie staunte, wie souverän die Statistinnen und Dramaturgieassistentinnen ihre Unschuldsmiene zur Schau trugen, sobald die Ehefrau von Darryl F. Zanuck die Studios besuchte. Keiner dieser jungen Frauen sah man das Bürogefummel und das Geknutsche in den Kulissen an.

Hilde dagegen sah man alles an. Wenn ihr etwas peinlich war, bekam sie sofort hektische Flecken. In solchen Momenten verfluchte sie ihre verräterische Alabasterhaut.

Tyrone Power war gewissermaßen der Gegenentwurf zu Gregory Peck. Er sah blendend aus, hatte bereits mehr Starruhm auf seine Schultern gehäuft als der jüngere Kollege und war dabei der liebenswerteste, umgänglichste Mensch, den man sich wünschen konnte, außerdem der geduldigste Star, wenn es um seine Fans ging. Gerade lief er auf eine Gruppe schnatternder Teenager zu, die ein Preisausschreiben gewonnen hatten und ihrem Idol bei der Arbeit zusehen durften. Wie die Pilze schossen die Autogrammbüchlein in die Höhe, als Tyrone die Ladys erreichte.

Tyrone lebte sein Motto *Enjoy yourself* auf entwaffnende Weise. Er war kein *Frauensammler*, nur einer, der es als Sünde ansah, eine Mondnacht in Hollywood beim Duft der Bougainvillea und dem Klang mexikanischer Gitarren mit Textlernen zu verplempern.

Tyrone hatte Hilde entwaffnet. Er war auf sie zugekommen, zwinkerte mit seinen markanten Augenbrauen, plauderte über Gott und die Welt, und nach Drehschluss passierte es dann. Tyrone war zärtlich und fordernd, verspielt, voll genießerischer Freude. Was hätte Hilde diesem liebevollen Mann entgegensetzen sollen?

Wenn sie zusammen über das Gelände der Fox schlenderten, dauerte der Weg zur Kantine manchmal eine halbe Stunde. Ständig blieb er stehen, begrüßte Kollegen, lachte mit ihnen, ließ sich erzählen und wurde von allen geliebt. Da sie einander nicht bei ihm zu Hause treffen konnten, fuhren sie nach Drehschluss zwangsläufig zu Hilde. Sie machte Pizza für ihn warm, gab sich seiner Zärtlichkeit und seinen spontanen Ideen hin, und schon wurde der Küchentisch zum erotischen Mehrzweckmöbel.

Wo der Kotflügel ihres Wagens geblieben war, konnte Hilde nicht genau sagen. Sie war nicht die beste Autofahrerin. Und wenn schon. In Deutschland nahm man ein Taxi oder die S-Bahn, wenn man wo hinwollte, in Los Angeles wäre das unmöglich gewesen. Die Stadt war riesig und weitläufig, ein öffentliches Verkehrsnetz existierte praktisch nicht. Jeder fuhr mit dem Auto. Auch Hilde. Seit den Bombennächten bei Kriegsende war sie nachtblind. Eine explodierende Granate hatte ihre Augen verblitzt. Aber es half ja nichts, irgendwie musste sie nach Drehschluss nach Hause kommen. Den Satz ihres Fahrlehrers vor der ersten Unterrichtsstunde würde sie nie vergessen: »Sobald du den Schlüssel umdrehst und den Motor anlässt, hast du eine entsicherte Maschinenpistole in der Hand.« Hilde hatte diese Pistole schon öfter abgefeuert.

Während Tyrone mit den Teenagern beschäftigt war, brachte der zweite Assistent Hilde an einem endlosen Kabel das Telefon. Mr Zanucks Sekretärin war dran, die ausrichtete, dass der Studioboss Hilde abends um acht zu einer Dinnerparty erwartete.

»Das schaffe ich nie«, sagte sie später zu Tyrone. »Zanuck wohnt in Palm Springs. Das Wüstenkaff ist mehrere Stunden von Hollywood entfernt.«

»Du schaffst das.« Er ließ sich in seinen Atelierstuhl fallen. »Du musst es schaffen. Das ist keine Einladung, Hilde, das ist ein Befehl. In unserem Gewerbe kann dir nichts Besseres passieren.« Er verschränkte die Arme hinter dem Nacken. »Ich würde dich mitnehmen, aber ich fahre mit Linda raus.« Unschuldiger hätte kein Lächeln sein können.

Da war er wieder, der dunkle Kloß, den Hilde nicht leiden konnte. Nur mit Gewissensbissen war dieser Kloß in ihrem Bauch nicht zu umschreiben, mit Angst vor der Abrechnung eines Tages schon eher. Dabei war sie es ja nicht, die Ehebruch beging, Tyrone tat es. Trotzdem fürchtete nicht er, sondern Hilde sich vor dem bitteren Ende. War es falsch, jung, begehrt, erfolgreich zu sein und es zu genießen? War das etwa verboten? Aber etwas aus Hildes verkorkstem Moralsystem sagte ihr, dass man diese Art von Glück irgendwann bezahlen musste. »Ein paar Komplexe weniger würden dir auch nicht schaden«, hatte Tyrone zu ihr gesagt.

Sie nahm die Herausforderung an. Nach der letzten Klappe schminkte Hilde hektisch das Make-up ihrer Rolle, der russischen Agentin Janine Betki, ab, um sich mit neuem Make-up in die Rolle der Hildegarde Neff zu werfen, der *Kleenen from Germany*, die auf der Party des Hollywood-Gottes erwartet wurde.

Sie entsicherte ihre Maschinenpistole und machte sich ohne Kotflügel auf den Weg nach Palm Springs. Die Einladung lautete auf *Dinner at eight*. Um neun Uhr abends war das verdammte Wüstenkaff immer noch nicht in Sicht. Hilde sah so gut wie nichts. Ihre einzige Chance bestand darin, sich an die Schlusslichter eines Vordermannes zu hängen. Sie folgte einem Cadillac Eldorado, der vor ihr rot leuchtete und in die gleiche Richtung fuhr. Plötzlich hielt der Cadillac im Niemandsland der nächtlichen Wüste an. Hilde wagte nicht, ohne ihren roten Führer weiterzufahren, und blieb ebenfalls stehen. Der Fahrer stieg aus, warf ihr einen bösen Blick zu und ließ hinter einem Kaktus Wasser. Einen pinkelnden Mann konnte man nicht nach dem Weg fragen, erst recht nicht nachts, erst recht nicht allein in der Wüste. Ohne die hilfreichen roten Lichter tastete sich Hilde allein bis zur nächsten Tankstelle weiter und fand einen barmherzigen Samariter, der ihr den Weg zum Anwesen von Mr Zanuck wies.

Die Dinnergäste, auch Tyrone und Gattin, waren bereits beim Kaffee. Zanuck hieß Hilde herzlich willkommen, sein erstklassiger Whisky nahm ihr die anfängliche Beklemmung.

Das Dinner wurde aufgelöst. Man verteilte sich im Garten, am Pool, in den Salons. Ava Gardner lag auf dem Teppich, ihre Schuhe in der Hand. Wann immer sie konnte, lief sie barfuß. Es hieß, dass sie ihr Gemüsebeet persönlich umgrub. Hilde betrachtete die Füße der angeblich schönsten Frau der Welt. Das Dunkle an ihren Fußsohlen konnte tatsächlich die rötliche Erde Santa Barbaras sein.

Hilde war ein Teil Hollywoods geworden. Das fühlte sich so aufregend an, sie konnte es immer noch nicht recht glauben. Man zeichnete die Anfängerin, die in den Staaten noch wenig geleistet hatte, mit der Einladung zu Kerzenlicht-Dinners aus, bei denen Charlie Chaplin seinen Anekdoten-Marathon tänzerisch untermalte. Hilde selbst tanzte in lauen Nächten hingebungsvoll auf spiegelndem Marmor zu unsichtbarer Musik; das Orchester hatte man hinter Büschen verborgen.

Zanucks Villa lag zwischen Hügeln, umrahmt von künstlichen Wasserfällen. In der Diele hingen, von den meisten kaum bemerkt, Arbeiten von Klee und Miró. Davor stand Montgomery Clift, schwankend und trinkend, stundenlang in ein labyrinthisches Gemälde von Miró vertieft. Joan Crawford, immer in Weiß, gab sich bis Punkt zehn Uhr sprühend vor Witz, dann verfiel sie innerhalb von Minuten und ging schlafen. Judy Garland gespensterte durch die Räume, stets auf der Suche nach irgendetwas, irgendjemandem; das Haar verdeckte ihre angsterfüllten Augen. Gary Cooper, sonst scheu und einsilbig, ließ heute in einem seltenen Temperamentsausbruch Sauerkraut von seinem Teller ins Dekolleté eines Starlets rutschen.

Tyrone trug auf der Party ein Rüschenhemd. Ach Tyrone, dachte sie schwärmerisch, er war in Wirklichkeit hübscher und männlicher als auf jedem seiner Filmplakate.

»Es ist nicht gut, wenn wir dauernd beisammenstehen«, sagte er, während seine Augen unternehmungslustig umhergingen.

»Ich kenne ja sonst niemanden«, raunte Hilde. »Und deine Frau hängt diesem Regisseur an den Lippen.«

»Er will eine Agentenstory von Ian Fleming fürs Fernsehen drehen. Linda würde wahnsinnig gern die Geliebte von James Bond spielen.«

»Wer ist James Bond?«

Mit einer raschen Geste half Tyrone dem sternhagelvollen Montgomery Clift, der mit den drei Stufen in den Garten nicht zurechtkam. »Wird's denn gehen?«

»Habe ich dir mein deutsches Wunderding schon gezeigt?«, fragte Clift.

»Was für ein Wunderding, Monty?«

»Mercedes. Komm, wir drehen eine Runde.«

»Okay, aber ich fahre.« Tyrone folgte Clift nach draußen. Geschickt hatte er die Gesellschaft Hildes abgeschüttelt und verschwand auf dem Parkplatz, was Tyrones Frau genau registrierte.

Darryl F. Zanuck trat neben Hilde. »Du schläfst am besten hier.«

»Aber ich drehe morgen, Mr Zanuck. Ich sollte unbedingt nachts noch zurückfahren.«

»Unsinn. Ich habe meine Maschine hier, wir fliegen morgen früh. Und mein Fahrer bringt dir den Wagen nach.« Sein Finger glitt über das akribisch gestutzte Bärtchen. »Wie läuft es denn so mit Tyrone?«

»Bitte … was? Wie meinen Sie das?«

»Bei der Arbeit, meine ich.«

Zanucks Geheimnis war, dass er immer genau wusste, was in seinen Studios geschah. Alles. Zu jeder Zeit.

»Gut. Danke, Tyrone ist ein großartiger Kollege. Ich kann so viel von ihm lernen.«

»Verzettle dich nicht, Mädchen.« Nachdenklich musterte er seine Entdeckung, sein Geschöpf. »Ich habe noch einiges mit dir vor. Daher würde ich vorschlagen, keine Pizza mehr für Tyrone nach Drehschluss, okay, und keine Akrobatik auf dem Küchentisch.«

Damit ließ er sie stehen. Den Rest des Abends bekämpfte Hilde den dunklen Kloß in ihrem Bauch.

***

»Ho, ho, Hildchen, zerbrich dir mal nicht deinen hübschen Kopf!«

Dr. Brom, der Anwalt, war ein Lauter, Lärmender. Er lärmte, wenn er eintrat, lärmte, wenn er sprach, er beanspruchte ganze Räume für sich.

»Dein Geld ist gut angelegt, Hildchen.«

Nie entging man einem Termin mit Dr. Brom, ohne von ihm in den Schwitzkasten genommen zu werden. Wahrscheinlich nahm er Frauen nur bis zu einem gewissen Alter in den Schwitzkasten. Hilde gehörte in diese Kategorie.

»Ein Schauspieler in München rät mir, ich soll ein Grundstück kaufen«, sagte sie gequetscht. »Von meiner Gage.«

»Ach herrje, die Schauspieler!« Er schüttelte die Gebeugte. »Was verstehen Schauspieler schon von Geld? Nichts verstehen sie von Geld. Und was tue ich, Papa Brom? Ich passe auf dein Geld auf, Hildchen.« Er entließ sie aus der väterlichen Brutalität.

»Mein Freund sagt, am Starnberger See sind die Grundstücke noch billig.«

»Wer will denn bitte an diesen … Sternbecksee? Wer will überhaupt nach Deutschland? Tote Hose, nur Kriegsverlierer und alte Nazis. Du dagegen bist auf der Gewinnerstraße, Hildchen.«

»Ich wollte ja nur …«

Dr. Brom hatte die Angewohnheit, den winzigsten Einwurf eines Gesprächspartners zum Anlass zu nehmen, noch weiter auszuholen. »Fass mal in deine Tasche.« Mit einem elfenbeinernen Knipser kappte Brom die Spitze seiner Zigarre.

»Weshalb soll ich in meine Tasche …?«

»Tu's einfach, Hildchen.«

Sie fand das Spiel des Anwalts, der auf dem Hollywood Boulevard residierte, albern. Sie fand Ratespiele im Allgemeinen albern. Sie tat ihm trotzdem den Gefallen. »Puderdose, Autoschlüssel, Taschentuch.«

»Das ist doch bestimmt nicht alles.« Er bekam einen Gesichtsausdruck, den er für verschmitzt hielt.

»Zigaretten, Feuerzeug.«

»Mach weiter.«

»Mr Brom, was soll das denn?« Unbeherrscht kippte Hilde den Inhalt ihrer Handtasche auf den polierten Schreibtisch.

Mit spitzen Fingern fischte er das dunkelblaue Ding zwischen den übrigen Sachen hervor. »Ja, was haben wir denn da?«

»Meinen Pass? Meinen Sie den?« Sie packte wieder ein. »Das hätten Sie doch sagen können.«

»Sehen, anfassen, dran riechen, das ist der wahre Genuss.« Die Feuerzeugflamme, stechend wie ein Schweißbrenner, wurde an seine Montecristo gehalten, bis sie zu glimmen begann. »Du bist jetzt eine *Americana,* Hildchen.«

»Durch meinen Mann, ja. Meinen Exmann.«

»So ein Glück muss man mal haben«, lachte Brom. »Den mickerigen Exmann ist man losgeworden, aber den US-Pass darf man behalten.«

»Kurt ist nicht mickerig. Er hat mir sehr geholfen, als ich …«

»Ja sicher, die rührende Geschichte: Aus den Trümmern ihrer Heimat holte der biedere Kurt Hirsch das süße Fräulein Neff, nahm sie mit ins gelobte Land Amerika und schenkte ihr den Schutz seines Namens. Verschon mich damit, sonst fang ich gleich zu weinen an.«

Sie war drauf und dran, ihm den Aschenbecher ins Gesicht zu schleudern. Musste man sich von den Hollywood-Leuten alles sagen lassen? Hilde schleuderte nichts, sie blieb höflich. »Kurt war im Krieg Film-Offizier für ganz Berlin.«

»Der Krieg ist aus, Hildchen. Und was macht dein Kurt heute, der tapfere Krieger, was macht er in Zivil? Tingelt kreuz und quer durch die Staaten, als Versicherungsvertreter.«

»Das ist keine Schande.«

Rauchwolken ausstoßend ließ sich Brom in den Sessel fallen und bedeutete ihr, dass sie sich auch setzen solle. »Dir geht es hier gut, Mädchen. Amerika hat dich mit offenen Armen empfangen. Du solltest Deutschland und die Deutschen und den Sternbecksee hinter dir lassen. Hier spielt die Musik. An deiner Stelle würde ich die einflussreichen Leute aus der Branche nicht zu oft daran erinnern, dass du von den *Krauts* abstammst.«

»Aber Marlene Dietrich ist auch eine Deutsche«, gab Hilde zurück, weil ihr nichts Besseres einfiel.

»Vorsicht, was du sagst.« Brom paffte. »Marlene ist eine Heilige. Marlene hat den Nazis von Anfang an den Krieg erklärt. Das wird man ihr nie vergessen. Du, mein Kind, hast dagegen Dreck am Stecken.«

»Ich habe … was? Wieso?«

Ein herablassender Glanz trat in seine Augen. »Ich habe es mir zur Angewohnheit gemacht, die Menschen zu überprüfen, bevor ich sie vertrete«, schnarrte Brom eine Spur schärfer. »Du wärest bei den Nazis ein großer Star geworden, wenn … tja, wenn sie den Krieg nicht verloren hätten.«

»Ich war sieben, als Hitler an die Macht kam!«, rief sie entrüstet.

»Wollen wir nicht lieber bei der Wahrheit bleiben? Du hattest eine Affäre mit einem hohen Tier bei der Ufa. Ein Arschkriecher von Goebbels, stimmt's oder habe ich recht?«

Hilde lehnte sich zurück. *Wenn es schwierig wird, immer erst bis zehn zählen, bevor du antwortest,* hatte ihre Schauspiellehrerin ihr beigebracht. Sieben, acht, neun, zählte Hilde.

»Was machen wir also mit meinem Geld, Dr. Brom?«

»Wir legen es gewinnbringend an, Miss Neff.« Er legte die Zigarre in die Silberschale und schob Hilde eine Mappe über den Tisch.

4.
NEW YORK, 1954

Wenn es schwierig wird, immer bis zehn zählen. Diesmal war die Aufgabe so aussichtslos, dass Hilde getrost bis hundert hätte zählen können, ohne Erfolg. Am Bühneneingang des *Imperial Theatre* stellte sie fest, dass sie Zahnschmerzen hatte. Zahnschmerzen, geboren aus der Angst vor dem Versagen.

»Das ist gut«, sagte Herb, der Dirigent. »Das befriedigt deinen Masochismus. Theater ist eine Masochismusmaschine.«

Nur eine Glühbirne beleuchtete die riesige Bühne des Theaters. Das Licht pendelte hin und her, es war wohl gerade erst angeknipst worden.

Eins, zählte Hilde.

»Nicht über die weiße Linie treten«, sagte der grauhaarige Inspizient.

»Was? Wieso?« Sofort erwachte das vertraute Gefühl, etwas falsch gemacht zu haben.

»Wenn Sie gleich singen, Miss.« Er wies zu der Linie auf dem grauen Bühnenboden, löcherig von den vielen Kulissen, die hier über Jahrzehnte festgeschraubt worden waren. Hilde kam sich vor wie auf einer kaputten Asphaltstraße um Mitternacht.

»Die weiße Linie ist aber ziemlich weit hinten«, sagte sie.

»Das ist ja der Sinn bei der Sache. Vorn beim Orchester kann jeder singen. Aber da hinten hört man erst, ob jemand über die Rampe kommt.« Der Inspizient kehrte in sein Kabäuschen zurück.

»So ist das also«, murmelte Hilde und trat hinter die Linie.

Zwei.

»Wenn Sie dann so weit sind«, ertönte eine feine Stimme aus dem dunklen Zuschauerraum. Von dem Sprecher sah man nichts, bis auf das Weiß seiner erstaunlich großen Augäpfel und die weiße Nelke im Knopfloch.

»Ich bin so weit, Mr Porter«, hüstelte sie. Wenn er es überhaupt war.

Der Song, den sie einstudiert hatte, fühlte sich so lang an wie eine ganze Oper. Hilde konnte nicht singen. Sie konnte ums Verrecken nicht singen. Sie hatte es noch nie gekonnt. Warum, in drei Teufels Namen, musste sie heute hier ausgerechnet singen?

Drei.

Cy Feuer produzierte zusammen mit Ernie Martin das neue Musical von Cole Porter. Die beiden waren das Erfolgsduo auf dem Broadway. Cy, ein unruhiger Mensch, zappelte ständig herum, sein Zeigefinger bohrte Luftlöcher in Hildes Richtung. Der schlaksige Ernie rührte sich nur, wenn es unbedingt erforderlich war. Dabei redete er in einem Tempo auf Hilde ein, dass es sich anfühlte wie der Luftstrom, mit dem die New Yorker Subway heranbrauste. Da er die Lippen dabei kaum bewegte, hatte Ernie etwas von einem Bauchredner. Bloß wo war die Puppe?

Bei ihrem Vorstellungsgespräch vor ein paar Tagen in der Suite des Plaza-Hotels war sich Hilde weniger wie eine Puppe vorgekommen, eher wie ein Papagei. »Ich kann nicht singen«, krähte sie zum vierten Mal. »Ich kann gar nicht singen. Ich kann wirklich nicht singen, Mr Martin.«

»Cole Porter behauptet, du kannst es«, erwiderte Ernie Martin.

»Aber nur deshalb, weil ich nach wochenlangen Proben ein Lied von Mr Porter halbwegs anständig rübergebracht habe. Ich kann in Wirklichkeit nicht singen, kein bisschen. Ich *rufe* eigentlich nur. Ich rufe die Texte, und das Orchester lässt es so klingen, als ob ich singen würde.«

Darauf erzählte Hilde den beiden Broadway-Größen von der schlimmen Demütigung, die sie erfahren hatte und die ihr bis heute wehtat. »Es muss einen Grund gegeben haben, warum meine beiden Songs – beide! – aus der endgültigen Kinofassung von *Schnee am Kilimandscharo* herausgeschnitten worden sind. Die ganze Plackerei mit den Gesangsstunden war also umsonst.«

»Dann wäre das hier doch die beste Gelegenheit, es den Hollywood-Bonzen zu zeigen«, ermunterte sie Ernie.

Hilde wurde immer panischer, weil sich die beiden einfach nicht überzeugen ließen. »Aber wenn ich schon im Film nicht singen kann, wie soll ich dann auf einer großen Bühne singen? Acht Mal die Woche! Das ist unmöglich. Außerdem habe ich noch nie in einer Fremdsprache Theater gespielt.«

»Ninotschka ist Russin«, gab Cy zurück. »Sie muss sogar einen Akzent haben.«

»Ach ja, einen Nazi-Akzent?« Hilde schoss scharf, weil sie verzweifelt war. Weil sie es sich insgeheim wünschte, davon träumte, auf dem Broadway zu spielen, und zugleich hundertprozentig sicher war, dass sie nicht schaffen würde, was die Produzenten von ihr erwarteten.

Vier.

Theater, das waren Hildes Anfänge im zerbombten Berlin gewesen. Das Erlebnis, vor einem echten, lebendigen, atmenden Publikum zu spielen, hatte sich tief in ihre Seele gesenkt. Film dagegen war ein einziges unausgesetztes »Ich lege Scheuklappen an und kriege nicht mit, dass dreißig Leute um mich rumstehen, Kaugummi kauen, mein Make-up richten, Kabel schleppen. Ich kriege auch nicht mit, dass die Kamera sich wie ein böses Auge über mich senkt und der Regisseur nervös ist, weil wir weit hinter dem Drehplan zurück sind«. So war das beim Film.

Theater dagegen war Echtzeit. Alles geschah im Jetzt, man konnte nichts wiederholen. Beim Applaus wusste man, wie man gewesen war. Beim Film wusste man praktisch nie, wie man wirklich gewesen war. Es lag nicht in der Hand der Schauspielerin, was am Ende rüberkam. Die Musik, der Schnitt, die Beleuchtung, das waren die Zaubertricks des Films, durch sie konnte sich eine schauspielerische Leistung sogar in ihr Gegenteil verkehren.

»Wir werden dir einen waschechten Russen auf den Hals hetzen«, sagte Cy. »Dann klappt das schon mit dem russischen Akzent.«

Fünf.

Hilde kannte die Ninotschka-Story, aus der Cole Porter das Musical *Silk Stockings* kreiert hatte. Zuerst war es ein Theaterstück gewesen, später ein großartiger Film mit Greta Garbo.

Eigentlich war die Geschichte Hilde auf den Leib geschrieben: Die sowjetische Kommissarin Ninotschka reiste von Moskau nach Paris, um Eindrücke über den dekadenten Kapitalismus zu bekommen und gleichzeitig im Auftrag der darbenden Sowjetunion die Juwelen einer russischen Großfürstin zu verkaufen. Ninotschka fällt auf einen charmanten Kapitalisten herein, vergisst Marx und Lenin und entscheidet sich gegen ihre politische Vision und für das elegante Pariser Leben.

So wie ich, dachte Hilde, ich bin die ewige Zweiflerin. Hätte ich nicht besser in Deutschland bleiben und mich der Nachkriegsrealität stellen sollen? Vielleicht hätte ich mit meinen Mitteln etwas Gutes tun können im bankrotten Germany. Stattdessen treibe ich mich in der Traumfabrik herum, schlafe mit Hollywoodstars, beziehe Gagen, von denen meine Kollegen in Deutschland nur träumen können, und werde sogar nach New York eingeflogen, wo man mich auf dem Broadway besetzen will. Ich führe ein Traumleben, aus dem es nur ein schreckliches Erwachen geben kann.

Die Ninotschka-Story endete mit einem läppischen Happyend, bei dem die Heldin alles verleugnete, woran sie geglaubt hatte. Ziemlich unrealistisch, dachte Hilde. Ich sollte besser die Finger davon lassen.

Sechs.

»Ich habe aber vorher noch drei Filme in Europa zu drehen«, versuchte sie, sich abermals herauszureden.

»Wie lange soll das dauern?«, fragte Cy.

»Bis Herbst nächsten Jahres.«

»Ach du Scheiße. Kann man dich da rauskaufen?«

»Aus *drei* Filmen?«, erwiderte sie, perplex über seine Kaltschnäuzigkeit.

»Sie *ist* die richtige Ninotschka, das spüre ich.« Ernie zielte mit der geballten Faust auf Hilde, als ob er ihr gleich eine reinhauen wollte.

»Vorausgesetzt, dass sie singen kann«, entgegnete Cy.

»Ich kann nicht singen«, erklärte sie zum x-ten Mal.

Ernie ließ Hildes Endlosplatte kommentarlos an sich abprallen. »Wenn du Erfolg hast, spielst du zwei Jahre ununterbrochen ohne Ferien, auch im Sommer. Wenn du Misserfolg hast, spielst du höchstens zwei Tage lang.«

»Und dafür soll ich drei Filme absagen?«

»Wir haben dich heute bei Herb angemeldet«, erklärte Cy. »Er wird *Silk Stockings* dirigieren. Mit ihm studierst du das Hauptlied Ninotschkas ein. Das ist viel Text, Mädchen. Cole legt großen Wert auf den Text. Morgen singst du das Lied auf der Bühne des *Imperial* vor. Dann wissen wir mehr.«

»Wird Mr Porter anwesend sein?«, fragte Hilde.

»Wenn er's schafft.«

»Ich kenne Mr Porter nämlich persönlich.«

»Genau deshalb haben wir dich auf dem Hals, Hildegarde«, platzte Cy heraus. »Mr Porter behauptet, dass du die ideale Ninotschka-Besetzung bist. Damit wärst du die erste Deutsche, die am Broadway eine Hauptrolle spielt.«

Sieben.

5.
BROADWAY, 1954

Acht.

Die Folterkammer von Herb, dem Dirigenten, lag auf der 58th Street, Ecke Eighth Avenue. Ein Sofa, ein Klavier, mehr gab es in seinem Studio nicht, außer vielleicht noch den Verkehr der achten Avenue. Selbst bei geschlossenen Fenstern verstand man kaum sein eigenes Wort. Deshalb drosch Herb auch meistens auf das Klavier ein.

Die New Yorker Künstler waren jung, jünger als die Leute in Hollywood. Alles an New York war jung. Hilde empfand den Big Apple als die kindischste Stadt, die sie je erobert hatte. München war derb, London reserviert, Wien verlogen, zu Berlin fiel ihr nichts ein, weil es Heimat war. New York! Gab es einen großartigeren Schnittpunkt der Welt? Alles traf hier zusammen, Geschrei, Bedeutung, Banalität. Alles drehte sich ums Geld und um den eigenen Nabel, Hauptsache, man war in New York.

Herb war fett und sah älter aus als Ende zwanzig. Er saß am Klavier wie andere Leute auf dem Klo. Sein linker Fuß wippte, der rechte bediente das Pedal.

»Du hast Angst«, sagte er, während er spielte. »Verständlich.«

»Wieso ist das verständlich?«

»Weil das Imperial Theatre zweitausend Plätze hat.«

Das Herz sank ihr in die Hose. »Das schaffe ich nie.«

»Sag ich doch, das ist nicht zu schaffen.« Er nickte fröhlich. »Trotzdem soll ich dich in einem einzigen Tag so hintrimmen, dass du bis zum letzten Stehplatz zu hören bist.«

Hilde war nervös, aber nicht doof. Sie verstand, dass Herb mit seinem *Das-schaffst-du-nie* ihren Ehrgeiz wecken wollte. Er benützte noch andere Tricks, die einem Seelenklempner Ehre gemacht hätten. Herb öffnete zum Beispiel das Fenster. Hilde hatte den Eindruck, als ob der Verkehr mitten durch die Wohnung strömte.

»Schrei den Ton, Hildy, aber so, dass man dich auf der anderen Straßenseite hört!«, brüllte er.

Die achte Avenue war eine vierspurige Straße ohne Gegenverkehr. Hier konnte man ungebremst brausen. Alles brauste hier. Herb haute auf das A, er schien die Taste herausbrechen zu wollen.

»Lauter! Mach den Mund auf!« Er trommelte auf das arme A ein. »Zunge runter, Ton raus! Du atmest nicht.«

Hilde atmete.

»Du atmest falsch.«

Hilde brüllte die andere Straßenseite an.

»Zieh den Bauch nicht ein!«

Sie ließ den Bauch raushängen.

»Luft rein, Bauch rein, Ton raus, Bauch raus!«

Als gäbe es auf der ganzen Welt keinen anderen Ton, behämmerte Herb das A. »Nicht durch die Nase, gottverdammt! Aus dem Mund soll es kommen. Mach's Maul auf. Schlimm genug, dass die Opernsänger so quetschen, du sollst nicht quetschen, du sollst singen. Nicht durch die Nase, aus dem Bauch!«

Da Hilde es nicht besser verstand und weiterhin durch die Nase quetschte, schlug Herb kurzerhand mit der Faust auf Hildes Bauch. Sie brüllte wie am Spieß.

»Schon besser«, nickte er zufrieden.

»Ich habe eine frische Blinddarmnarbe!«

Herb warf das Fenster zu und rief nach seiner Freundin. »Sarah bring uns 'nen Schnaps, ich habe gerade die *Kraut* umgebracht.«

Sie machten Pause, tranken Schnaps, oder was man in New York darunter verstand. Hilde spürte dem Schmerz in ihrem Bauch nach. Herb spielte die *Pathétique*, weil ihm sonst langweilig wurde. »Wenn ich nicht alle drei Tage zu meinem Psychiater müsste, würde ich gern mal nach Bonn fahren«, sagte er, während seine Finger über die Tasten tanzten.

»Was gibt's denn in Bonn so Besonderes?« Sie nippte an dem nachgemachten Enzian.

»Beethovens Geburtshaus. Das würde ich gern mal sehen. Kann ich mir aber gar nicht leisten, weil ich meine ganze Kohle dem Seelenklempner in den Rachen schmeiße.« Die *Pathétique* endete.

Weiter ging es mit Zunge runter, Mund auf und die andere Straßenseite anbrüllen. Nach vier Stunden stand Herb auf. »Morgen werden Cole die Ohren abfallen, wenn er dich hört.«

»Na, hoffentlich nicht.«

***

Neun.

Über eine Leiter kletterte Herb in den Orchestergraben des Imperial Theatre und klappte den Klavierdeckel auf. Hilde hasste die weiße Linie, hinter die sie verbannt war. Der Zuschauerraum schien hundert Kilometer entfernt zu sein. Wahrscheinlich sah man sie nicht einmal richtig, die Glühbirne war kaum mehr als eine Funzel.

»Wenn Sie dann so weit sind«, sagte Cole Porter.

»Ich bin so weit, Mr Porter.«

Hilde nahm die weiße Nelke in Porters Knopfloch als Zielpunkt, als jenen Punkt, auf den das gesamte Universum zustrebte. Dorthin wollte sie ihren Ton senden. Wie ein einsamer Meteor sollte er durch die Milchstraße fliegen und am Ende seiner Reise die weiße Nelke erreichen. Alles andere verlor daneben seine Bedeutung.

Herb spielte die Einleitung des Songs *Chemical Reaction.* Hilde räusperte sich.

»*When the electromagnetic of the he-male*

meets the electromagnetic of the female,

if right away she should say, ›This is the male!‹ It's a chemical reaction, that's all.«

Woran man so alles dachte, während man sang, dachte Hilde, während der Ton durch die Galaxis sauste und auf die weiße Nelke zustrebte.

Hilde dachte an ihren Großvater. Warum ausgerechnet an ihn? Weil es in dem Lied, das sie hinausposaunte, um die Unerklärlichkeit der Liebe ging. Weil die Bühnenfigur Ninotschka die Theorie vertrat, dass man sich die Liebe niemals aussuchen konnte. Die Liebe war entweder da, oder sie war nicht da, weil der unendliche, immer wiederkehrende Liebesreigen im Kern nichts anderes bedeutete als eine chemische Reaktion. In dem Song war Liebe ein biochemischer Botenstoff, der durch endokrine Drüsen in den Körperkreislauf abgegeben wurde. Die verheerende Wirkung dieser chemischen Signale führte zu den bittersüßen, den traurig komischen Irrwegen, die der Mensch einschlug, sobald er liebte. Darüber sang Hilde. Das erzählte sie der weißen Nelke.

Der Großvater war ihre erste Liebe gewesen, vielleicht ihre größte, jedenfalls ihre längste Liebe. Der Mann mit dem großen Kopf und der unerhört geraden Wirbelsäule war von seiner Frau nicht geliebt worden. Deshalb schenkte er all sein Gefühl, seine Klugheit und seine Freude der Enkelin. Er hätte sich für Hilde im wahrsten Sinn des Wortes zerreißen lassen und starb mit einundachtzig durch eigene Hand. Niemandem außer Hilde hinterließ er einen Brief. Nur sie sollte seinen Schritt verstehen, den Abschied eines Liebenden.

Die Sommermonate mit dem Großvater waren das Paradies gewesen. In seinem Haus bei Zossen, eigentlich war es nur eine Laube mit Küche und drei Räumen, mit Obstbäumen, Kohl und Spargel und dem Teich, in den die kleine Hilde sich gern reinfallen ließ, weil sie wusste, Großvater oder sein riesiger Hund würden sie schon retten. Im Winter bestand Hildes Hauptnahrungsmittel aus Anisbonbons, im Sommer waren es Großvaters Äpfel. Er ließ sie davon essen bis zum Erbrechen, weil er den Standpunkt vertrat, Äpfel seien gesund, selbst wenn man sie erbrach.

Die Vertreibung aus dem Paradies begann, sobald die Großmutter eintraf. Hilde durfte dann nicht mehr halbnackt herumtoben, sie sollte sich stattdessen in einem Wollkleid zu Tode schwitzen. Auch der Großvater musste sein geliebtes Netzhemd vor der Öffentlickeit verstecken, und Äpfel galten plötzlich als wurmfördernd. Nicht einmal die Ziege durfte Hilde nachts an ihr Bett binden.

Sie bewunderte den Großvater jedes Mal für seinen Wutausbruch, den das Auftauchen der Großmutter auslöste, weil sie seine Freiheit beschnitt. Er hatte einen Schreianfall, der bis nach Berlin zu hören sein musste, beruhigte sich aber so schnell, wie er sich aufgeregt hatte. Kurz darauf saßen sie zu dritt beim Kaffee. Der Mann im Netzhemd berichtete der Großmutter von Hildes Genie, ihren Zeichenkünsten, ihren Tanzkünsten. Es war die schönste Zeit ihres Lebens, es war die reine Liebe.

Darüber sang Hilde, über nichts anderes, während der ersten, der zweiten bis zur letzten der vielen Strophen von *Chemical Reaction*. Sie brüllte hinter der weißen Linie, als ob sie auch hier die andere Straßenseite erreichen müsste, und haspelte sich durch Cole Porters Zungenbrecher, während sie in Wahrheit über die große Liebe ihres Lebens sang.

Herb spielte den Schlussakkord.

Danach war es schrecklich still im Theater. Plötzlich schlugen irgendwo Türen. Hilde hörte Schritte im obersten, dem vierten Rang. Neuerliches Türenknallen. Im Saal wurde es hell.

Der Mann mit der weißen Nelke war ruhig im Parkett sitzen geblieben. Cole Porter trug einen maßgeschneiderten Nadelstreif mit Stecktuch und ebensolcher Krawatte. Seine zierlichen Hände umfassten den Silbergriff eines Gehstockes. Er hatte vor Jahren einen Reitunfall gehabt. Das stürzende Pferd hatte ihn unter sich begraben und sein Bein zermalmt. Sechsundzwanzig Operationen hatte er bereits hinter sich gebracht.

»Willst du dich nicht zu uns setzen?«, fragte Porter mit seitlich geneigtem Kopf.

Der Mann, der das Türenschlagen verursacht hatte, stürmte ins Parkett und warf sich in einen Stuhl. Ein nicht enden wollender Mensch. Seine Beine passten kaum zwischen die zierlichen Sitzreihen des Imperial. Er verschlang sie ineinander wie Schiffsknoten. Die Füße schienen ein Eigenleben zu führen. Sein langer Schal verhedderte sich zwischen den Beinen. Er holte die Brille hervor, ließ die Gläser langsam auf seine Nase sinken, als ob er nicht sicher wäre, dass es die eigene Nase war. Mit dem Ergebnis noch nicht zufrieden, polierte er die Brille mit dem Ende des Schals.

»Das ist mein Freund George Kaufman«, sagte Cole Porter. »Er führt die Regie.«

Zehn.

6.
BERLIN-MITTE, HEUTE

»Na und?« Tobias packte seine Sachen auf dem Schreibtisch zusammen.

»Das ist krank, was du da jeden Tag treibst.« Mit einer abfälligen Geste warf Marlou ihr Haar in den Nacken.

»Was ist krank daran, ins Kino zu gehen?« Obwohl es dafür schon zu warm war, zog er den halblangen Mantel an.

»Jeden Tag? Und jeden Tag ins selbe Kino?«

»Ist es denn viel besser, sich jeden Tag irgendwelche Folgen irgendeiner dussligen Serie reinzuziehen?«

»Das ist etwas anderes. Das ist … ähm, zeitgemäß.«

»Ich verbringe meine Zeit eben am liebsten im Kino.«

Marlou zog die Wolljacke mit den blauen Blüten vor der Brust zusammen. »Schon wieder ein Knef-Film?«, fragte sie spitz.

»Natürlich. Die Retrospektive dauert nur noch bis morgen.«

»Gott, du Ärmster«, spottete sie. »Was wirst du tun, wenn du nicht mehr täglich zu deiner geliebten Hilde rennen kannst?«

»Das überlege ich mir dann.«

»Wenn die Gute wüsste, was für einen treuen Fan sie an dir hat.«

»Die Gute ist seit zwanzig Jahren tot.«

»Für dich scheinbar nicht«, erwiderte Marlou auf eine Art, hinter der man Eifersucht vermuten konnte.

»Du hast recht«, erwiderte Tobias, selbst überrascht. »Ja, das könnte wirklich sein.«

»Womit habe ich recht?«

»Für mich ist Hilde nicht tot. Für mich erwacht sie jeden Tag zum Leben. Und soll ich dir was sagen? Das ist für mich der Höhepunkt des Tages. Mit ihr zusammen erlebe ich die schönsten Stunden.«

Marlou stieß die Luft aus. »Wir haben einen Verrückten in der Firma. Das ist ja schon Nekrophilie, was du treibst. Was ist denn so Besonderes an der toten Lady?«

Tobias fand es der Mühe wert, die Frage ernsthaft zu beantworten. »Hilde ist herb, unbeugsam und zugleich sehr zerbrechlich. Ihre Augen sind ständig auf der Suche, nach Liebe, wenn du mich fragst, vielleicht nach Anerkennung. In ihren Filmen ist sie unglaublich tough, wahnsinnig schnell im Kopf, witzig, böse, kompromisslos und trotzdem irgendwie … irgendwie hineingeworfen in dieses merkwürdige Dasein einer Schauspielerin, eines Stars. Stell dir vor, außer der Dietrich und vielleicht noch Maria Schell war Hilde die einzige Deutsche, die eine internationale Filmkarriere gemacht hat. Sie hat praktisch überall gedreht, in Hollywood, Italien, Frankreich, England, Deutschland.«

»Okay, ist ja gut.« Marlou hob die Hand. Der Modeschmuck klirrte. »So genau wollte ich es gar nicht wissen. Dann geh doch zu deiner Angebeteten, hau schon ab.«

Tobias schaltete die Monitore aus. »Morgen komme ich übrigens nicht ins Büro.«

»Wieso?«

»Weil ich die aktuellen Sachen auch von zu Hause aus erledigen kann.«

»Erzähl mir doch nichts!«, rief Marlou. »Morgen ist der

letzte Tag der Retrospektive, also hast du sicher ein Date mit deiner Hilde.«

Tobias hob die Augenbrauen und deutete geheimnisvoll auf Marlous Schreibtisch. »Vorsicht. Sag so etwas nicht zu laut.«

»Wieso?«

»Deine Katze kann uns hören.«

Marlou wandte sich zu der nachgemachten ägyptischen Skulptur, die sie von einem Badeurlaub mitgebracht hatte. »Was hat meine Katze damit zu tun?«

»Bei den Ägyptern waren Katzen Sinnbilder für Gottheiten. Wenn der Gott in deiner Katze mitkriegt, dass ich mir ein Date mit Hilde wünsche … Wer weiß, was dann alles passieren kann.«

»Jetzt bist du endgültig übergeschnappt.« Marlou drehte die Katze in die andere Richtung. »Hau endlich ab. Ich habe nicht den Luxus, zu Hause arbeiten zu können.«

»Tschüs, bis übermorgen.« Als Tobias vorüberging, kam es ihm vor, als hätten die Augen der ägyptischen Katze für einen Moment geleuchtet. Es musste die Reflexion der Schreibtischlampe gewesen sein.

Er nahm die vertraute Route, die er täglich langlief, Fehrbelliner, Lottumstraße, er schaute zu den Kirschbäumen hoch. Noch ein einziger warmer Sonnentag, und die Blüten würden sich öffnen. Er erreichte die lärmige Schönhauser, die tödliche Torstraße und näherte sich dem Ort, der zu seinem Zuhause geworden war. Sie kannten ihn hier schon, die Frau mit dem Wischmopp, der Student bei den Süßigkeiten und die Besitzerin hinter der Kasse.

Ihr Gesicht zog sich in die Breite, als sie ihn kommen sah. »Heute ist umsonst«, begrüßte sie Tobias.

»Warum?«

»Du bist zum zwanzigsten Mal hier. Das zwanzigste Mal ist umsonst.«

»Das möchte ich nicht.« Er schob den Zehn-Euro-Schein durch die Öffnung. »Ich genieße die Stunden bei euch so sehr.«

»Du schlägst mein Geschenk aus?«

Damit durfte man nicht spaßen, begriff Tobias. »Entschuldige.« Er zog den Schein zurück und hob den Kopf zur Liste mit dem Programm. »Was gibt es denn heute?«

»*Schnee am Kilimandscharo*.« Sie überreichte ihm das Ticket. »Tut mir leid. Aber wenn du willst, lasse ich einen anderen Film einspannen. Du bist sowieso der Einzige in der Vorstellung.«

»Wieso? Nein, im Gegenteil. Ich liebe diesen Film. Bitte lass *Schnee am Kilimandscharo* ruhig laufen.«

»Wie oft hast du den jetzt gesehen?«

»Keine Ahnung, sechs, sieben Mal?«

Tobias gönnte sich eine Packung Fruchtgummi aus der Vitrine und einen Cappuccino. So ausgerüstet trat er in den großen Saal. Es ging ja schon los!

Twentieth Century Fox presents – Gregory Peck, goldene Schrift auf grünem Grund. Seltsamerweise sah man unter Pecks Namen den Kopf eines afrikanischen Büffels. Als die Schrift auf den weiblichen Star Ava Gardner übersprang, tauchte eine zierliche Gazelle auf. Undenkbar, dachte Tobias schmunzelnd, so eine Symbolik wäre heutzutage absolut unmöglich. Hilde wurde als Vierte in der Liste aufgeführt. Das Symbol unter ihrem Namen war ein Segelboot. Er freute sich auf die Szene an der französischen Riviera, wenn sie wie eine Nixe aus den Fluten steigen würde, in ihrem Nichts von Badeanzug und aus strahlend blauen Augen zu Peck aufschaute. Tobias legte die Laptoptasche neben sich, zog den halblangen Mantel aus und begann zu genießen.

7.
NEW YORK, 1954 – BERLIN, 1944

»Sie setzen alles auf eine Karte«, sagte Hildes alter Freund Erich Pommer am Telefon. »Ein Misserfolg am Broadway ist nicht zu verheimlichen. Von Honolulu bis Bitterfeld wird jeder wissen, ob Sie gefloppt sind oder nicht. Muss es denn ausgerechnet ein Stück sein, bei dem Sie sich dem direkten Vergleich mit Greta Garbo aussetzen? Denn dazu kommt es unvermeidlich. Müssen Sie als erste Deutsche nach dem Krieg in New York spielen? Ich glaube, in Israel würden Sie auf weniger Skepsis stoßen als am Broadway.«

Hilde war aufgeregt. Sie stand möglicherweise vor der wichtigsten Entscheidung ihres bisherigen beruflichen Lebens. Sie suchte Pommers Bedenken zu zerstreuen. »Aber Cy Feuer, Ernie Martin und George Kaufman sind allesamt Juden«, gab sie zu bedenken. »Und sie haben mich trotzdem besetzt.«

Am anderen Ende rauschte es mehrere Sekunden lang. »Wenn man Erfolg hat, so wie Sie, Hilde, dann wird man nach einer gewissen Zeit nicht mehr für seine Leistungen beurteilt, sondern für seine Entscheidungen.«

Während Pommer weitersprach, von Berlin erzählte, von Problemen bei seinen eigenen Projekten, blieb das verdammte Wort bei Hilde im Gedächtnis hängen: *Entscheidungen.*

Dr. Joseph Goebbels, oberster Herr der deutschen Filmindustrie, Schutzherr des deutschen Nachwuchses, Entscheider, wer deutscher Nachwuchs war und wer als undeutscher Nachwuchs aussortiert wurde, Dr. Joseph Goebbels, der als *Bock von Babelsberg* verschrien war, hatte Hilde eingeladen. Privat eingeladen, zum Essen eingeladen, zum *persönlichen Kennenlernen*, wie man das im Filmjargon nannte und gern ein schmieriges Lächeln hinterherschickte.

Else Bongers war Hildes Schauspiellehrerin, zugleich die Besetzungschefin der Ufa und Leiterin des Nachwuchsstudios. Sofern Goebbels der Herrscher der Ufa war, stellte Bongers die Gouvernante des Filmbetriebs dar. Sie erkannte rasch, dass der Bock von Babelsberg vor Hildes Tür scharrte. Die Bongers konnte Katastrophen voraussehen und umschiffte sie geschickt in einer Welt, die täglich katastrophaler wurde. Sie rief Goebbels' Ministerium an. Das betreffende Fräulein habe Probeaufnahmen für einen kriegswichtigen Film, sei daher unabkömmlich und könne dem Herrn Minister leider nicht vorgeführt werden.

Bongers hatte für Hilde eine *Entscheidung* getroffen. Eine von den weisen. Goebbels war nicht der Einzige, vor dem sie Hilde beschützen musste. Ein Mann mit geöltem Haar sprach sie in der S-Bahn nach Babelsberg an. »Ich bin Herstellungsgruppenleiter Ufa. Habe Sie beim Vorsprechen gesehen.« Er redete wie der Telegrafenschreiber, der die Erfolgsmeldungen von der Front durchgab. »Plane selbst großen Film. Wäre schöne Rolle für Sie drin. Besprechen wir das? Morgen Abend?«

Die Bongers erfuhr davon und beorderte den *Herstellungsgruppenleiter*, der keiner war, zu sich. Dritter Aufnahmeleiter war er und durfte manchmal den Satz brüllen: »*Komparserie auf die Plätze!*«

Bongers wurde deutlich. »Sie sind *uk.* gestellt, mein Guter. Trotz Ihrer Diensttauglichkeit müssen Sie daher nicht an die Front. In dieser glücklichen Position sind derzeit nicht viele Ihres Alters. Aber das könnte sich schnell ändern.« Sie machte eine Pause. »Meine Schauspielerinnen werden nicht ausgebildet, um Nutten zu werden. Merken Sie sich das. Und verbreiten Sie es möglichst unter Ihren Kollegen.«

Zu Hilde sagte Bongers: »Du wirst ab jetzt in einem Beruf arbeiten, den Männer gerne missverstehen. Lerne, dass du dir die Männer aussuchst und nicht umgekehrt. Und noch eins: Sag niemals aus Erschöpfung *ja.*«

Hilde wurde rot, nicht vor Scham, sondern vor Wut, weil die Bongers schon wieder eine Entscheidung für sie getroffen hatte. Musste man sich als Schauspielerin denn in einem fort ins eigene Leben dreinreden lassen?

Hilde spielte damals am Deutschen Theater. Sie spielte aber nie so richtig, denn meistens ertönte die Fliegersirene schon, bevor ihre einzige Szene drankam. Allabendlich wurde der Inspizient von der Stadtkommandantur gewarnt, damit er rechtzeitig den Vorhang fallen lassen konnte, worauf das Publikum stumm ergeben in den nächsten Luftschutzkeller eilte.

Die Bongers schlug Hilde auch beim Film vor. Schon bald darauf hatte sie ihren ersten Drehtag in dem Gute-Laune-Streifen *Fahrt ins Glück*. Die Stars waren Käthe Dorsch und Rudolf Forster. Diese hinreißenden und berühmten Schauspieler interessierten Hilde weniger als die hinreißende Schinkensemmel, an der der Regisseur vor Drehbeginn knabberte. Hilde hörte seinen Anweisungen aufmerksam zu, gleichzeitig schluckte sie ihre Spucke runter, während sie den Schinken, die Butter und die Semmel verschwinden sah.

Der Regisseur gab das Zeichen, hungrig spielte Hilde die Szene. Forster sprach das Stichwort, auch die Dorsch sagte ihres, und Hilde antwortete darauf: »Mama.«

»Kopieren«, rief der Regisseur und verließ das Studio. Das war Hildes erster Drehtag.

Jeden Abend standen sie alle auf dem Bahnhof Babelsberg und warteten, die großen Stars genauso wie die weniger bekannten Schauspieler. Marika Rökk, Ilse Werner, Hilde Krahl, in dicke Mäntel gehüllt, fast unkenntlich durch Schals und Tücher. Nur ein Star brauste immer an den anderen vorbei: Hans Albers. Der blonde Hans hatte Wagen und Chauffeur, er brauchte nicht auf die Bahn zu warten.

Die überfüllte Bahn, die von besoffenen Zugführern gelenkt zu werden schien, so sehr rüttelte und schwankte das und legte sich gefährlich in die Kurven. Tatsächlich waren die Zugführer angehalten worden, die Pausen zwischen den Luftangriffen auf Berlin zu nützen und von A nach B zu brausen, was das Zeug hielt, Hauptsache, sie erreichten ihren Bestimmungsort. Der Krieg stand schlecht, die Bomben auf Berlin fielen täglich dichter, und die Bahngleise waren ein beliebtes Angriffsziel.

Manchmal waren die Bomber jedoch schneller als die Züge. Dann kamen die Babelsberger Schauspieler nicht mehr dazu, in ein Abteil zu springen und sich unter Lebensgefahr nach Berlin bringen zu lassen. Die Sirenen heulten Alarm: Die Flieger der Alliierten kamen. Zusammen mit allen anderen hastete Hilde zum nächsten Keller.

In einer solchen Bombennacht rannte sie einen nicht mehr ganz jungen, nicht besonders auffälligen, grimmig dreinschauenden Herren nieder. Da er kleiner war als sie und sie stärker war als er, fiel der Herr auf dem Bahnsteig lang hin. Hilde blieb stehen. Sie murmelte ihre Entschuldigung und war davon wie der Wind, ab in den Luftschutzkeller.

»Du hast Demandowsky über den Haufen gerannt«, sagte eine Kollegin am Deutschen Theater abends zu ihr.

»Wen?«

»Den Chef der Tobis Film.«

»Kenn ich nicht.«

»Aber er kennt dich.«

»Woher?«

»Ist das nicht egal? Demandowsky lädt uns ein. Nächsten Samstag. Eine Filmvorführung bei ihm zu Hause. Er holt uns nach der Vorstellung ab.«

Tatsächlich stand Ewald von Demandowsky sonnabends nach dem Schlussapplaus vor Hildes Garderobe. Sie war noch gar nicht umgezogen.

»Ich hoffe, man hat es Ihnen ausgerichtet«, rief er durch die geschlossene Tür.

»Ja – ich, klar«, haspelte sie, versuchte, sich zugleich vorzustellen, wer da draußen stand, und beeilte sich höllisch.

Er war tatsächlich nicht besonders ansehnlich, aber gepflegt und höflich. Irgendwie rührte er Hilde mit seiner Hornbrille und dieser sonderbaren intellektuellen Zurückhaltung. Ewald von Demandowsky fuhr die Schauspielerinnen in seine Villa nach Grunewald, wo die Filmvorführung stattfand. In dem Streifen spielte Ilse Werner in einem blauen Pepitakleid, ihre roten Lippen wurden häufig geküsst. Danach sprach Demandowsky über bröckelnde Moral und ausufernde Promiskuität in der europäischen Kunst und dass es Aufgabe des deutschen Films sei, damit aufzuräumen. Was er sagte, fand Zustimmung bei den Gästen. Sein gut gekühlter Sekt fand noch mehr Zustimmung.

Beim Aufbruch schien es für Hilde keinen Platz mehr im Wagen zu geben. »Ich nehme gern die Bahn«, bot sie an.

»Danke«, sagte Demandowsky zu seinem Diener. »Der Wagen kann losfahren.«

Der Diener ging. Demandowsky und Hilde sahen einander an. Er stellte ihr frei, tatsächlich die Bahn zu nehmen. Er überredete sie zu nichts. Er spielte nicht die Karte des Film-Bosses aus. Er blieb ein sanfter, höflicher Brillenträger. Hilde traf ihre Entscheidung allein.

Als sie am nächsten Morgen erwachte, sah sie wippende Zweige und einen grauen Himmel. Es war Sonntag.

»Wie spät kann es sein?«, fragte Demandowsky.

»Zehn vor neun«, antwortete sie, ohne zu überlegen.

Er fischte nach seiner Uhr. »Stimmt genau.«

»Ich habe ein eingebautes Zeitgefühl.« Sie grinste.

Zum Frühstück gab es Dinge, die es in Deutschland eigentlich nicht mehr gab. Butter und Marmelade und Weißbrot. Vor Heißhunger hätte Hilde am liebsten wie ein Urwaldmensch gefuttert, strengte sich aber an, gesittet zu essen. Sie ging ins Bad. Sie wusste nicht, was ein Bidet war, und drehte den Wasserhahn auf. Es spritzte bis an die Decke.

»Was machst du da oben?«, rief er.

»Ich … ich wasche mir die Haare.«

»Wozu?«

Später erschien Demandowskys Mutter, pompös wie eine russische Großfürstin, nahm die Hand aus dem Muff und reichte sie Hilde.

Demandowsky sagte: »Mama, ich möchte dir Fräulein Knef vorstellen.«

Hilde sagte, dass sie nun gehen müsse.

»Das ist unmöglich, Kind«, erwiderte die Großfürstin. »Sie werden sich erkälten, mit dem nassen Haar. Nicht wahr, Ewald?«

Hilde konnte Demandowsky ansehen, dass er den Namen Ewald hasste. Trotz der nassen Haare verabschiedete sie sich und fuhr in die Stadt.

Unterwegs überfiel sie ein sonderbar intensives Gefühl, dass sie nämlich noch gar nicht *zu zweit mit einem* sein wollte, erst recht nicht mit einem, der einen Diener hatte und eine Mutter und eine Villa. Hilde wollte erst mal in Ruhe gelassen werden, um ihren Beruf anständig zu erlernen und ihn anständig auszuüben. Sie wollte sich ihre Semmel mit Butter und Marmelade selbst verdienen und auch allein essen. Sie bedauerte die Entscheidung der letzten Nacht nicht. Es war schön mit Demandowsky gewesen. Aber von nun an zu zweit? Nein, mit ihr ganz bestimmt nicht.

Demandowsky sah das anders und machte Hildes Pläne des Alleinseins rasch zunichte. »Ich habe mir deine Filmmuster angesehen«, sagte er, nachdem er unangekündigt bei ihr aufgetaucht war. »Du bist eminent begabt.«

Das Wort *eminent* wollte sie sich merken, es klang beeindruckend. »Ich habe in dem Film doch nur ›Mama‹ gesagt.«

Darauf nahm Demandowsky Hilde ins Studio mit. Er bereitete gerade einen Film vor, für den er noch die Besetzung der weiblichen Hauptrolle suchte, ein Bauernmädchen.

»Du wirst Probeaufnahmen dafür machen.«

Als sie das Atelier betraten, verstand Hilde erst, wer Demandowsky in Wirklichkeit war. Alles sprang auf, Schauspieler knallten die Hacken zusammen, verbeugten sich und sagten beflissen »Herr von Demandowsky«. Man rückte Stühle und bot ihm Platz an.

Als der Maskenbildner Hilde für die Probeaufnahme zu stark schminken wollte, schnauzte Ewald ihn derart an, dass der Mann am ganzen Körper zitterte.

Abends waren sie wieder in der Villa. Demandowsky spielte Bach. Hilde war aufgekratzt, sie hatte nach den Probeaufnahmen ein gutes Gefühl. Ewald dagegen gab sich einsilbig, er ging nicht mit ihr nach oben, stattdessen nach unten, weil der Alarm losging. Beim Lärm der Flieger bekannte er ihr, dass der Film mit Hilde als Bauernmädchen gestrichen worden war. Die Front rückte näher. Das Geld fehlte. Andere Filme wurden dringender gebraucht.

Sie blieb bei ihm, diese Nacht und viele kommende Nächte. Sie machte das Zu-zweit-Sein aus ganzem Herzen mit, weil Ewald ihr mehr bedeutete, als sie gewusst hatte, weil es schön war, in der düsteren, unsicheren Zeit zu einem Mann nach Hause gehen zu können.

Sie wusste, wer Ewald war und woran er glaubte. Sie sah das goldene Parteiabzeichen an seinem Revers. Er war kein Mitläufer. Demandowsky hatte seine eigenen Vorstellungen. Dafür brauchte er Wurzeln und Halt. Er musste an etwas glauben. Ewald glaubte an die Herrenrasse und dass die Deutschen dazu berufen seien, zu herrschen. In dieser kleinmütigen, gierigen, gelangweilten Welt von Demokraten und Kommunisten glaubte er an den Auftrag des deutschen Volkes zu Gößerem, Höherem. Er war kein Fanatiker, kein Marktschreier seiner Überzeugung. Er blieb stets souverän, motivierend, er erklärte den Nationalsozialismus, zwang ihn niemandem auf. Nie hörte Hilde ihn brüllen, so wie viele andere aus der Partei.

Demandowsky kannte auch die Feinde des Nationalsozialismus genau, Marx, Freud, Kant, er las sogar Lenin. Er widerlegte sie alle mühelos. Hilde fühlte sich auch zu ihm hingezogen, weil Ewald keine Nazi-Skulptur war. Eher klein kam er daher, schmächtig, fast wie ein verschüchterter Student. Er hätte gern Schauspieler werden wollen, doch ihm fehlte die Begabung. Vielleicht kam es daher, dass er die Schauspieler insgeheim verachtete. Heute befehligte er sie, die gesamte Riege der Filmschauspieler.

Hilde liebte Ewald, sie hatte ihm intellektuell nichts entgegenzusetzen. Der Krieg tat es für sie. In den letzten Kriegsmonaten lautete die verzweifelte Strategie des Führers, die *Armee Wenk* müsse die Russen zurückschlagen. Im Zusammenschluss mit der Waffen-SS sollte diese Armee den letzten, endgültigen Kampf ausfechten, der nichts anderes bringen konnte als den Endsieg. Ein wahrhaft genialer Schachzug des Führers, der jede Niederlage ausschloss. Hilde glaubte es, weil Demandowsky es glaubte.

Die Sirenen heulten stundenlang, die ganze Nacht hindurch. Dreitausend amerikanische Bomber waren im Anflug auf Berlin. Hilde machte sich im Dauerlauf auf zum nächsten Bunker. Der war wegen Überfüllung geschlossen. Den Blick nach oben gerichtet, rannte sie auf die Straße zurück. Die Feinde flogen so hoch, dass die *Flak* sie unmöglich erreichte.

Hilde wurde von jemandem umgestoßen, nicht aus Panik, sondern zu ihrem Schutz. Der Offizier schrie, sie solle unter den Sanitätswagen kriechen. Dabei sah er sie an, im nächsten Moment traf ihn die Kugel, er war tot. Die ganze Welt hob sich, bebte und blitzte. Der Boden brach auf. Hilde lag unter dem Laster, alles war zerfetzt, alles ein brüllender Atem. Der Feuersturm fegte sie wieder unter dem Laster hervor und schleuderte sie gegen die Bunkermauer. Mit verbrannten Händen kroch sie vor die Tür und hämmerte dagegen. Das Toben wollte nicht enden. Sie war blind und irgendwann taub und irgendwann gar nichts mehr.

»Die ist tot«, sagte einer, der sich über Hilde beugte.

Sie drehte sich um, damit er sah, dass sie nicht tot war. Die erstaunliche Hitze am ganzen Körper und das Blut, von wem stammte das viele Blut? Sie wollte dem Mann widersprechen, sie sei nicht tot, sie habe noch gar nicht gelebt. Aber sie konnte nicht sprechen. Das Blut kam aus ihrem Hals, sie erbrach Blut. Stand trotzdem auf, torkelte zum Kurfürstendamm, fiel wieder hin und stand wieder auf.

»Haben Sie mein Kind gesehen?«, fragte ein Mann, der vor einem brennenden Schutthaufen kniete. »Sie ist sechs, blond, haben Sie mein Mädchen gesehen?« Einen Stein nach dem anderen nahm er von dem Haufen.

Hilde schaffte es bis ins Krankenhaus. Der Arzt arbeitete lange an ihr, mit einer Pinzette. Dutzende amerikanische Metallteile holte er aus Hildes Lippe, Hildes Bein, aus den Händen. Den Hals musste er operieren. Er musste ihn aufschneiden und einen Schlauch hineinschieben, damit Hilde nicht erstickte.

Das Krankenhaus brannte, mehrere Stationen existierten nicht mehr, auch die Entbindungsstation. Neben Hilde wurde einem Jungen der Arm amputiert. Der Junge brüllte. »Mutter, Mutter!«

Hilde war bei Bewusstsein. Aus dem Augenwinkel konnte sie den amputierten Arm sehen, die kleine Hand und die blonden Härchen darauf. Wie sonderbar, einen Arm zu betrachten, ohne einen Körper daran.

Der Arzt gab ihr die Spritze heimlich, unter der Decke. Morphium war rar geworden, es wurde für Wichtigeres gebraucht, als die Schmerzen einer jungen Frau zu lindern. Hatte der Junge auch Morphium bekommen?

»Das tut jetzt weh«, sagte der Arzt zu Hilde.

Sie sah Blutspritzer aus ihrem Hals schießen. Dass das Hilde-Blut so weit spritzen konnte, erstaunte sie. Es spritzte der Schwester ins Gesicht. Das Blut formte fantastische Landschaften auf der weißen Schwesterntracht. Hilde wollte schlafen, aber das Morphium musste verpanscht gewesen sein. Sie blieb die ganze Zeit über wach.

Demandowsky kam zu ihr geeilt. In ihrem Dämmerzustand sah Hilde, wie er sich ans Revers fasste. Seine Finger entfernten die Spange, die das goldene Parteiabzeichen festhielt. Er steckte das Hakenkreuz in die Tasche. Es wurde nicht mehr so gern gesehen, seit Berlin Frontstadt geworden war. Vielleicht wollte Demandowsky auch nicht, dass das Hakenkreuz über Hilde blinkte, während er sich zu ihr beugte und sie zärtlich küsste. Sie versuchte, etwas zu sagen und konnte nicht. Kein Ton, kein Hauch, alles geschwollen, sie war verstummt.

8.
BERLIN-MITTE, HEUTE

»Kalt wie ein Eisberg. Heiß wie die Tropen«, murmelte Tobias schmunzelnd. Heute war er nicht allein im Kino. Eine Handvoll Leute gab es immerhin, die das Finale der Knef-Retrospektive nützen wollten. In den letzten Tagen hatte er während der Vorstellungen häufig laut gesprochen. Wen störte es schon? Er und Hilde im großen Saal, er kommentierte ihre Filme, sie spielte für ihn.

Als er sie in dem Film *Nachts auf den Straßen* gesehen hatte, fragte er zur Leinwand hoch, wieso sie als Anhalterin so furchtlos zu Hans Albers in den Laster stieg. Albers war zwar schon ein älterer Herr, aber ihm saß noch der Schalk im Auge. Hilde antwortete nicht Tobias, sondern Albers, dass sie nie bei Pkw-Fahrern, nur zu Brummifahrern einsteigen würde. Albers konterte, dass die Kerle auf den Lastern wohl zu dusslig seien, sich an ein hübsches Mädchen ranzumachen. Hilde setzte darauf ihr ehrliches, ein wenig trauriges, ein wenig ängstliches Gesicht auf und sagte: »Nein, die Kerls auf den Lastern sind nur anständiger als die andern.«

Tobias konnte die Szene bereits mitsprechen, und er sprach sie mit. Er genoss Hildes Auftritte, war aber auch zufrieden, wenn sie mal nicht dran war, weil er sich dann auf ihren nächsten Auftritt freute.

In dem *Film ohne Titel* pendelte sie amourös zwischen Willy Fritsch und Hans Söhnker hin und her. Jedes Mal wünschte sich Tobias, sie möge mit dem weltgewandten

Willy Fritsch zusammenkommen, obwohl er ein Schauspieler im Dienste der Nazis gewesen war. Aber die Geschichte verlief anders, unerbittlich kam es zum Walzerfinale mit Hans Söhnker. In Fällen wie diesen war der Kinobesucher machtlos.

Die meisten Retrospektive-Besucher kamen in *Die Sünderin* mit Hildes berühmter Nacktszene. Da hatte man ja einiges gelesen, das war damals doch *der* Filmskandal des Jahrzehnts gewesen. Und obwohl der Film nach dem Aufschrei der katholischen Kirche und ihrer angegliederten Institutionen mit einem Bannfluch belegt worden war, hatten ihn in den fünfziger Jahren sieben Millionen Menschen gesehen.

Wie hat Hilde das alles geschafft?, dachte Tobias manchmal, wenn er der Handlung gerade nicht hundertprozentig folgte: In nur zwei Jahren hatte sie hintereinander praktisch all ihre berühmten Kinofilme gedreht: *Die Sünderin, Entscheidung vor Morgengrauen, Nachts auf den Straßen, Diplomatic Courier, Schnee am Kilimandscharo.* Wie konnte man das bewältigen? Sie hatte mit Oskar Werner, Hans Albers, Willi Forst, Tyrone Power und Gregory Peck gearbeitet. Wenn das Schicksal einen so verschwenderisch beschenkte, wenn das Füllhorn des Erfolgs nicht aufhörte zu sprudeln, wie kam man sich da vor?

Neugierig, wie er war, fragte Tobias Hilde direkt danach. Er fragte sie laut und deutlich im leeren Kino, meistens mit Fruchtgummi im Mund.

»Wie machst du das, Hilde? In jedem Film bist du gut, ausgezeichnet sogar, aber in jedem Film bist du zugleich *nur du.* Keine dolle Maske, keine veränderte Sprache, keine Schauspielertricks, kein *Method Acting,* das gab es damals noch nicht. Du betrittst die Szene und sagst deine Textzeile. Und zwar als Hilde. Mit deiner unverwechselbaren heiseren, tiefen Hilde-Stimme und dem Berliner Schnodderton. Selbst wenn du Englisch sprichst, klingt es, als stündest du auf dem Alexanderplatz.«

Tobias fand schließlich die Lösung selbst. »Weil du zum Star geboren bist«, lautete die Antwort. Die wirklichen Stars waren immer *nur* sie selbst. Sie schlüpften nicht in ihre Rollen, die Rollen kamen zu ihnen. Connery war einer der größten Stars überhaupt, und doch blieb er immer Sean Connery.

Um das Phänomen zu beschreiben, bemühte Tobias nicht nur die Stars von damals. Jennifer Lawrence, Alicia Vikander, Will Smith, das waren SchauspielerInnen, die immer sie selbst blieben.

»Schon klar, es gibt natürlich auch Meryl Streep«, rief Tobias zur Leinwand hoch, um einem gängigen Einwand zuvorzukommen. »Die ist jedes Mal anders und jedes Mal toll. Aber das Beispiel gilt nicht. – Warum?«, stellte er die Gegenfrage selbst, da die Leinwand-Hilde ihm noch nie geantwortet hatte. »Weil es manchmal eben Jahrhundertbegabungen gibt. Die Ausnahmen und die Regel, du verstehst.«

Heute, am letzten Tag seiner Affäre mit Hilde, spielte sie zum ultimativen Mal im Babylon-Kino für ihn. Natürlich hätte man sich Hilde-Filme auch auf YouTube reinziehen können, aber so was machte Tobias nicht. Marlou würde so etwas tun, aber die interessierte sich nicht für Hilde, sie war höchstens ein bisschen eifersüchtig auf sie.

Der allerletzte Film, den sie am allerletzten Tag zeigten, war – wie hätte es anders sein können? –, *Schnee am Kilimandscharo.* Tobias hatte dabei seine Finger im Spiel gehabt. Er galt mittlerweile als der ungekrönte König der Knef-Retrospektive und war der VIP-Besucher des Babylon. Er hatte eine Menge Kohle nach Babylon getragen. Deshalb hatte ihn die Besitzerin gefragt, womit der Knef-Zyklus enden sollte. Ein anderer hätte sich vielleicht *Die Mörder sind unter uns* gewünscht oder *Die Sünderin.* Aber Tobias war ein traditioneller Mensch. Mit *Schnee am Kilimandscharo* hatte alles begonnen, bei *Schnee am Kilimandscharo* wollte er sich von Hilde verabschieden.

Da saß er also, mit grob gerechnet zehn weiteren Zuschauern im Saal. Die langen Anfangsszenen zwischen Gregory Peck und Ava Gardner hatte er tapfer durchgestanden und freute sich auf Hildes ersten Auftritt unter Wasser.

»Kalt wie ein Eisberg. Heiß wie die Tropen«, murmelte er. Wer den Film kannte, wusste, was damit gemeint war.

Vor Tobias drehte sich eine Frau um. »Was?«

»Ach, nichts.« Er lächelte geheimnisvoll.

»Was ist kalt wie ein Eisberg und heiß wie die Tropen?« Die Frau war in einem Alter, dem zufolge sie Hilde noch live erlebt haben könnte, bei einem ihrer Konzerte vielleicht.

»Warten Sie's ab.« Tobias nickte zur Leinwand hoch. »Es kommt gleich.«

»Sie kennen den Film schon?«, erwiderte die Frau mit freundlichen Augen.

»Das kann man wohl sagen.«

»Aber Sie sind noch so jung.« Sie legte den Ellbogen auf die Stuhllehne. »Wie kann Ihnen *Schnee am Kilimandscharo* gefallen?«

»Er gefällt mir einfach.« Tobias beugte sich vor. »Sie sehen sich den Film wegen Gregory Peck an, stimmt's?«

Verschämt, als sei er ihr auf ein süßes Geheimnis gekommen, senkte sie den Blick. »Ach, Gregory. Ja, ich kenne jeden seiner Filme.«

»Moment, das kann nicht stimmen. Vom Alter her, meine ich. Peck hat seine größten Filme kurz nach dem Krieg gedreht.«

Sie lächelte über das indirekte Kompliment. »Ich sehe ihn natürlich im Fernsehen. Da spielen sie seine Filme immer wieder.«

Bevor Tobias antworten konnte, beugte sich jemand aus der Reihe dahinter zu ihm.

»Wenn Sie nichts dagegen haben, würde ich gern den Film sehen und nicht Ihre dämliche Unterhaltung mithören müssen.« Skinhead-Schnitt, dazu Anzug und Krawatte. Der Mann war offenbar direkt aus dem Büro ins Kino gelaufen.

»Dämlich?« Tobias war drauf und dran, sich aufzuregen, beherrschte sich aber. Die Szene mit Hilde stand unmittelbar bevor. Gregory ließ sich im Film gerade rasieren. Währenddessen dachte er zurück an die schöne Zeit mit der Comtesse Elisabeth. In diesem kostbaren Moment durfte Tobias auf keinen Fall einen Streit anfangen.

»Entschuldigen Sie bitte«, erwiderte er und sah gespannt zur Leinwand hoch.

»Es gab mal eine Frau«, sagte Gregory Peck. »Und was für eine Frau.«

So ist es, dachte Tobias, es gab mal eine Frau, und was für eine Frau. Die Szene überblendete an die französische Riviera. Eine Jolle kam ins Bild, auf der Gregory in der Sonne lag. Eine nackte Frau schwamm unter Wasser. Tiefblaues Meer, Korallen, Unterwasserzauber. Sie schwamm und schwamm, elegant wie eine Nixe tauchte sie neben

Gregorys Boot auf. Fasste nach der Mastverstrebung, streifte ihr blondes Haar zurück und lächelte.

»Du schwimmst hervorragend«, sagte Gregory.

Hilde hatte ihre erste Großaufnahme. Wie hübsch sie war, wie jung, wie alt, wie Hilde.

Ihr erster Satz. »Natürlich, wenn ich finde, dass es sich lohnt. Ich schwimme doch zu dir, Harry.«

Hilde hatte sich für die deutsche Fassung selbst synchronisiert. Bei ihr hatte man den Originalgenuss, während man bei Gregory einen Synchronsprecher in Kauf nehmen musste.

»Kannst du alles so gut?«, fragte der Synchronsprecher Hilde.

Gregory Peck packte zu. Er fasste Hilde um die Taille und versuchte, sie aufs Boot zu ziehen. Der aufmerksame Kinobesucher erkannte, dass Hilde nicht nackt war, sondern einen raffinierten hautfarbenen Badeanzug trug.

»Lass das, Harry.« Sie wehrte sich.

Nach kurzem Kampf ließ er sie lachend in die Fluten zurückgleiten. »Was ist mit dir los? Hast wohl Angst, die Fische zu erschrecken«, knurrte der Star.

»Ich hab Angst vor dir.« Hilde wandte sich nach links, wo die Kamera sein musste.

Tobias hob den Kopf, er straffte die Wirbelsäule. Stocksteif saß er da. Irgendetwas stimmte nicht. Hilde sollte sich nicht nach links wenden, wo die Kamera war. Sie hatte sich noch nie nach links gewandt, wo die Kamera war. Nicht in diesem Film, nicht in dieser Szene. In dieser Szene blieb sie auf Gregory Peck konzentriert.

»Die kalte Liz!«, rief er gerade und lachte noch einmal.

Hilde sollte jetzt erwidern: »Ich wollte dir bloß sagen,

dass sich deine Pläne geändert haben, Harry. Du fährst heute Abend nicht weg.«

Scheinbar tat Hilde genau das. Wie eh und je, so wie sie das seit dem Jahr 1952 jedes Mal in diesem Film gemacht hatte, sagte sie: »Ich wollte dir bloß sagen …«

Aber sie kam nicht weiter. Warum sprach sie nicht weiter? Hatte sie ihren Text vergessen? Konnte man auf einer Filmkopie, die bestimmt hunderte Male gezeigt worden war, seinen *Text vergessen*?

»Ich wollte dir nur sagen …«, setzte Hilde ein zweites Mal an. Wieder kam sie damit nicht zu Ende. Diesmal wandte sie sich ganz ohne Zweifel nach links, dorthin, wo eigentlich nichts war, weil sie von der linken Seite gefilmt wurde. Dort musste die Kamera gestanden oder vielmehr geschwebt haben, denn schwimmen konnten Kameras nicht.

Hilde drehte sich nach links und senkte den Blick ein wenig. Aus diesem Winkel sah sie direkt … Nein, nein, das gab es nicht! Sie sah direkt zu Tobias. Sie schaute ihn an, sah ihm in die Augen, dem unauffälligen jungen Mann in Reihe sieben.

Tobias setzte sich immer in die siebente Reihe. Das war nicht zu nahe an der Leinwand, aber immer noch nahe genug, um im Filmgeschehen aufgehen zu können. Reihe sieben, Platz zwei. Nicht in der Mitte, Tobias mochte die Mitte nicht, weil er ein Fluchttier war. Am Ende eines Films wollte er schnell nach draußen, nicht erst warten müssen, bis eine verpennte Familie neben ihm ihre Mäntel anzog. Reihe sieben, Platz zwei, das galt als Gesetz. Auf Platz eins legte er seinen Mantel, damit sich dort niemand hinsetzen konnte.

Hildegard Knef betrachtete den jungen Mann in Reihe sieben, Platz zwei und sagte: »Mein Gott, Sie müssen diesen Film wirklich lieben.« Sie sagte es mit der Knef-Stimme, dem Knef-Ausdruck, dem nassen Haar, Wasser im Gesicht.

»Meinen Sie mich?«, fragte Tobias.

Hatte er das eben wirklich gesagt? Konnte ein vernünftiger Mensch so etwas fragen? Während der letzten Woche hatte er öfter mit Hilde gesprochen, aber er wusste das einzuordnen. Allein im Kino, ungestört durch andere, plauderte man schon mal ein paar Worte mit seinem Idol. Soeben aber hatte er wirklich und wahrhaftig »Meinen Sie mich?« gefragt.

Das allein wäre schon crazy genug, aber es war noch nicht mal ansatzweise so crazy wie das Kommende.

»Sie sind jeden Tag hier«, antwortete Hildegard Knef. »Jeden Tag, seit ich hier bin, sind Sie auch hier. Ich habe Sie bestimmt schon, ich weiß nicht, zwanzig Mal gesehen. In allen meinen Filmen.«

»Sie können … mich sehen?«, fragte Tobias, ohne zu glauben, dass er das wirklich fragte. »Genau so, wie ich Sie sehen kann?«

»Sie sitzen immer in Reihe sieben«, antwortete die Knef. »Heute sehen Sie sich zum siebenten Mal *Schnee am Kilimandscharo* an. Glauben Sie an Zahlenmystik?«

Hildegard Knef hatte ihn gefragt, ob er an Zahlenmystik glaubte. »Eigentlich nicht«, antwortete Tobias treuherzig. »Genau genommen weiß ich zu wenig darüber.«

»Aber ich«, sagte die Frau in der Reihe vor ihm. »Ich glaube an Zahlenmystik. Ich bin an einem Vierzehnten im März 1952 geboren. Das bedeutet, meine Lebenszahl ist die Sieben.« Die Frau hob den Kopf zur Leinwand, danach fiel sie in Ohnmacht, weil ihr bewusst wurde, dass sie mit einem toten Filmstar gesprochen hatte.

Gregory Peck meldete sich hinter Hilde zu Wort. »*Nein?*«, fragte er. »*Dann verrate mir mal, warum du glaubst, dass ich nicht fahre.*«

Das waren die exakten Zeilen seiner Rolle, die Zeilen, die er in diesem Moment zu sagen hatte. Die er bisher jedes Mal gesagt hatte. Während Hilde offenbar auch andere Dinge sagen konnte, war es Peck unmöglich, aus der Szene auszubrechen. An seiner Miene, den hilflosen Gesten, die er auf dem Boot machte, konnte man erkennen, dass er mit dem ungewohnten Verlauf der Szene nicht einverstanden war.

»Wir sollten miteinander reden«, sagte Hildegard zu Tobias, schwamm vom Boot weg und direkt auf die Kamera zu. Sie ließ Gregory hinter sich.

Gregory Peck stand auf der schwankenden Jolle. »*Nein?*« Mit einem Mal wirkte er ziemlich hilfos. »*Dann verrate mir, warum du glaubst, dass ich nicht fahre!*«

Der Star des Films winkte Hildegard Knef hinterher, die sich immer weiter von ihm und dem Boot entfernte. Da Gregory so heftig winkte, schwankte das Boot bedenklich. Er strauchelte und hielt sich am Mast fest. »*Dann verrate … mir doch mal … warum du glaubst … dass ich nicht fahre!*«, brüllte Gregory Peck der Schwimmenden nach.

Hildegard Knef schien nur noch Augen für Tobias zu haben.

Plötzlich spürte er eine Berührung auf seiner Schulter. »Sagen Sie mal, gehört das so?«, fragte der Mann in der Reihe dahinter.

»Ob was so gehört?«, wiederholte Tobias wie unter Drogen.

»Ich meine, die Szene. Ich habe den Film noch nie gesehen. Aber ich frage mich …« Die Skinhead-Glatze reflektierte das Licht der Leinwand. »Ist das richtig, dass die Knef jetzt mit dem Publikum spricht?«

»Nein«, hauchte Tobias. »Nein, das ist absolut nicht richtig.«

Mit kräftigen Schwimmstößen, spritzend und platschend erreichte Hildegard Knef den vorderen Bildrand. Rund um sie glitzerten Wasserperlen, die angeblich aus dem Mittelmeer stammten. Aber es spritzte nicht nur im Mittelmeer, es spritzte auch auf den Boden vor der Leinwand, es spritzte in Reihe eins und zwei, wahrscheinlich trafen ein paar Tropfen sogar die bewusstlose Frau vor Tobias.

Mit einem gewaltigen Platsch sprang Hildegard Knef aus dem Mittelmeer. In ihrem fast durchsichtigen Badeanzug stand sie da, schüttelte sich und strich erneut ihr Haar zurück. Sie zitterte.

»Ist Ihnen kalt?«, fragte Tobias, nahm seinen Mantel von Platz eins und trat aus Reihe sieben, ließ die Reihen sechs bis eins hinter sich und marschierte zur Mitte der Leinwand, wo Hildegard Knef ihn erwartete. Tobias legte ihr den Mantel um die Schultern.

»Danke.« Die Knef sah ihn freundlich an.

»Gern geschehen.« Er betrachtete ihr perfekt geschminktes, nasses Gesicht. Ihre Lippen kamen ihm nicht mehr so rot, eher ein bisschen blau vor.

»Nichts wie raus hier«, sagte Hildegard Knef.

»Sie dürfen das Kino verlassen?«

»Aber sicher. Mit wem habe ich das Vergnügen?«

»Ich bin Tobias.«

»Hallo. Ich bin Hilde.«

»Ja, ich … Ich weiß.«

»Wollen wa?«, fragte sie.

»Wohin?« Er spürte den Stoff seines Mantels, in den erst ihr rechter, dann ihr linker Arm schlüpfte.

»Nach Berlin natürlich.«

9.
BERLIN-MITTE, ABENDS

Wie praktisch, dass es vom Kino nicht weit bis zum Hackeschen Markt war, wo sich die Klamottenläden aneinanderreihten. Hilde musste aus den nassen Sachen raus. Tobias lief mit ihr durch die Münzstraße. Er hatte keine Ahnung, dass dort neulich ein *Lagerfeld*-Store aufgemacht hatte.

Hilde lief schnurstracks darauf zu. »Den gibt es immer noch?« Ihre nackten Füße klatschten auf dem Pflaster.

»Nur seine Marke gibt es noch.«

»Ich habe ihn mal kennengelernt – wann war das, in den Achtzigern? Er hat ein Kleid für mich entworfen. Nein, das muss schon in den Siebzigern gewesen sein.«

»Er ist vor ein paar Jahren gestorben.«

Niemand bei *Lagerfeld* nahm Anstoß daran, dass eine Kundin barfuß bei ihnen eintrat, angetan nur mit einem Herrenmantel und sonst wenig. Mit nassem Haar und zerlaufener Wimperntusche sah Hilde sich um. Auf Ständern und in Regalen fand sie vorwiegend Schwarz. Und weiß natürlich. Und Schwarzweiß.

»Gut. Das gefällt mir.« Sie schritt die Regale ab. »Das. Und das. Und das dort drüben.« Stilsicher, zielsicher zeigte sie auf das Gewünschte.

Die kindlich, zugleich arrogant wirkende Fachangestellte nahm das Gewünschte von den Bügeln und führte Hilde zu den Kabinen, deren Größe in Japan als Einzimmerwohnung durchgegangen wäre. Hilde verschwand.

Tobias dachte nach. Nicht warum und wieso er hier war

und mit wem, versuchte er zu ergründen, darauf gab es keine Antwort. Die einzig schlüssige Antwort auf das *Warum* musste lauten: Zugriff verweigert. Und die Antwort auf das Wieso-gerade-ich? lautete: Zugriff verweigert. Überlegungen, die nirgendwohin führten, führten nirgendwohin. Nächste Frage.

Es war achtzehn Uhr dreißig, die Vorstellung von *Schnee am Kilimandscharo* hätte noch bis acht gedauert. Was unternahmen die anderen Schauspieler, während Hilde in Berlin unterwegs war? Machten sie Pause? Übersprangen sie Hildes Szenen einfach? Streikten sie?

Halb sieben Uhr abends in Berlin. Tobias hatte noch nichts gegessen. Das mulmige Gefühl in seinem Bauch hatte also nicht nur mit der Frau in der Umkleidekabine zu tun, auch sein Magen knurrte. Wo konnte man um diese Zeit etwas essen? Überall natürlich. Das war Berlin. Berlin-Mitte. Der Alex kam in Frage, aber alles auf dem Alex war hässlich. Lieber ein Stück die Spree entlang Richtung Reichstag. Rund um das Theater am Schiffbauerdamm gab es ein paar vernünftige Lokale.

An der Weidendammer Brücke zum Beispiel. Diese Brücke war ein Ort, den Tobias auf magische Weise mit dem wahren Berlin verband. Im 17. Jahrhundert aus Holz errichtet, drittältester Brückenschlag der Stadt, war die Brücke vor allem ein wichtiger Schauplatz in *Pünktchen und Anton*. Und wenn es etwas absolut unverwechselbar Berlinerisches für Tobias gab, dann das Buch von Erich Kästner. Dorthin wollte er mit Hilde gehen.

Er hatte vor, ihr etwas zu bieten, wenn sie schon mal in Berlin war. Er selbst war normalerweise kein großer *Essengeher*, deshalb holte er zu dem Thema eine zweite Meinung ein.

»Hör mal«, sagte er zu der kindlich arroganten Angestellten. »Wenn du hier in der Gegend was essen möchtest, wo würdest du hingehen?«

»Nirgends.«

»Ach?«

»Nix als Touri-Nepp, so weit das Auge reicht. Rund um den Hackeschen.« Sie schob die Unterlippe vor. »In Friedrichshain könnte ich dir einiges zeigen.«

»Ist das nicht ein bisschen weit?«

Mit dem Daumen winkte die Kindliche hinter sich. »Deine Lady sieht auch nicht so aus, als ob sie sich mit dem Friedrichshain zufriedengeben würde.«

»Wie sieht die Lady denn aus?«

»Die ist nur das Beste gewohnt.«

»Das kannst du feststellen, obwohl sie nur einen Badeanzug trägt?«

»Das sieht man sofort.« Die Kindliche machte ein paar Schritte Richtung Umkleide. »Alles in Ordnung bei Ihnen?«

Als Antwort kam ein undefinierbares Knurren.

»Nur das Allerbeste«, wiederholte Tobias für sich. »Wow!« Das Letzte galt Hilde.

Es war schlichter als schlicht und schicker als schick. Ein schwarzer Blazer mit versetztem weißem Revers. Gerade geschnittene Hosen mit diesen glänzenden Dingern an den Seitennähten, Lampasse hießen die beim Smoking. Dazu schwarzweiße Converse.

In *Schnee am Kilimandscharo* musste Hilde siebenundzwanzig Jahre alt gewesen sein. Eine siebenundzwanzigjährige blonde Berlinerin in einem Modell von Lagerfeld – Tobias war bezaubert. Unter dem Blazer trug sie ein weißes T-Shirt.

Selbstbewusst schaute Hilde in den Spiegel. »Det machen wa.« Sie nickte. »Sonnenbrille«, sagte sie zur Angestellten.

Die hatte augenblicklich den Klassiker zur Hand, das Modell, das auch der Altvater getragen hatte.

»Fertig«, sagte Hilde hinter dunklen Gläsern.

»Bar oder mit Karte?« Die Kindliche machte die ec-Maschine bereit.

Von der Frage wirkte Tobias einen Moment überfordert. »Ich weiß nicht.«

Hilde gab ihm seinen Mantel zurück. »Wie es aussieht, habe ich im Badeanzug kein Kleingeld eingesteckt.«

»Klar, nein, klar, nichts eingesteckt.« Er tastete nach seinem Portemonnaie und zog die Karte hervor, die er so gut wie nie benützte, weil man Fruchtgummis und Fertig-Pizza nicht mit *American Express* bezahlte. Er legte die Karte auf die Maschine, es piepte, schon waren zweitausendsechshundert Euro abgebucht.

»Was wäre das in D-Mark?«, fragte Hilde.

Er schluckte. »Das will ich lieber nicht wissen.«

»Dann mal los. Berlin wartet.«

Während sie Lagerfeld verließen, überschlug Tobias, dass sein Gehalt für den Mai noch nicht eingegangen und seine Kohle für April aufgebraucht war. Wann kam der Moment, an dem seine Karte ihm den Dienst verweigern würde? Reichte sein Kreditrahmen aus, um Hilde ein anständiges Dinner zu spendieren?

Sie musste Gedanken lesen können, anders war es nicht zu erklären, dass Hilde sagte: »Wenn ich Geld brauche, hab ich's mir meistens von Marlene geliehen.«

»Marlene? – Die Marlene?«

Sie nahmen den direkten Weg an die Spree.

10.
HOLLYWOOD, 1953

»Marlene kommt auch«, sagte Billy Wilder.

Einen Oscar hatte er bereits, der Wiener, der Neulanderoberer in den USA. Als Hilde vor seinem Haus stand, war sie aufgeregt wie vor einer Prüfung. Sie hatte Wilders *Das verlorene Wochenende* zweimal gesehen, weil sie mitreden können wollte bei *Drinks and Dinner,* wie die Einladung lautete.

Stundenlang hatte sie sich geputzt und frisiert, nicht entscheiden können, was sie anziehen sollte, und am Schluss das Grüne gewählt. Falsch, dreimal falsch, dachte sie, während sie die Türglocke bediente. Eine Rothaarige konnte Grün tragen, aber keine blasse Blonde.

Kein Angestellter, sondern der Hausherr öffnete ihr persönlich. Der runde Schädel mit dem stoppelkurzen Haar erinnerte sie an eine Katze. Aber Wilder hatte nichts Katzenhaftes, Schleichendes, Schmeichelndes. Neugierig zuckten seine Augen über die Menschen, ob er irgendwo eine Schwäche an ihnen entdeckte, einen menschlichen Makel, den er in seinem nächsten Film benützen konnte. Der zynische Mund, gemildert durch den Charme des Altösterreichers, die gequetschte Stimme, als ob man eine historische Plattenaufnahme des Kaisers hören würde. Sein Spott traf, und der Verspottete merkte es meist zu spät. Ein kleiner, unauffälliger Mann, der das Zeichen des Siegers auf der Stirn trug und wachsam um sich blickte, ob die Besiegten auch wirklich alle tot waren.

Das Haus gefiel Hilde auf den ersten Blick, weil der Erfolgreiche nichts von seinem Erfolg zur Schau stellte. Nicht einmal den Oscar konnte sie auf dem Kaminsims entdecken, dafür Bücher, Bücher bis an die Decke, Originale von Toulouse-Lautrec an den Wänden, und eine Bar, die aus der Wand auftauchte und wieder verschwand, genau wie das dunkelhaarige Wesen, das einem Filmmagazin entstiegen sein musste, so schön, so makellos. Da der Gast eine Deutsche war, befahl Wilder dem Wesen, Deutsch zu sprechen. »Sieg Heil«, sagte sie. »Schtillgestanden.« Hilde lachte bemüht.

Während sie beim ersten Drink waren, wurde es draußen schon dunkel. Wilder machte nur ein einziges Licht an, was eine junge attraktive Schauspielerin leicht hätte missverstehen können. Doch sein Desinteresse an Hilde als Frau war greifbar. Sie interessierte ihn ausschließlich als deutsches *Alien,* das sich nach Hollywood verirrt hatte. Seine spezielle Lichtregie galt vielmehr dem Auftritt der Göttin.

Aus dem Dunkel erschien eine strahlend helle Ikone, deren Erscheinung von einem noch helleren Heiligenschein umrahmt schien. »Hallo«, hauchte jemand über Hilde. Ein Gesicht schwebte scheinbar losgelöst vom Körper herein.

Hilde hatte mittlerweile eine ungefähre Ahnung, wer sie selbst war und wer sie irgendwann sein könnte, wenn sie hart arbeitete und das Glück ihr hold blieb. Sie akzeptierte ihre dusslige Feinfühligkeit, die in Hollywood nicht unbedingt hilfreich war, weigerte sich allerdings, die permanente Angst zu akzeptieren, die sie befiel, Angst vor jeder neuen Aufgabe. Blass und verschüchtert war sie, mit einer Haut, die die Sonne nur kurz ertrug, und einem Körper, von dem sie nicht verstand, weshalb er unter die *Hübschen* Hollywoods eingereiht wurde. Geschminkt und frisiert vermochte Hilde die Kamera zu überzeugen, dann wirkte sie stark, und diese Stärke kam von innen. Das war das Höchste, was sie über sich als Schauspielerin zu sagen wagte.

Dort kam Marlene. Die litt nicht unter den Komplexen, mit denen Hilde sich herumschlug. Hier trat eine Frau ein, die sich ihrer selbst absolut sicher war. Auch ihrer Schönheit. Dieser unvergleichlichen Schönheit. Wo immer Marlene saß, thronte sie, und jeder in ihrer Umgebung wurde zur Entourage, zu ihrem Hofstaat.

In Betrachtung dieses Gesichts klappte Hildes Mund langsam nach unten. Das war eine Frau, vollkommen im Reinen mit sich, ein Antlitz, so weit wie eine Landschaft. »Seht mich nur an, wenn es euch Freude macht«, sagte dieses Gesicht.

Sie bestellte einen Drink mit Rum bei der Dunkelhaarigen hinter der Bar, die in Gegenwart Marlenes zum Mauerblümchen verkam. Wilder kündigte an, dass er philippinisches Essen geordert hatte. Sein Diener Max brachte es auf mehreren Platten. Marlene ließ sich von den süßsauren Rippchen auftun. Neben den Tellern lagen Essstäb chen.

»Wenn ich damit essen muss, werde ich verhungern«, sagte Hilde in ihrer nicht enden wollenden Nervosität.

Marlene lehnte sich vor, als hätte sie nicht richtig gehört, und fing unvermittelt zu lachen an. Ein Lachen wie aus einem Märchen, leise anschwellend, melodisch, aber auch atemlos, das irgendwo im Raum verschwand. Marlene aß nur wenige Bissen und griff zur Zigarette. Max wollte ihr Feuer geben, aber sie und ihr Dunhill-Feuerzeug waren schneller. Das Streichholz erlosch ungenutzt in seiner Hand.

»Die ist wie ich«, sagte Marlene, mit der Zigarette auf Hilde deutend. »Nur in jung.« Sie sagte es auf eine Art zu Wilder, als ob Hilde nicht im Raum wäre. Kein Plauderton, eher eine Feststellung, die jede Widerrede unmöglich machte.

»Erzählen Sie von Berlin.« Marlene sprach leise, als fände sie es nicht der Mühe wert, zu viel Luft an ihre Stimmbänder zu lassen. Ein weicher Ton, nur ein Hauch. Diesen Ton kannte die ganze Welt. »Ihr Geburtsdatum?«

Hilde, überfordert, antwortete mit der Jahreszahl. Geduldig fragte Marlene nach dem Monat.

»Dezember.«

»Wann im Dezember?« Sie lächelte, als wüsste sie die Antwort schon.

»Am achtundzwanzigsten.«

Marlene sah Max an wie einen alten Freund, den sie vorhin nicht erkannt hatte. Max begriff, das war sein Stichwort.

»Marlene ist am siebenundzwanzigsten geboren«, sagte er.

»Ich muss Carroll ihre Daten geben«, wandte sie sich zu Wilder, wieder so, als sei Hilde schon nach Hause gegangen. Die beiden benahmen sich wie zwei Chefärzte, über die Patientin gebeugt.

»Carroll ist Marlenes Astrologe«, erklärte Wilder, der erkannte, dass Hilde sich nicht zu fragen traute.

»Sie glauben an …?«, begann Hilde und verstummte augenblicklich. Sie hatte nicht zu zweifeln, nicht zu fragen. Durch Marlene bekam die Astrologie den Odem einer Wissenschaft.

»Natürlich beeinflussen die Gestirne das Schicksal der Menschen«, sagte sie schlicht. »Der Mond bewegt immerhin die Ozeane.« Damit war für Marlene alles gesagt.

Aber nicht für Hilde. »Was bedeutet das, wenn wir am sieben- und achtundzwanzigsten Dezember geboren sind?«

Marlenes Lächeln wirkte gütig, nachsichtig, weil eine junge Berliner Mikrobe sich mit ihr verglich. »Der Steinbock der ersten Dekade ist ein wahrer Macher. Mit Geduld und elastischer Beharrlichkeit übernimmt er Verantwortung. Dem Steinbock geht es nicht um Ruhm, sondern um Vollendung des Werkes. Bedauerlicherweise ist er dabei ziemlich gnadenlos.« Sie lehnte sich zu Hilde, als seien sie beide bemitleidenswerte Artgenossen. »Er ist ungesellig, ruhelos, ruppig, unfair und geizig.«

»Aber …« Hilde haspelte. »Aber stimmt das denn, auf uns beide bezogen?«

»Sag's ihr«, ermunterte Marlene Billy Wilder.

»Marlene geht praktisch nie aus. Sie kocht am liebsten für sich selbst. Sie ist die Ungeselligkeit in Person. Dass sie mir heute die Ehre gibt, hat damit zu tun, dass sie süßsaure Rippchen mag.« Wilders gequäktes Lachen. »Sie ist für ihre Ruppigkeit verschrien. Jeder hat Angst vor ihr, vom kleinsten Assistenten bis zum Studioboss. Ich selbst schließe mich mit ein. Sie ist so geizig, wie man es von einer Preußin erwarten darf. Nur eins ist und war sie niemals: unfair. Ich kenne niemanden, der so einen starken Gerechtigkeitssinn hat wie du.« Marlene ließ Wilders wienerischen Handkuss ohne erkennbare Regung über sich ergehen.

Sie trank aus. »Carroll hat mir geraten, in den Krieg zu ziehen.« Schon stand der nächste Drink vor ihr. »Was soll ich im Krieg, habe ich ihn gefragt. ›Singen für die Soldaten‹«, hat Carroll mir erklärt. »Und das habe ich gemacht. Es war vielleicht das Wichtigste, was ich je getan habe.«

Plötzlich schien Marlene Heißhunger zu bekommen. Sie zog die Schalen mit den Saucen heran, wählte rasch und zielsicher, tröpfelte, schöpfte, vermischte Inhalte, und nachdem ihre Kreation fertig war, tauchte sie ein Rippchen hinein und begann zu genießen.

Hilde hatte eine Frage, die man eigentlich nicht stellte, weil es sie nichts anging. Aber weil Fettnäpfchen zu ihrem Image gehörten, fragte sie dennoch. »Ich habe Sie vorhin nicht kommen hören.« Sie legte die Essstäbchen neben den Teller. »Wie sind Sie denn …?« Was blieb, war eine hilflose Geste.

Wilder antwortete anstelle der Dietrich. »Wenn Marlene in Hollywood ist, wohnt sie bei mir.« Er deutete zu einem Nebentrakt des Hauses. »In dem Zimmer über meiner Garage, wie eine illegale Einwandererin.«

»Sind wir das nicht im Grunde alle drei?« Marlene trank. »Du, der jüdische Schreiberling, der sich als Regisseur aufspielt, ich, die preußische Offizierstochter, die ohne den *Blauen Engel* irgendwo in der Provinz versauert wäre, und die kleine Hilde, die das alles erst noch vor sich hat. Kein Zuckerschlecken, das sag ich dir. Das Wichtigste ist absolute Konzentration. Wenn du schludrig bist, kannst du es gleich vergessen.«

Sie legte die Essstäbchen in eine Bambusschatulle, in die *Miss Dietrich* eingraviert war. »Vielen Dank.« Marlene stand auf und ging.

Es verstrichen mehrere Sekunden, bis Hilde begriff, dass dies tatsächlich der Abgang Marlene Dietrichs gewesen war.

»Legt sie sich denn um die Zeit schon zu Bett?«, fragte sie.

Wilder ließ sich von Max eine Zigarre geben. »Marlene schläft nie. Wenn ich morgens die Augen aufkriege, hat sie schon alle Zeitungen gelesen, mein ganzes Haus gelüftet und in der Küche eine Suppe aufgesetzt. Sie sagt meiner Putzfrau, mit welchem Mittel sie die Badewanne schrubben soll. Und dabei qualmt Marlene den ganzen Tag wie ein Industriegebiet.« Er bekam von Max Feuer. »Morgen will sie einen Kuchen backen. Und abends geht sie mit dir ins Kino.«

Als Hilde am nächsten Tag bei Marlene anrief, um sich für die Kinoeinladung zu bedanken, hauchte es nur vom andern Ende.

»Ich wollte mich bedanken, weil Mr Wilder mir ausgerichtet hat ...«, begann Hilde.

Ein mattes »Ja« verriet, dass Marlene noch am Apparat war, doch dann ein Klick, sie hatte eingehängt.

Abends wusste Hilde nicht, sollte sie sich freuen oder vor Angst im Boden versinken, weil sie mit der Frau, die die ganze Welt bewunderte, ausgehen durfte. Marlene brachte zwei Tüten Bonbons mit. Während Hilde und sie sich dem Kino näherten, band sie ein Kopftuch um. Die Dietrich verschwand. Eine Unbekannte betrat den Saal.

»In New York könnten wir jetzt während der Vorstellung Pastramisandwiches essen«, sagte sie, nachdem sie sich gesetzt hatten. »In New York könnte man überhaupt mehr machen, spazieren gehen zum Beispiel. Das bescheuerte Los Angeles, dieses monströse Dorf, das sich als Stadt aufspielt. Du musst unbedingt die braunen Bonbons kosten.«

In dem Film ging es um einen Großwesir und den Kalifen von Bagdad. Der Monumentalstreifen bot zwei Besonderheiten, den jungen Rock Hudson, den die Leinwand liebte, obwohl er nicht wusste, was er da eigentlich spielte.

Rock besuchte zurzeit dieselbe Schauspielklasse wie Hilde, zuletzt hatten sie eine Szene aus Molnars *Liliom* probiert, auf Englisch natürlich. Rock hatte keinen Schimmer, was er mit Liliom anfangen sollte, während Hilde die Möglichkeit, mal wieder an einer dramatischen Rolle zu arbeiten, gierig ergriff. Sie ging in ihrer Darstellung so vollkommen auf, dass der samtäugige Rock sie beeindruckt ansah und alle Stichworte vergaß.

Die zweite Sensation war eine Schaubusenbesitzerin. Der Darstellerin gelang es, mit ihrem Vorbau das Cinemascope-Format zu sprengen. An allen Enden pressten, schoben und drängten die Brüste aus der Leinwand heraus, und als sie sich über einen verwundeten Knaben beugte, verdunkelten die Exorbitanten dessen Gesicht.

Vom ersten Rang schrie ein Matrose: »Das in der Mitte, das ist der Kopf!«

Marlene lachte ihr leises langes Lachen und lutschte ein rotes Bonbon. Hilde begann, die Unnahbare mehr und mehr zu mögen.

Eine Woche später begleitete sie Marlene zum Hauptbahnhof von Los Angeles.

»Vier Tage im Zug«, stöhnte die Dietrich, während Max im Waggon das richtige Abteil suchte.

»Warum fliegst du nicht?« Hilde sah sich nach Kofferträgern um. Es war kurz vor der Abfahrt, doch Marlenes Gepäck stapelte sich immer noch auf dem Bahnsteig.

Max stieg wieder aus. »Weil der Astrologe Marlene eingeschärft hat, dass sie in dieser Woche auf keinen Fall fliegen darf.« Er nahm die ersten beiden Koffer.

11. MARLENE-DIETRICH-PLATZ, HEUTE

Hilde steckte die Hände in die Lagerfeld'schen Jackentaschen. »Das ist ja grauenhaft«, rief sie über den Verkehrslärm hinweg.

»Sie wollten doch den Marlene-Dietrich-Platz besuchen«, verteidigte sich Tobias.

»Weil ich nicht gewusst habe, dass Berlin ein Preisausschreiben für die größte Geschmacklosigkeit der Welt gewonnen hat«, schallte Hilde mit Stentorstimme, während ein asiatisch befüllter Touristenbus an ihnen vorbeidröhnte. »Die Bauten sind ja der reinste Neofaschismus!«

Tobias legte den Kopf schief. »Heute sagt man *zeitgemäße Sachlichkeit* dazu.«

»Das ist Millennial-Faschismus«, konterte Hilde.

Sie drangen tiefer in den Touristen-Circle rund um den Potsdamer Platz ein.

»Und diese Kuppel, was hat die zu bedeuten?«

»Es ist das SONY-Zelt.«

»Ach, in Berlin gestalten jetzt nicht die Stadtplaner das Zentrum, sondern eine Plattenfirma?« Hinter dunklen Gläsern fixierte ihn Hilde.

»SONY ist weit mehr als eine …«

Sie ließ ihn nicht ausreden. Ihr Finger pikte in die Höhe. »Wer hat sich denn diese Abscheulichkeit errichten lassen?«

Tobias zögerte mit der Antwort, er wollte nicht wieder

gemaßregelt werden; als ob er für die Architektur des Potsdamer Platzes verantwortlich wäre. »Das gehört der Deutschen Bahn.«

Hilde lachte bitter. »Damit, meine Damen und Herren, wäre wohl alles gesagt. Wo früher mal das Palast-Hotel stand und das Kempinsky-Haus, lässt sich heute die Zugverwaltung breitärschig nieder.« Sie zeigte in die Runde. »Wo anno dunnemals die Damen in ihren schönsten Garderoben flanierten und die Herren in Frack und Zylinder, schlurfen sie heute in kurzen Hosen einher, und die Bäuche quellen aus den Unterhemden.«

»Das sind T-Shirts«, gab Tobias zurück.

»Nenn es, wie du willst, es sind und bleiben Unterhemden.«

Tobas befand sich in einem Zwiespalt. Auch in seinen Augen hatte Berlin nach dem Mauerfall Großkotzigkeit mit Stil verwechselt und Geschmacklosigkeit mit Atmosphäre. Der Potsdamer Platz war eine gigantische Scheußlichkeit, ein gestalterischer Ausverkauf der Sonderklasse. Vielleicht lockte er gerade deshalb das zahlende Publikum an, das sich von dieser Talmi-Welt, von dem Berliner Disney-Ramsch täuschen ließ. Zugleich sah sich Tobias aber als Vertreter seiner Zeit. Von Berufs wegen gehörte er ja zu denen, die sozusagen die Grafik des Jahrzehnts mitgestalteten. Er durfte Hildes Kritik nicht kleinmütig abnicken, nur weil sein Herz ihm sagte, dass Berlin tatsächlich verschandelt worden war. Durch die grenzenlose Finanzspritze der deutschen Wende war grenzenlos viel falsch gemacht worden. Zunächst hatte die Niederlage des Zweiten Weltkriegs vierzig Jahre lang zur sozialistischen Not-Architektur geführt, doch als die Mauer fiel und man die Paläste der Republik endlich abschaffen konnte, hatte man gestalterisch viel falsch gemacht. Das Einzige, was man zur Verteidigung Berlins sagen konnte, war, dass seine Hässlichkeit auch seine Besonderheit darstellte.

Die alte preußische Provinzstadt, zwischen Sümpfen auf Sand erbaut, hatte eines Tages davon zu träumen begonnen, Reichshauptstadt zu sein. Mit den Schlachtensiegen und Kriegserfolgen kam die preußische Großmannssucht. Heute, Jahrhunderte später, war Berlin keine Weltstadt geworden, sondern immer noch ein gigantisches Provinzkaff. Niemals würde Berlin London sein, auch kein Rom, nicht einmal Wien. Damit musste diese Stadt, mussten die Berliner und Tobias einfach leben.

Einen einzigen Versuch, Hildes Pauschalurteil auszuhebeln, wollte er jedoch wagen. »Aber als Sie Berlin persönlich gekannt haben, in Ihrer Jugend, da war doch alles zerstört.«

»Ich bin Jahrgang fünfundzwanzig, junger Mann. Als ich drei Jahre alt war, fand im Schiffbauerdammtheater die Uraufführung der *Dreigroschenoper* statt. Als ich sieben war, kam Hitler an die Macht. Da gab es noch das Berlin, das man lieben konnte. Da existierte noch Eleganz und Leichtigkeit. Überall marschierte Militär durch Berlin, aber keins, das in den Krieg zog, sondern das Militär, das seine schmucken Uniformen ausführte. Damals gab's Armut und Rezession und Hunger und Typhus, und natürlich sind die Falschen an die Macht gespült worden. Das weiß heute jeder. Ob alles besser geworden wäre, wenn die Richtigen an die Macht gespült worden wären, weiß ich nicht. Aber obwohl ich ein Kind war, trage ich dieses Berlin noch in mir, denn *det Berlin, det war schon was.*«

Hilde zeigte um sich auf den Potsdamer Platz. »Wenn du mir jetzt erzählen würdest, dass wir nicht in Berlin, sondern in Dortmund sind oder in Wuppertal, ich würd's dir glatt glauben.«

Sie nahm die dunkle Brille ab. Ihre klaren blauen Augen durchdrangen Tobias. »*Unverwechselbarkeit*, das ist das Wort, nach dem ich gesucht habe. Wo ist die Unverwechselbarkeit geblieben? Berlin damals, das war auch nicht schön, nicht reich, nicht luxuriös, und trotzdem wusstest du, wo du auch warst: *Det is Berlin.* So wie du immer sofort weißt, wenn du in London bist oder in Rom. Aber das hier –« Sie seufzte. »Das ist austauschbar. Und das ist das Schlimmste, was du über eine Weltstadt sagen kannst.«

12.
BERLIN, 1942 – 1945

Potsdamer Platz. Die Mappe mit ihren Zeichnungen unterm Arm war Hilde unterwegs durch Berlin, in der Tasche die schriftliche Empfehlung der netten Frau vom Arbeitsamt. Eine Grauhaarige, die verstand, dass das junge Fräulein Knef die Kunst der Malerei von der Pike auf erlernen wollte. Hilde hütete das hakenkreuzgeschmückte Empfehlungsschreiben wie eine Kostbarkeit. Darauf stand auch ihr Ziel, der Ort, wo Arbeit, Ausbildung und die Erfüllung von Träumen auf sie warteten: *Ufa AG, Trickfilmabteilung*.

Nach der Fahrt mit der S-Bahn sollte sie am Kurfürstendamm umsteigen. Doch wenn sie schon mal hier war, konnte sie sich genauso gut auf dem Ku'damm ein wenig umgucken.

Die Zeiten, als sich Damen auf dem Traditionsboulevard auffällig putzten, waren Vergangenheit. ›*Angemalt wie Indianer auf dem Kriegspfad*‹, hatte die Presse sie verunglimpft. ›*Jedem natürlichen Menschen kommt der Ekel vor solch einer Frau.*‹ Aber hie und da traute sich noch die eine oder andere hervor, das Hütchen vom Taftschleier gesäumt, die Taille geschnürt, die Hüfte betont, der schlanke Fuß, der Knöpfelschuh. Wenn so ein verschämter Paradiesvogel unter den dunklen Alltagskrähen auftauchte, bemerkte man ihn sofort.

Die Kinos und Theater, in den zwanziger Jahren aus dem Boden geschossen, spielten volles Repertoire. Nur die Darbietungen hatten sich geändert. Die Ufa produzierte am laufenden Band, dreimal im Monat brachte sie neue Filme in die Kinos: *Es war eine rauschende Ballnacht*, *Heimatland*, *Wir tanzen um die Welt*, *Der Feuerteufel*, *Trenck, der Pandur*, *Feind hört mit!*, *Die Geierwally*, *Die schwedische Nachtigall*, *Quax, der Bruchpilot* – und auch die Theater ließen sich nicht lumpen. Die traditionsreichen spielten unter arischer Leitung arische Literatur. War Shakespeare Arier? Für technisch aufwendige Ausstattungsrevuen wurden neue Bühnen gebaut. Luxushotels leisteten sich Kabarett im Keller, Ballhäuser hatten Konjunktur, Tanzlokale florierten. Es wurde mehr getanzt als früher; der deutsche Mensch bewies, dass ihm selbst in dieser ernsten, welthistorischen Zeit Frohsinn innewohnte. Der Foxtrott wurde eingedeutscht, der Tango zum deutschen Tanz erklärt. Der Jazz klang nicht mehr amerikanisch, weil er ohne Synkopen auskam.

Künstler und solche, die es werden wollten, trafen sich in den Ku'damm-Cafés. Mäzene und Kiebitze im Romanischen Café am Tauentzien, Genies, Schriftsteller und Verleger im Café des Westens, wo Kunst und Geld eine fruchtbare Liaison eingingen. Die Cafés waren Umschlagplatz für Literatur, Geist, manchmal sogar Humor. Tucholsky, Ringelnatz, Brecht, die Mann-Brüder, Zuckmayer und Elisabeth Bergner waren verschwunden, geflohen, in den Selbstmord getrieben worden, aber man fand Ersatz für sie, die Berliner Cafés blieben überfüllt. Berlin war Kunststadt, Hauptstadt, Reichsstadt unter neuen Vorzeichen.

Spätestens seit Goebbels als Berliner Gauleiter der NSDAP mit seinen SA-Männern jüdische Passanten anpöbeln und die Gäste des Romanischen Cafés verprügeln ließ, hatte sich das Bild gewandelt, doch der Ku'damm blieb lange ungebeugt. Selbst als Hitler Reichskanzler wurde, spielte man im Alhambra noch *Die blonde Venus* mit Marlene Dietrich.

Die neuen Herren verachteten die sogenannte *feine Gejend* um den Ku'damm, sie suchten zu vertreiben, was dort wohnte. Wer es sich leisten konnte, am Ku'damm zu logieren, und sei es auch nur im dritten Hinterhaus, galt als gutsituierter Mensch. So jemand hatte Telefon mit Nebenanschluss, er war kreditfähig. Diesen Leuten wurde der Kampf angesagt. *Maßnahmen zur Ausschaltung des jüdischen Einzelhandels* wurden eingeleitet. Jüdische Läden bekamen neue, arische Inhaber. Nicht für all die exquisiten Modegeschäfte konnten geeignete Nachfolger gefunden werden. Manche verkamen zu Zigarrenläden und Fotogeschäften. Doch 1940 titelte die Presse: ›*Am Kurfürstendamm sind sämtliche Lücken wieder gefüllt.*‹

Bald darauf wurden dem Ku'damm neue Lücken geschlagen, die nicht so rasch wieder aufzufüllen waren. Die Kaiser-Wilhelm-Gedächtniskirche brannte aus, der Gloria-Palast und das Romanische Café. Ein amerikanisches Kampfflugzeug stürzte in den Lichthof des KaDeWe. Das Haus brannte komplett nieder.

Hilde besaß nur ein paar Groschen, aber für ein Soda mit Zitronengeschmack reichte es. Sie saß, nein, sie thronte im Café Hilde, die Namensgleichheit kam ihr bezeichnend vor, und sah die Zukunft als goldbestreute, breite Straße vor sich. Was sollte jetzt noch schiefgehen? Das Schreiben mit dem Hakenkreuz würde ihr alle Türen öffnen, ihre Zeichnungen zeigten einen Anflug von Genie. Nicht zu ausgefallen natürlich, die Trennlinie zur entarteten Kunst war hauchdünn.

Hilde sog am Strohhalm und träumte vor sich hin. Aus dem Volksempfänger schallte *Les Préludes* von Liszt. Jedes Mal Liszt, immer gefolgt von einer wichtigen Ankündigung. *Das Oberkommando der Wehrmacht gibt bekannt:* Sieg über Sieg, in Ost und West, es konnte einem schwindlig werden. Die vielen Siege hätten auch misstrauisch machen können, aber nicht heute, nicht an einem Tag wie diesem. Zu schwer wog das Schreiben an Hildes Brust.

Nicht das Oberkommando meldete sich im Café Hilde, heute war es der Mann selbst. Er, der alles verändert hatte, der wusste, wohin der Weg führte. Zusammen mit den anderen im Café hob Hilde den Kopf. Wenn er sprach, fand Geschichte statt, und man war Teil dieser Geschichte.

»Denn was bin ich, deutsches Volk? Nichts als dein Sprecher, Vertreter deines Rechts. Du hast mir dein Vertrauen geschenkt, und ich werde vor der Vergangenheit und vor der Zukunft in Ehren bestehen. Und mit mir soll bestehen das deutsche Volk. Unsere Gegner schreien es heraus: Deutschland soll untergehen! Aber Deutschland kann ihnen nur eine Antwort geben. Deutschland wird leben, Deutschland wird siegen! Im achten Jahr der nationalsozialistischen Revolution wenden sich unsere Herzen dem deutschen Volke zu und seiner Zukunft. Ihr wollen wir dienen, für sie wollen wir kämpfen und wenn notwendig fallen, aber niemals kapitulieren! – Deutschland – Sieg Heil!«

Man kam sich wichtiger vor, nachdem er gesprochen hatte, das war es, was er mit einem machte. Das konnte er wie kein Zweiter. Man war größer und sicherer, eingebettet in das Mysterium der Größe, das nur er herbeizuzaubern verstand. Hilde machte da keine Ausnahme. Sie bezahlte ihr

Soda, straffte den Rücken, setzte ein Lächeln auf und machte sich auf den Weg zu den Trickfilmstudios der Ufa.

***

Drei Jahre später, drei lächerliche Jahre nur, im März 1945 war die Welt nicht mehr wiederzuerkennen. Bis zuletzt wurde Berlin sinnlos verteidigt.

Ende März gab das Luftwaffenkommando den Befehl heraus, den Kurfürstendamm als Startbahn für Kampfflugzeuge umzufunktionieren. Die deutschen Luftstützpunkte waren bereits alle in russischer Hand. Mitte April wurde die Halenseebrücke stundenlang gegen die Panzer der Roten Armee gehalten. Am 28. April befahl Goebbels, den Zoo-Bunker bis zum letzten Mann zu halten, bevor er am 30. des Monats mit Hitler Selbstmord beging.

»Ist das wahr, was sie über die Russen sagen?«, fragte Hilde Ewald von Demandowsky.

»Was sagen sie denn?«

»Ich habe vorhin versucht, Marmelade zu kriegen, in Dahlem. Eine Frau erzählte, dass sie ihren Mann gekreuzigt haben, einfach an die Tür genagelt. Und ihrer Schwester sollen sie die Brust …«

»Ja, es ist wahr.«

Hilde wurde übel. Sie fragte danach nichts mehr.

Auf Ewalds Schreibtisch entdeckte sie ein Gewehr. »Wozu liegt das da?«

»Ich bin eingezogen worden zum Volkssturm«, erklärte er.

Während Ewald seine Sachen packte, ertönte wieder *Les Préludes*, und Goebbels kreischte aus dem Volksempfänger: Vorsehung, Roosevelt tot, Amerika ohne Präsidenten, Endsieg, die russischen Kannibalen, die Untermenschen niedermetzeln.

Hilde begann, hemmungslos zu weinen. »Er soll endlich die Schnauze halten. Ich kann es nicht mehr hören.«

»Es wird alles gut.« Er nahm das Gewehr. »Weine doch nicht.«

»Lass uns fliehen«, schluchzte sie.

Er sah sie traurig an. »Sie würden mich sofort erschießen, wegen Fahnenflucht.«

»Wenn die Nazis dich nicht erschießen, erschießen dich die Russen oder die Amerikaner. Lass uns einfach abhauen!« Sie schrie ihn förmlich an.

»Ich muss ein paar Übungsschüsse machen«, erwiderte er, ohne darauf einzugehen, und trat in den Garten.

Ein Murmeln aus der Ferne, fremdes, nie gehörtes Murmeln. Das waren keine Flieger, wie sonst bei Tag und Nacht. Nahtlos wurde Berlin bombardiert. Es klang wie leises Hundebellen oder ein Gewitter, das vorbeizog.

»Was ist das?«, fragte sie lauschend, als er zurückkam. »Was ist das für ein Murmeln?«

»Artillerie. Das sind die Russen. Fünfzehn Kilometer von hier, vielleicht auch nur zehn.« Er schulterte den Rucksack. »Ich muss mich in Schmargendorf melden.«

»Nimm mich mit.«

»Das geht nicht.«

»Dann erschieß mich! Ich bleibe nicht hier und warte, bis sie mich vergewaltigen und erschlagen.«

Er sagte immer wieder, dass es unmöglich sei, während Hilde den Rollkragenpulli anzog, die Luftschutzkellerhose, Stiefel von Ewald mit drei Paar Socken, die Baskenmütze und darüber den Stahlhelm. Ewald, dem sonst immer etwas einfiel, fiel nicht ein, wie er sie davon abbringen sollte. Er wollte ihr das Fahrrad verweigern. Sie nahm es sich einfach. Er musste mit dem älteren fahren.

Sie radelten nach Schmargendorf, durch ausgestorbene Straßen. Die Menschen hockten in den Kellern und warteten, bis das Murmeln über sie hereinbrechen würde. Der Himmel über Berlin war rein und klar, keine Bomber mehr. Sie hatten es nicht länger nötig, aus der Luft zu kommen. Die Panzer, die Kanonen und die Russen würden den Rest erledigen.

Hilde hatte Bauchweh, sie hatte das öfter bei ihrem sensiblen Magen, aber heute war es anders. Alles zurücklassen müssen, nichts mitnehmen können, das alte Leben war zu Ende, ein neues Leben nicht in Sicht. Der Tod schien wahrscheinlicher als das Überleben – davon berichtete Hildes Magen.

Den Leuten beim Volkssturm sah man an, dass alles längst verloren war. Wozu noch der Aufwand? Sollte man sich nicht lieber ins frisch geschaufelte Grab legen und in Ruhe eine Letzte rauchen? Weshalb die Leute noch mal losschicken, dorthin, wo das Murmeln unerbittlich näher kam? Mit Kleinkalibergewehren gegen Panzer, mit Handgranaten gegen Kanonen?

Zunächst sah keiner bei der Rekrutierungsstelle Hilde an. Sie bekam einen Koppelgürtel, Gewehr, Munition und die Granaten. Sie machten keinen Unterschied zwischen ihr, Ewald und dem Häufchen Unglücklicher, die ebenfalls nach Schmargendorf einberufen worden waren. Keine Witze wurden über die dussligen Russen gemacht, selbst für Galgenhumor war es zu spät. Jetzt war es an den Russen, die Witze zu machen.

Einer vom Volkssturm, ein Dicker, fragte Hilde nach ihrem Alter.

»Neunzehn.«

Er stutzte. Sie nahm an, ihm fiel es schwer, einen Neunzehnjährigen in den Tod zu schicken.

»Warum bist du nicht an der Front, du Schwein?«, fuhr er sie an. »Helm ab. Auch die Mütze.« Sie tat es zitternd. Da lachte er. Das Lachen presste seine Backen auseinander. »Ach nee, das ist ja ein Mädchen!«

Hilde wusste darauf nur ein Wort. »Jawohl.«

»Tapfer, tapfer.« Der Dicke amüsierte sich.

Müde Offiziere standen in der Nähe, dürre Kerle, sie sahen Hilde traurig an. Wir sind tot, sagten ihre Augen, du bist auch gleich tot. Man kannte Hitlers Worte: *Zum Sterben sind sie da.* Wie Kameraden auf dem Schulhof lungerten sie herum, die auf das Klingelzeichen nach der Pause warteten.

Ewald meldete dem Ranghöchsten: »Das ist meine Braut.«

Der Ranghöchste zeigte Hilde, wie man die Pistole entsicherte. Probeschuss durfte sie keinen abgeben, dafür war die Munition zu knapp. Abmarsch an den Ortsrand Schmargendorf.

Eine Parterrewohnung wurde zu ihrer *Stellung.* Fenster rausschlagen, Läden zu, Kleiderschrank umschmeißen als Barriere. Wer konnte, der schlief. Die anderen stierten vor sich hin. Einer schob Wache. Ein Topf Pellkartoffeln wurde ihnen zugewiesen, Hilde bekam ein Klappmesser. Klar, das *Meechen* musste die Kartoffeln pellen. Einer schnarchte. Mit einem Rülpser fuhr er aus dem Schlaf hoch und sah sich um. »Dafür bin ick nu' aus Stalingrad raus, damit ick hier mit Säuglingen und Weibern ...«

»Stellungswechsel!«, rief einer von der anderen Straßenseite. Hilde und der Haufen rannten über die Straße. Behangen mit der vollen Ausrüstung schepperte das, als wäre ein ganzes Regiment unterwegs. Hilde hatte dic Kartoffeln vergessen und musste noch einmal zurück.

Im Keller gegenüber die Menschen dicht gedrängt. Ein paar Landser, Volkssturm, dazu die ganz Alten und die beschämend Jungen. Uniformen bunt zusammengewürfelt wie Faschingskostüme. Auch von der SS waren welche dabei, genauso mutlos. Schweißgeruch und Kohlgestank.

Keiner sprach, Hilde in der Ecke, pellte die Kartoffeln zu Ende. Ewald sprach mit ihr, zu ihr, er musste sprechen, musste, so war er. Ewald äußerte sich, er gab Meinung ab, er beurteilte.

»Schnauze«, befahl ein Offizier. Ewalds Lippen wurden schmal. Er war es nicht gewohnt, dass man Schnauze zu ihm sagte und er, der Reichsfilmdramaturg kuschen sollte wie der kleinste Schütze Arsch. Da er nicht augenblicklich verstummte, wurde er vom Offizier zur Wache eingeteilt, draußen vor der Bunkertür.

Getrennt. Hilde und ihre Kartoffeln, keiner im Bunker, den sie kannte. Von allen Seiten kroch die Angst heran. Das Murmeln hatte aufgehört. Alle horchten, alle hofften. Vielleicht waren die Russen abgezogen, das sagte keiner, dachte jeder, zurück nach Moskau, weit weg von Schmargendorf. Vielleicht wurde doch noch alles gut. Der Führer hatte ihnen doch ein Wunder versprochen, im letzten Moment. Vielleicht erlebten sie das Wunder gerade.

Der Mann aus Stalingrad zerstörte ihren Traum. »Das machen sie immer so«, sagte er. »Funkstille, bevor es richtig losgeht.«

Alarm.

Waffen raus, Licht aus. Hilde nahm ihre Handgranaten vorsichtig hoch, als wollte sie sie wiegen. Zwei Ratten sahen ihr aus roten Augen zu und pfiffen dabei. Die Kartoffeln hatten es ihnen angetan. Hilde sortierte die Granaten, säuberlich wie rohe Eier. Einer neben ihr schärfte ihr ein: »Vergiss nicht: abziehen, zählen, schmeißen.«

Bei den Füßen fing es an, das Zittern, das Schütteln, es arbeitete sich nach oben, den ganzen Körper hoch, bis es die Zähne erreichte. Die klapperten so lächerlich laut, als wäre Hilde ein Komiker beim Kabarett. Die Welt bestand nur noch aus Angst. Dann kam das Heulen, unerwünscht. Sie wollte nicht plärren, biss sich auf die Unterlippe, aber sie zitterte zu stark, das Heulen brach schließlich doch hervor. Die Plärrerei musst du dir abgewöhnen, dachte sie schluchzend. Irgendwer gab ihr ein Taschentuch, einen dreckigen Rotzlappen, trotzdem war es eine freundliche Geste inmitten des Kohlgestanks.

Um fünf Uhr morgens ging es los. Die Bomben, die Luftminen, der Phosphor, schlimmer als alles, schlimmer als die Hölle. Die Überwältigung, unvorstellbar. Man saß im Keller, aber die Wucht überfiel einen, die Wucht war in einem drin, drang überall ein, vor allem in dein Herz. Hilde steckte ihr Klappmesser in den Stiefelschaft. Wann es schließlich passieren sollte, wollte sie selbst bestimmen. Sie nahm sich vor, längs zu schneiden, nicht quer, dann ging es schneller.

Lichtstrahl! Die Eisentür wurde aus der Füllung gerissen, erschlug zwei Alte, brach Beine, Schädeldecken, nagelte einen an die Mauer. Raus aus dem Keller! Hilde fiel hin. Da waren Löcher in der Erde, die hatte es vorhin nicht gegeben. Mörser, Kartätschen hatten die Löcher aufgerissen. Menschenteile, an denen noch Handgranaten hingen – wenn sie nur nicht explodierten, diese deutschen Granaten. Sie fiel wieder hin, ein zerfetztes Maschinengewehr, im Erdreich verborgen, aufgespleißt wie eine Skulptur.

Drüben grub einer, was hatte der dort zu graben? Eine Leiche wollte er beerdigen, seinen Freund, seinen Bruder? Wahnsinnig, man wurde wahnsinnig, denn das Dauerfeuer hörte nicht auf. Sturz der Erde, Jaulen und Krachen. Das Krachen war noch das Harmloseste, denn es hieß ja: Da schießt einer, da schießen Tausende. Das Krachen war Menschenwerk. Der Glutofen aber, das Giftfeuer, der dröhnende Vulkan, das konnten Menschen nicht geschaffen haben. Die Hölle spie, Gott strafte, Innerstes wälzte sich nach außen. Der Mann, der gerade seinen Freund begrub, wurde von einer Bombe getroffen. Er brauchte nicht weiterzugraben, ein tiefer Krater hatte sich geöffnet. Er und sein toter Freund waren darin verschwunden, aufgelöst zur Unkenntlichkeit.

Weil die Einschläge so dicht kamen, wollte Hilde zurück in den Bunker. Aber der Bunker war weg, verschwunden, ausradiert, und mit ihm alle, die darin saßen. Wo war Ewald? Hatte es ihn gerettet, dass er draußen Wache schob?

Tiefflieger tauchten wie Totenvögel auf. Sie schossen nicht, sie bombten nicht, es lohnte nicht mehr. Sie kontrol lierten nur, dass alles, wirklich alles ausgerottet war. Hilde flüchtete hinüber zur SS. Die hatten eine Mauerzinke zum Zufluchtsort erklärt.

Keine Kraft mehr. Sie fiel hin. Diesmal blieb sie liegen. Auch keine Kraft zu weinen. Da lag noch einer. Das war der Haudegen aus Stalingrad. Er pennte. Irgendwo ging ein Streichholz an. Einer brachte den Knobelbecher, die Würfel klapperten. Sie spielten. Das Streichholz ging wieder aus.

Hilde schreckte hoch. Ein SS-Mann stand über ihr.

»Einen gesunden Schlaf hat sie ja.« Er half ihr hoch. »Die verschläft sogar ’ne Stalinorgel.«

Am unwirklichsten war die Stille.

13.
BERLIN, HEUTE NACHTS

Hilde entschied sich für einen doppelten Burger, dazu Pommes aus Süßkartoffeln. Und einen Shake und eine Apfeltasche. Und die Mediumgröße Cola, die das Ausmaß eines Wassertanks hatte. Sie war müde, vom Sightseeing hatte sie genug. Die neuen Schuhe taten weh. Zu essen gab es auf dem Trampelpfad der Berlintouristen jede Menge. Lokalen, die ihre Speisekarten auf die Straße stellten, traute sie nicht, daher besuchte sie mit Tobias einen Ort, der als kulinarischer Tiefpunkt verschrien war. Dort konnte man nicht enttäuscht werden.

Tobias aß grundsätzlich kein Fleisch. Er nahm den Gartensalat, der noch nie einen Garten gesehen hatte. Sie aßen Burger und Salat, saßen auf hohen Hockern am Fenster. Hilde sog am Strohhalm, fokussierte den Blick und zeigte auf die andere Seite des Marlene-Dietrich-Platzes. Eine überdimensionierte, kunstgewerblich anmutende Skulptur nahm ihre Aufmerksamkeit gefangen.

»Was soll das sein?«

»Der Eingang vom Stage Theater.«

»Was?« Sie sah ihn an, als ob er ihr ein polnisches Straßenschild vorgelesen hätte.

»Das Stage Theater.«

»Stage Theater – Bühnen-Theater?«, übersetzte Hilde. »Ein Theater ist überhaupt nur ein Theater, weil es eine Bühne hat. Stage Theater ist Schwachsinn. Was spielen die dort?«

»Musicals. Vorwiegend. Also eigentlich nur Musicals.«

»Ehrlich? Musicals finde ich nett.«

»Diese Musicals finden Sie wahrscheinlich nicht nett.«

»Wie kommst du darauf?«

»Ich glaube, das läuft nach folgendem Schema ab: Die Disney-Studios produzieren einen Animationsfilm.« Er sah sie an. »Ich meine einen … dings –«

»Trickfilm sagte man zu meiner Zeit dazu.« An Hildes Mundwinkel leuchtete ein Klecks Ketchup.

»Sie machen also einen Trickfilm. Den wollen die Kinder sehen, und die Eltern gehen mit ihren Kindern rein. Und wenn der Film ein Erfolg war, startet Disney seinen nächsten Coup. Sie verwandeln die Trickfilmfiguren in richtige Menschen.«

»In Schauspieler? Wie soll das gehen?«

»Sie machen aus dem Film ein Theaterstück.«

»Man kann *Bambi* nicht mit Menschen besetzen.«

»Sie würden staunen. Beim *König der Löwen* haben sie es getan.«

Hilde ließ den Burger in die Styroporbox sinken. »Wie sieht das dann aus?«

»Ich weiß nicht. Ich war noch nie in so einer Show.«

»Du schimpfst über etwas, das du nie gesehen hast?«

»Ich kenne YouTube-Clips. Von den Socken bis zum Make-up, alles sieht genauso aus wie im Film. Die Schauspieler werden danach gecastet, ob sie den Trickfilmfiguren ähneln.« Tobias stieß mit der Plastikgabel in den Salat. Sie brach entzwei.

»Ich will das sehen«, erwiderte Hilde unternehmungslustig. »Wann beginnt die Vorstellung?«

»Jetzt? Keine Ahnung.«

Sie zeigte auf die andere Seite des Platzes. »Die Leute gehen gerade rein.« Sie schob ihr Tablett beiseite.

»Aber die Shows sind meistens ausverkauft.«

»Glaubst du nicht, dass eine Frau, die gerade von der Leinwand gehopst ist, es schafft, in ein Musical reinzukommen?« Sie glitt vom Hocker.

Seufzend legte Tobias die zerbrochene Gabel auf das Tablett und brachte die Tonne Müll, die sie gerade produziert hatten, zum Abfallwagen.

Hilde trat ins Freie und hob den Kopf zu der meterhohen Leuchtanzeige.

14. BROADWAY, 1955

Silk Stockings sagte die meterhohe Leuchtanzeige aus einem Meer von Glühbirnen. *Silk Stockings* leuchtete und schimmerte, zitterte und flackerte es über dem Imperial Theatre. Manche Glühbirnen waren ausgefallen, andere hatten einen Wackelkontakt, der Blick auf die Leuchtanzeige bekam dadurch etwas Elektrisierendes. Die Millionen weißer Glühbirnen, die den Broadway erleuchteten, hatten ihm seinen Spitznamen verliehen – *The Great White Way.*

Hildegarde Neff stand in kleineren Lettern über dem Portal. Ihr Partner war Don Ameche, ein höflicher, verbindlich wirkender Mann, der wie Darryl F. Zanuck einen kleinen Oberlippenbart trug. Ameche war ein Filmstar – gewesen, doch für den Broadway reichte sein Name noch als Kassenmagnet. Ein Mann, der ständig einen Rosenkranz in der Tasche trug, auf jeder Probe, bei jeder Vorstellung. Während der vielen Katastrophen von *Silk Stockings* spielte er in tiefem Glauben mit dem Rosenkranz in seiner Tasche.

Ganz New York war heute Abend gekommen, jeder, der sich eine künstlerische Meinung anmaßte, und alle anderen auch. Endlich fand die New Yorker Premiere statt, die seit acht Monaten viermal verschoben worden war. Zu guter Letzt trauten sich die Produzenten Cy Feuer und Ernie Martin mit dem vermaledeiten Stück doch an die Öffentlichkeit. Der Regisseur der Show hatte mehrmals gewechselt, ebenso die Besetzung, das Skript und die Songs von Cole Porter.

Jeder aus dem Team war mindestens einmal krank gewesen und wieder gesund geworden. Es hatte Unfälle, Bankrott, Chaos und noch mehr Chaos gegeben. Sobald ein Chaos besiegt war, tauchte das nächste auf, Chaos als Prinzip, aus dem das Wunder Theater geboren wurde. Heute Nacht wollten sie das Ergebnis zeigen – zum Guten, zum Schlechten, wer konnte das sagen? Alle Beteiligten hatten vor dem heutigen Abend Angst, auch das musste wohl so sein. Aus Angst, Schweiß und Hektolitern von Kaffee war dieses Stück geboren worden – *Silk Stockings*.

Hilde hatte am meisten Angst von allen. Sie musste das gesamte Stück tragen, sie führte es an. An ihr lag es, ob der Daumen am Schluss rauf- oder runterging. Von Anfang an hatte sie Angst gehabt, weil sie nicht singen konnte, Angst, weil man ihr eine Rolle zutraute, die zuletzt die Garbo gespielt hatte. Sollte sie etwa einen darstellerischen Wettstreit mit der Schauspielerin eingehen, die alle Welt *die Göttliche* nannte? Gegen die einmalige Schwedin war Hilde nur die *Kleene* vom Planeten Germany. Hilde wäre nicht überrascht gewesen, wenn sie an ihrer monatelangen, täglichen, ständig neu angefachten Angst gestorben wäre. Aber sie starb nicht. Sie war Schauspielerin, eine professionelle, disziplinierte, eine preußische Schauspielerin, so wie Marlene eine war. Hilde starb nicht, sie spielte. Heute Nacht spielte Hildegarde Neff *Ninotschka*.

Als sie und das Team um Cy Feuer mit der Arbeit begonnen hatten – das schien Jahrhunderte zurückzuliegen –, war das vorherrschende Gefühl tiefe Ratlosigkeit gewesen. Sie saßen im Halbkreis auf der Bühne, die Manuskripte in den Händen. Keine Tische, nur Stühle. Jeder hatte einen Pappbecher mit Kaffee neben seinem Stuhl stehen. Im Verlauf der Probe kippten die Becher nach und nach um und rollten davon. Die Bühne musste abschüssig sein, denn am Ende landeten alle Becher an der Rampe.

George Kaufman, der Regisseur, Cy Feuer und Ernie Martin saßen dem Ensemble gegenüber. Kaufman stülpte die Hände wie Ohrenschützer über seine Ohren, als könnte er es nicht ertragen, sein eigenes Stück zu hören, als sei allein der Versuch, dem Werk Leben einzuhauchen, aussichtslos. Anfangs wurde allgemein noch über Wortspiele und Gags gelacht, doch je weiter sich die Leseprobe hinschleppte, desto trüber wurde die Stimmung. Irgendwann glaubte man, einer Lesung von *Trauer muss Elektra tragen* beizuwohnen.

Kaufman änderte den Text schon während der Probe; Änderungen mussten sofort notiert werden. Wieder bestätigte sich, dass Schauspieler niemals einen Bleistift bei sich hatten. Jeder borgte sich den Stift des Inspizienten aus. Das Werkzeug wanderte von einem zum anderen.

Irgendwann riss dem Produzenten die Geduld. »Ich weiß, dass keiner von euch vor der Premiere auch nur einen Cent Gage zu sehen bekommt, aber einen Bleistift werdet ihr euch doch noch leisten können!«

Kaufman war vom Ergebnis der Probe deprimiert und zeigte es deutlich. Feuer und Martin waren genauso verzweifelt, zeigten es aber nicht. Stattdessen verschoben sie den Probenbeginn um eine Woche und zwangen Kaufman, einen neuen ersten Akt zu schreiben. Die Premiere wurde allerdings nicht verschoben; die gleiche Arbeit musste in wesentlich kürzerer Zeit geschafft werden.

Als es endlich losging, wurden Lieder und Dialoge getrennt probiert. Hilde spielte eine Szene mit Don Ameche.

Im Moment, als das Gesprochene in Gesungenes übergehen sollte, brüllte der Inspizient: »Song!«

Sie übersprangen das Lied und machten mit der darauffolgenden Szene weiter, dabei waren das Spannendste an *Silk Stockings* die Songs von Cole Porter. Seine letzte Broadway-Premiere lag Jahre zurück. Alle wollten sehen, ob der Großmeister *es noch draufhatte.*

Das Ballett blieb für Hilde lange unsichtbar. Die Tänzerinnen probten in einem Lagerhaus am Hafen. Für Hildes Solo-Choreografien mussten sie die Bühne räumen und arbeiteten in einem aufgelassenen Tanzsaal, wo man vor Dreck den Boden kaum sah. Hilde probte tagsüber die Schauspielszenen, nachts die Duette mit Ameche am Klavier und die Chöre mit dem Ensemble. Dazwischen gab sie Radiointerviews, posierte für Fotos und hatte Kostümproben.

Eines Nachts kam noch ein Fotoshooting dazu. Der Fotograf hielt Hildes Kopf unter die Brause und begann, die Durchgeweichte abzulichten. Um sieben Uhr früh wurde sie entlassen. Er ging zu Bett, sie auf die Probe.

Herb, der Dirigent, wurde krank. Sein Ersatz hämmerte die geschmeidigen Porter-Songs derart ohrenerschütternd in die Tasten, als sollte eine Wagner-Oper aufgeführt werden. Parallel zu den Proben schrieb George Kaufman das Stück ständig um. Ganze Szenen flogen raus, neue drängten sich dazwischen. Songs wanderten aus dem ersten Akt in den zweiten und umgekehrt. Manchmal, wenn Hilde einen Satz begann, wurde sie aus dem dunklen Zuschauerraum angebrüllt: »Das ist seit gestern gestrichen, Himmel, Arsch und Zwirn!«

Der Schauspieler, der den sowjetischen Kommissar spielte, war außerstande, sich den Text zu merken. Er kaschierte diese Schwäche, indem er behauptete, seine Requisiten lägen nicht an ihrem Platz. Ständig gab er falsche Stichworte, bis Kaufman auf die Bühne stürmte und ihm fristlos kündigte. Hilde wunderte sich, warum es in Amerika keine Souffleure gab. Niemand schien die Notwendigkeit dieses wichtigen Berufs zu verstehen.

Don Ameche entpuppte sich als wunderbarer Kollege, an dessen Schulter Hilde sich lehnen konnte, wenn der Irrsinn die Ausmaße eines Folter-Workshops annahm. Manchmal nach einem langen Tag ließen Ameche und sie sich in eine Pinte in Greenwich Village fahren, wo der gebürtige Italiener Fettucine aß und allein eine ganze Flasche Bourbon trank. Trotzdem war ihm nicht das Geringste anzumerken. Während der Proben rührte er keinen Tropfen Alkohol an, blieb immer gelassen und diszipliniert, außer wenn es um seinen heiligen Sonnabend ging. Am Samstag verweigerte Ameche Nachtproben, weil er die Mitternachtsmesse besuchen wollte. Nur am Kirchgang ihres Partners konnte Hilde den aktuellen Wochenstand errechnen. Im Übrigen verschwammen die Tage, Nächte, Wochen allmählich ineinander. Songs und Texte, Stellungen, Choreografien, alles wurde zu einem unentwirrbaren Knäuel in Hildes Kopf, aus dem sie nie wieder zu entrinnen glaubte. Wie eine Fata Morgana schien die Premiere in weite Ferne zu rücken.

Der erste Durchlauf des gesamten Stückes glich einem Massaker. Hildes Koffer klappte auf, die Requisiten rollten über die Bühne. Sie verpasste ihren Einsatz für das Duett. Die Pistole schoss nicht, die Kostüme waren nicht mal ansatzweise fertig, manche noch nicht mal gezeichnet. Die Kostümbildnerin galt als wandelnde Schlaftablette. Sie döste durch die Produktion. »Wird schon werden«, war ihr Lieblingssatz. Noch während des ersten Aktes wurden zwei Schauspieler gefeuert. Mit grünen Gesichtern verließen sie die Produktion. Einer von ihnen hatte drei Kinder. Die Kollegen, die als Ersatz vorsprechen sollten, hielten sich magischerweise bereits im Theater auf.

Ein Bühnenbild existierte noch nicht. Die Dekoration wurde mit Lassoband auf dem Boden angedeutet. Weißes Band bedeutete *Schrank*, rotes Band *Mauer*. Die Türen hatte man originalgetreu aufgestellt, damit die Schauspieler sie bedienen konnten. Als Hilde eintrat, fiel die Tür um und traf einen der sowjetischen Kommissare am Kopf. Der Mann fiel um wie vom Blitz gestreift.

»Wunderbar!«, rief Kaufman. »Das lassen wir genau so!«

»Soll ich jedes Mal die Tür umschmeißen«, erwiderte Hilde irritiert.

»Die Tür bleibt stehen, aber Charlie fällt um, weil er sich so erschreckt, dass Ninotschka aus Moskau anreist.« So blieb es. Bis zur letzten Probe, bis zur allerletzten Vorstellung.

Während des Katastrophendurchlaufs fand sich das Ballett nicht zurecht, weil die Bühnendimensionen nicht mit dem Probenraum übereinstimmten. Hilde fühlte sich von der Masse an Tänzern und Tänzerinnen förmlich an die Wand gedrängt. Vierzig durchtrainierte Körper hopsten und sprangen, verrenkten sich, stießen gegeneinander, schrien vor Schmerz auf, spielten aber weiter, da sie nicht auch gefeuert werden wollten.

Eine Tänzerin trat ihrer Kollegin bei einem *high kick* ins Kreuz, worauf die andere ohnmächtig zusammenbrach. Die Primaballerina verstauchte sich den Fuß, weil ihr niemand gesagt hatte, dass während ihrer Pirouette der Chor auf die Bühne sprang. Das Liebeslied, das Hilde zu Füßen Don Ameches sang, wurde abgebrochen, weil Ameches Sessel zusammenbrach. Mitten in dem Chaos erlitt eine Kollegin einen Weinkrampf: Der Notenschreiber hatte ihr einziges Lied falsch kopiert, es war um fünf Töne zu hoch.

Ein weiteres Mysterium dieser Probe bestand darin, dass der Darsteller des Oberkommissars zwischen jedem Auftritt ans Telefon ging, eine Nummer wählte, zehn Klingelzeichen abwartete und wieder auflegte. Das Rätsel löste sich erst später. Der Oberkommissar hatte einen Schäferhund zu Hause. Das faule Tier erhob sich nur dann aus seinem Körbchen, wenn das Telefon klingelte. Damit der Hund nicht zu fett wurde, rief der Kommissar ihn so oft wie möglich an.

Im zweiten Akt platzte Hilde der Kragen. Obwohl die Kostümbildnerin schon dreimal ihre Kopfmaße genommen hatte, war die Pelzmütze immer noch so riesig, dass sie ihr über die Augen rutschte. Hildes Uniform dagegen war zu eng. Sobald sie den Arm streckte, knackte es in den Nähten.

Die *Durchlaufprobe* dauerte schon fünfeinhalb Stunden. Das Ensemble war am Ende, doch Cy Feuer brüllte von unten: »Weiter! Weiter! Wir wollen die Zeit stoppen.«

Cole Porter saß während der Katastrophe geduldig im Parkett. Hinterher sagte er nichts. Kein einziges Wort. Seinen Gehstock in den Teppich des Zuschauerraums rammend, verließ er das Imperial.

Die Darsteller, der Chor und das Ballett standen abwartend an der Rampe. Während der Probe hatte das Produktionsteam pausenlos herumgebrüllt, jetzt aber standen die drei in der letzten Reihe und tuschelten. Vor Wut und Erschöpfung versetzte Hilde einem Stuhl einen Tritt, er polterte in den Orchestergraben. »Man blökt sich die Seele aus dem Leib, und die sagen nicht mal Piep«, fauchte sie.

Don Ameche steckte ihr eine Zigarette in den Mund. »Du musst mehr Obst essen. Sonst hältst du das nicht durch.«

Hilde hatte fünfzehn Pfund abgenommen. Ihr Zimmer im Hotel hätte sie getrost aufgeben können, sie kam ohnehin nie aus dem Theater heraus.

Kaufman bemerkte, dass seine Hauptdarstellerin an Kraft verlor. »Iss ein Steak«, schlug er vor. »Du bist zu lahm und zu leise.«

»Das würde ich ja gern machen«, konterte sie am Rande eines Nervenzusammenbruchs. »Wenn ich mal Zeit zum Essen hätte.«

Genau wie am ersten Probentag baumelte immer noch die einsame Glühbirne über der Bühne, als ob *Silk Stockings* ein Gefängnisdrama wäre. Hildes Abendkleid, bei dem die Zuschauer in *Aaahh* und *Ooohh* ausbrechen sollten, hing wie ein Umstandsfummel um ihre Hüften. Wenn sie sich im Tanz drehte, blähte es sich auf wie ein Zelt. Während einer Choreografie schlug sie lang hin, weil der Saum nur angeheftet war. Beim Umziehen riss ihr der Reißverschluss.

»Warum ist Hilde nicht beim Auftritt?«, brüllte Cy Feuer.

»Weil der Reißverschluss im Arsch ist!«, schrie sie zurück.

»Komm, wie du bist! Du hältst die Probe auf.«

Um zu demonstrieren, womit sich die Darsteller hinter der Bühne wegen der lahmen Kostümbildnerin herumschlagen mussten, trat Hilde provokant in Unterwäsche auf. Ihr Protest hatte den gegenteiligen Effekt: Aus dem Zuschauerraum wurde geklatscht und gepfiffen.

»Lauter Irre«, murmelte sie. »Da unten sitzen ausschließlich Irre.«

Trotz all der Pannen, Unfälle und endlosen Pausen, die entstanden, weil sich das Regieteam ständig flüsternd im Zuschauerraum besprach, durfte niemand die Probe verlassen. Das Ensemble hatte sich daher eine Art Privatleben auf der Bühne eingerichtet. Der Oberkommissar las Bücher über den Klavierbau während der Zeit von Johann Sebastian Bach. Ein schwuler Komiker schnitt Segelboote aus Prospekten und klebte sie in ein Album. Die hübscheste Tänzerin, sie hatte vier Kinder und keinen Mann, strickte Tag und Nacht Pullover. Einer mit Fieber wurde entlassen, man dürfe vor der Premiere kein Risiko eingehen, hieß es. Eine Chorsängerin mixte auf der Seitenbühne Heiltränke mit Ingwer, die sie den Kollegen aufschwatzte. Wer Glück hatte, überlebte.

Bei aller Ruhe und Höflichkeit schien auch Don Ameche allmählich der Wahnsinn zu streifen. Als der Oberkommissar mit dem Schäferhund eines Tages wieder zu Hause anrief, hob der Hund ab! Am anderen Ende hörte man ihn hecheln und bellen.

»Bodo! Bodo, was ist mit dir?!«, rief der Oberkommissar, legte auf und raste nach Hause.

Das Mysterium blieb so lange ungelöst, bis Ameche damit herausrückte, dass er die Wohnungsschlüssel des Oberkommissars geklaut und am Telefon den Schäferhund gespielt hatte.

Am Tag, als die Originaldekoration eintraf, erreichte das Chaos seinen vorübergehenden Höhepunkt. Das Bühnenbild bestand aus so vielen Einzelteilen, dass sie nicht alle ins Theater passten. Überall wurden Dekorationsteile gelagert, im Foyer, auf den Garderobengängen, sogar im Freien.

Die Bühnenmaße, an die man sich durch die Lassobänder gewöhnt hatte, stimmten nicht im Entferntesten mit den Kulissen überein. Die russische Küche war so klein, dass Hilde und zwanzig Tänzer sich wie in einer Telefonzelle drängelten. Dagegen hatte die Telefonzelle, in der sie ihren Abschied von Don Ameche singen sollte, die Größe einer Lagerhalle. Der Hörer war am Apparat festgeschraubt. Als Hilde daran zerrte, brach er entzwei, und die Rückwand fiel um. Das Kanapee, auf dem Ameche den Titelsong sang, hatte nur drei Beine und kippte nach hinten, weshalb er mit den Beinen in der Luft liegen blieb. Im Schnürboden aufgehängte Kulissen rauschten zu Boden und fielen während der Szene krachend auf die Bühne.

Um ein Uhr früh sagte Kaufman: »Wir sollten wenigstens das Finale noch probieren.«

»Lass gut sein«, entgegnete Cy Feuer mit heiser gebrüllter Stimme. »Während wir bei der Vorstellung das Finale spielen, sind die Kritiker längst in den Redaktionen und schreiben ihre Verrisse.«

»Vier Stunden, achtzehn Minuten«, murmelte Ernie Martin mit der Uhr in der Hand. »Wenn ich mir eine Show von vier Stunden achtzehn Minuten ansehen müsste, würde ich mein Eintrittsgeld zurückverlangen.«

Höflich und vorsichtig erkundigte sich Hilde, wann eigentlich das Orchester zu der Produktion dazukommen würde.

»Am Premierentag«, antwortete Kaufman.

»Zweiunddreißig Mann Orchester, kein Mikrofon für

die Sänger, und wir probieren das erst am Premierentag aus?«, fragte Hilde.

»Das klappt schon.« Kaufman zwang sich zu einem Lächeln.

Ein paar Minuten später sah Hilde den Regisseur auf der Hinterbühne weinen.

15.
BERLIN, HEUTE – BROADWAY, 1954

Tobias war Computergrafiker. Er hatte ein Durchschnittsgehalt, eine Durchschnittsfantasie und bis heute bestenfalls ein Durchschnittsleben gelebt. Er wusste, nach welchen Gesetzen das Leben und die Welt funktionierten und dass es Auftritte von verstorbenen Schauspielerinnen nur in der Fantasie oder im Film gab. Aber trotz aller logischer Gegenargumente wollte er das, was heute Nacht passierte, voll und ganz erleben. Es sollte *ihm* gehören, ihm ganz allein.

»Nimm mir das nicht weg«, sagte Tobias lautlos, ohne zu wissen, zu wem er eigentlich sprach. Zu Gott vielleicht oder zu den Geistern von Berlin oder zu dem Wunder, das das Wunder vollbracht hatte, dass er und Hildegard Knef durchs nächtliche Berlin streiften, die Potsdamer Straße hinunter, mit unbekanntem Ziel.

»Lass mich das haben«, flüsterte Tobias. »Schenk mir diese eine Nacht. Nur eine Nacht mit Hilde, einverstanden?« Unwillkürlich hob er den Kopf zum verhangenen Berliner Nachthimmel. Wo sollte man auch sonst hinschauen, wenn man mit Gott sprach?

»Wenn der Morgen anbricht, das verspreche ich, begleite ich Hilde zurück zu *Schnee am Kilimandscharo*, wo sie für immer sein wird, solange es Menschen gibt, die sich Filme ansehen. Was sagst du dazu? Ist das ein Deal?«, fragte Tobias. »Ich habe mich ein bisschen in Hilde verliebt, das dürfte dir nicht entgangen sein. Es ist sowohl eine sinnliche als auch eine übersinnliche Liebe. Glaub mir, ich bin nicht verrückt geworden. Ich erkläre mir die Sache so, dass die ägyptische Katze bei uns im Büro schuld an dem Wunder ist. Das ist natürlich nur eine Theorie.«

Tobias bekam keine Antwort von Gott. Vorsichtig wandte er sich zur Seite, ob Hilde noch da war – und lächelte. Schlank und rank lief sie neben ihm her, Hilde im Lagerfeld-Outfit, die vollkommene Hilde mit frecher Frisur und dunkler Sonnenbrille in dunkler Nacht.

»Ich muss dir was erzählen«, sagte sie. »Soll ich dir was erzählen?«

Tobias antwortete nicht gleich. Weil er glücklich war, dass sein Abenteuer weiterging.

Sie hatten das Theater zehn Minuten nach Beginn der Vorstellung wieder verlassen. Die Aufführung gefiel Hilde nicht. Die Tickets hatten Tobias hundertachtzig Euro gekostet. Schwamm drüber. Gut, dass sie wieder im Freien waren. Im Freien machte Berlin bei Nacht immer noch was her.

»Was wollen Sie mir erzählen?«, fragte er.

»Von meiner Schildkröte.« Sie schob die Brille runter und guckte über den Rand. »Ich erzähle es dir nur, wenn du Hilde zu mir sagst.«

»Hilde«, flüsterte Tobias und hatte ein ganz heiliges Gefühl dabei. »Ach, Hilde.«

»Hier kommt die Geschichte von meiner Schildkröte. Aber dafür müssen wir noch mal zurück in ein bestimmtes Theater. Zum allerletzten Mal, versprochen.«

»Solange es nicht das Stage Theater ist.«

Sie lachten und schlenderten die Potsdamer Straße Richtung Schöneberg.

***

Silk Stockings, erster Akt, erste Szene. Herb spielte die Ouvertüre am Klavier. Der Vorhang zum ersten Bild sollte hochgehen: Pariser Luxushotel. Die Dekoration war notdürftig zusammengenagelt worden. Hunderte Kostüme hingen in den Garderoben.

»Vorhang!«, rief Cy Feuer, weil auf der Bühne nichts passierte.

Der Vorhang blieb geschlossen, er bewegte sich nicht mal.

»Vorhang! Henry! Was ist los? Wo ist Henry?«

Hilde steckte den Kopf durch den Vorhangschlitz. »Henry ist nicht da.«

»Wie kann der Inspizient der Vorstellung nicht da sein? Ist er tot?«

Hilde stockte, stammelte.

»Raus damit. Wo ist Henry?«, schaltete sich auch Ernie Martin ein.

»Er ist im Zoo.«

Die Stille darauf hatte etwas Mystisches. Selbst Cole Porter hob neugierig den Kopf.

»Was macht Henry sechs Tage vor der Premiere im Zoo?«, wollte Feuer wissen.

»Er ist mit meiner Schildkröte dort.«

Die Produzenten und der Regisseur sahen einander an. Seite an Seite kamen sie den Mittelgang entlang. Währenddessen zog ein Bühnenarbeiter den Vorhang auf. Cole Porter zündete sich eine Zigarre an.

Cy Feuer legte beide Arme auf die Rampe und säuselte zu Hilde empor. »Hildi, ich weiß, die letzten Wochen waren hart. Aber lass uns versuchen, nicht die Nerven zu verlieren. Wieso geht unser Inspizient mit deiner Schildkröte in den Zoo, obwohl er eigentlich die Probe leiten sollte?« Cy Feuer war ein Mensch, der geduldiges Säuseln nicht lange durchhielt. Die Adern an seinen Schläfen traten hervor, sein Hals verfärbte sich, er brüllte. »Mach den Mund auf, Hildi, Himmel, Arsch und Zwirn!«

Hilde versuchte, sich verständlich zu machen. »Es war so …«

»Zigarettenpause!«, rief Feuer, da sich das Ensemble bereits um Hilde gruppierte.

Die Darsteller mit ihrer Angst, gefeuert zu werden, huschten davon wie flüchtende Tiere.

»Ich musste sie doch irgendwo unterbringen«, fuhr Hilde fort.

»Wen musstest du unterbringen?« Das Leitungsteam kam auf die Bühne. Cy Feuer sank vor Hilde in den Schneidersitz.

»Tino ist mein Talisman«, erklärte sie.

»Wer ist Tino?« Ernie Martin nahm ihre Hand.

»Meine Schildkröte.«

»Mhm, ah ja«, nickte Feuer. Auch die anderen, inklusive Cole Porter nickten, wie man es wohl in einer Nervenheilanstalt tat, wenn ein gefährlicher Irrer von seinem Wahnsinn erzählte. Der nächste Schritt war in diesem Fall die Beruhigungsspritze.

»Liebst du Schildkröten?«, fragte Cole Porter einfühlsam.

»Nicht besonders.«

»Warum beschäftigt dich die Schildkröte *Tino* dann so sehr?«

»Weil er mein Talisman ist.«

Die vorgewölbten Augen Cole Porters machten Hilde Angst. Cy Feuer steckte ihr eine Zigarette in den Mund,

Ernie gab ihr Feuer. »Erzähl mal in Ruhe, Hildi. Wir haben alle Zeit der Welt.«

Der letzte Satz brachte Cole Porter zum Lachen. Strafend sahen ihn die anderen an.

»Ich bin nicht verrückt«, sagte Hilde.

»Natürlich. Das wissen wir, Hildi«, beruhigte sie der Regisseur.

»Als ich vor Probenbeginn aus Deutschland abflog –« Sie sah in die Runde. »Ihr wisst schon, der Film, den ich vorzeitig abdrehen musste, weil ihr mit *Silk Stockings* beginnen wolltet …«

»Wissen wir, wissen wir«, ging Kaufman dazwischen. Jede Minute, die er nicht mit der Probe beginnen konnte, kostete Geld.

»Kurz vor dem Start stellte mir ein Journalist einen Karton vor den Sitz. ›Das soll Ihnen Glück bringen‹, sagte er. Ich dachte, es sind Blumen oder so. Als ich den Karton anhob, waren wir schon in der Luft. Ich fand ihn zu schwer für Blumen, außerdem tropfte es durch den Boden. Es krabbelte von innen. Die Stewardess wollte ihn in den Kühlschrank stellen. ›Sie können die Orchideen doch nicht bis New York auf dem Schoß halten‹, sagte sie. Ich bin aufs Klo gegangen und habe den Deckel aufgemacht. Drin saß eine Schildkröte. Auf ihren Panzer war ein Zettel geklebt, darauf stand: Ich heiße Tino, esse Salatblätter und Bananen, ich brauche feuchten Boden. Ich habe Tino darauf mit ein wenig Wasser bespritzt, den Karton geschlossen und ihn während des achtzehnstündigen Fluges nicht aus den Augen gelassen. Ich hatte keine Ahnung, wie ich ihn durch den Zoll und die Gesundheitskontrolle bringen sollte. Ich wusste, dass es verboten ist …«

»… Pflanzen und Tiere in die Vereinigten Staaten einzuführen«, vervollständigte Feuer ungeduldig.

»Aber wie hast du Tino schließlich doch reingebracht?«, fragte Cole Porter.

»Auf dem Airport warteten Fotografen auf mich. Ich habe einem den Karton gegeben und ihn gebeten, beim Ausgang auf mich zu warten. Ich sagte, ein kostbarer Kaktus wäre drin.«

»Ein Kaktus, der tropft und krabbelt?«

»Mir ist nichts Besseres eingefallen. Ich wäre sonst in Quarantäne gekommen oder nach Shannon zurückgeschickt worden, wo wir gestartet waren.«

Cole Porter entzündete die nächste Zigarre. Feuer machte es sich auf dem Bühnenboden bequem.

»Im Hotel weigerten sich die Mädchen, mein Zimmer sauberzumachen. Sie ekelten sich vor Tino. Baden konnte ich auch nicht, weil er die ganze Zeit in meiner Wanne saß. Ich hatte aus dem Central Park feuchte Erde geholt und über das Bad verteilt. Schwierig war, den richtigen Salat zu bekommen. Tino mag nur zarten Kopfsalat, nicht den üblichen Lettuce, den ihr hier habt. Es kam noch schlimmer. Als die Proben anfingen, sagte der Hotelmanager, dass ich Tino innerhalb von vierundzwanzig Stunden entfernen müsste. Ich habe eine Tierhandlung auf der Seventh Avenue aufgesucht. Der Besitzer war verreist. Sein Angestellter heißt Mr Blau und stammt aus Wien. Wir haben uns gut verstanden. Mr Blau erkundigte sich, ob Tino eine griechische Schildkröte sei. Ich hatte keine Ahnung. Er sagte, es sei gefährlich für ihn, eine griechische Schildkröte anzunehmen, weil die in Amerika verboten sind. Ich habe ihm geschworen, dass Tino aus Deutschland stammt.

Er hat das Tier zur Pflege angenommen, aber ich musste ihm Adresse und Telefonnummer hinterlassen. Vor drei Tagen hat er mich morgens angerufen. Wisst ihr noch, das war der Tag, an dem ich eine Stunde zu spät zur Probe gekommen bin?«

Die Herren nickten, sagten aber nichts, um Hildes Redefluss nicht zu unterbrechen.

»Mr Blau sagte: ›Mein Chef ist zurück. Sie müssen sofort herkommen.‹ Als ich bei der Tierhandlung eintraf, stand Mr Blau vor der Tür und hat geweint. ›Sie ist griechisch‹, sagte er. ›Ich habe eine kranke Mutter, eine Frau und vier Kinder. Ich habe meinen Job verloren, weil Sie mir eine griechische Schildkröte untergejubelt haben.‹ Er weinte wie ein Kind.« Hilde sah den vier Männern in die Augen.

»Und weiter?« Cole Porters Stimme bekam einen zarten Klang.

»Ich habe eine halbe Stunde auf den Tierhandlungschef eingeredet. Am Ende hatte Mr Blau seinen Job wieder und ich meine Schildkröte. Und deshalb ist Henry nicht auf der Probe, sondern im Zoo«, schloss sie.

»Du hast Henry losgeschickt, um deine Schildkröte im Zoo des Central Parks unterzubringen?« Cy Feuer schien allmählich zu verstehen.

»Ich habe ihn nicht losgeschickt. Er hat es mir angeboten.«

»Es ist halb elf!!«, brach es aus Feuer heraus. »Henry kann doch nicht drei Stunden im Zoo zu tun haben!«

»Vielleicht haben sie ihn gleich dortbehalten«, scherzte Cole Porter, ohne eine Miene zu verziehen.

»Jesus Christus«, stöhnte Feuer und ging aufs Klo.

»Alles auf die Plätze«, rief Kaufman. »Bis Henry aus

dem Zoo zurück ist, gibt Arty die Einsätze auf der Bühne!«

Der Durchlauf begann.

Abends um sechs kam Henry ins Theater.

»Wo warst du?«, brüllte Feuer.

»Im Zoo.« Sonderbarerweise schien Henry weder ein schlechtes Gewissen noch Angst zu haben. Man konnte so ziemlich alle im Team feuern, nur den Inspizienten nicht. Dafür war er zu wichtig.

»Aber nicht zehn Stunden lang!!« Feuers Stimme überschlug sich.

Henry sah Hilde fragend an, ob er die Wahrheit sagen dürfe. Sie nickte.

»Die im Zoo wollten wissen, ob Tino eine griechische Schildkröte ist«, begann Henry.

Die Produzenten seufzten. »Ist sie nun griechisch, oder ist sie nicht griechisch?«, fragte Ernie Martin mit der Ruhe eines Zen-Priesters.

»Das konnten die mir im Central Park auch nicht sagen. Sie erklärten, sie könnten Tino nicht nehmen, weil es keine Unterlagen über seine Herkunft gab. Ich sollte es mal beim Zoo auf Long Island versuchen.«

»Während wir hier eine Probe in Kostüm und Maske hatten, bist du nach Long Island gefahren?«, rief Ernie Martin fassungslos.

Henry hob die Schultern. »Die sagten mir, ich soll gleich rauskommen.«

»Warum hast du das Vieh nicht in den Hudson River geschmissen?«, bellte Feuer.

»Ich bin kein Mörder«, antwortete Henry mit der Sanftmut einer Taube. »Zweimal bin ich falsch umgestiegen.

Wer fährt schon freiwillig nach Long Island? Als ich dort ankam, war der Zoodirektor nicht da. Und wisst ihr, was sein Stellvertreter mich gefragt hat?«

»*Ob die Schildkröte griechisch ist???*«, schrien Cy, Ernie und Kaufman wie aus einem Mund.

Henry schwieg erschrocken. Cole Porter klopfte mit dem Stock auf den Boden. Ernie genehmigte sich einen Whisky.

»Wollt ihr nun hören, warum ich so spät komme oder nicht?«, fragte Henry.

»Wir können's kaum erwarten.« Kaufman schleuderte sein Regiebuch zu Boden.

»Wusstet ihr eigentlich, dass griechische Schildkröten in Amerika verboten sind?«

Niemand antwortete. Alle rissen sich zusammen, denn der nächste Schritt wäre Mord gewesen.

Als endlich der Direktor kam, sagte er zu seinem Assistenten: »Sie als Zoologe sollten eigentlich wissen, dass diese Schildkröte ganz sicher nicht griechisch ist.«

Alle atmeten auf. Hildes Seufzer der Erleichterung war bis in die letzte Reihe zu hören.

16.
BROADWAY, 1955

In fünf Minuten begann die Premiere. Hilde trug ihr Kostüm einer Sowjetkommissarin. Während sie Schritt für Schritt zum Auftritt ging, begann sie zu zittern. Das war mehr als ein Zittern, ein Wackeln genaugenommen. Das wackelte von unten nach oben, erst die Füße, dann die Knie, jetzt die Wirbelsäule, das Kinn, der Kopf. Ihr wackelndes Kinn zeigte an, dass sie weinte. Tränen der Aufregung kullerten über ihre Wangen.

Kurz bevor ein Mensch starb, zog sein Leben an ihm vorbei, hieß es nicht so? Hilde starb. Sie starb tausend Tode, dabei sollte in wenigen Augenblicken eine Geburt stattfinden. Wie konnte man etwas zur Welt bringen, wenn man währenddessen starb? In ihrer Angst verwechselte sie die Bühneneingänge und stand unvermittelt in der falschen Kulisse. Vor dem Vorhang dudelte schon das Orchester, gleich begann die Vorstellung.

»Hier entlang«, flüsterte Henry, der gesegnete Henry, Schutzheiliger aller Schauspieler in Not. Er leuchtete Hilde mit der Taschenlampe und zog sie zwischen zwei Dekorationswänden von der rechten zur linken Bühnenseite, wo ihr Auftritt sein sollte. Hoch oben zwischen den Prospekten schimmerten die Notlichter wie wolkenverhangene Sterne.

Der Weg von der rechten zur linken Bühnenseite war höchstens zehn Meter lang, doch auf der kurzen Strecke zog tatsächlich Hildes Bühnenleben, das einzige Leben, das sie im Augenblick kannte, an ihr vorbei.

An jenem historischen ›Tag der Schildkröte‹ hatte Marlene die Abendprobe im *Imperial* besucht. Durch die permanente Überanstrengung war Hildes Stimme kaum noch zu hören. Der Theaterarzt erklärte, ihre Stimmbänder hätten die Farbe reifer Tomaten. Hinterher sagte Marlene, Hildes Kostüme seien derart miserabel geschneidert, dass sie ihr nach drei Vorstellungen vom Leib fallen würden. »Das ist ja schlimmer als in Knieritz an der Knatter«, schimpfte die Dietrich auf Deutsch, was so gut wie nie vorkam.

Nur Tage später begannen die Voraufführungen in Philadelphia. Überall in der Stadt hingen Plakate mit Hildes *falschem* Namen, Hildegarde Neff.

Wenige Stunden vor der Premiere fand die erste Probe mit dem Orchester statt. Die musikalische Katastrophe übertraf alles, was an Verhängnisvollem überhaupt möglich war. Zweiunddreißig Musiker trompeteten, fiedelten und paukten. Hilde und die anderen rissen ihre Mäuler wie Karpfen auf, doch im Zuschauerraum war davon nichts zu hören. Das Ergebnis war so vernichtend, dass der Regisseur hinterher kein Wort dazu sagte und stattdessen alle Darsteller zu einem Steak einlud.

»Es ist ja nicht New York«, murmelte er, während sie stumm aßen. »Noch ist es nicht New York. Was heute Abend auch passiert, spielt einfach weiter. In Philadelphia klatscht das Publikum sowieso nie«, versuchte er, ihre Erwartungen noch tiefer zu schrauben. »Lasst euch nicht irritieren. Ihr spielt heute vor dem Club der Einarmigen.«

Die Vorstellung war ausverkauft. Don Ameche zog Hilde vor dem Auftritt auf die Bühne und raunte ihr zu: »Gute Pferde erkennt man daran, dass sie vor dem großen Rennen entspannen. Zeig's ihnen, *Kraut.*«

Hilde trat auf. Aber das war ja nicht sie, die da sprach und sang, das war irgendeine andere Frau, die in ihrer Panik alles falsch machte.

Hinterher legte Kaufman seine Arme um Hildes Nacken. »Das Stück ist zu lang«, sagte er. »Zwei Ballettnummern müssen raus, und den letzten Akt werde ich umschreiben. Aber wenn du in New York so gut bist wie heute, können wir zufrieden sein.«

Erst in diesem Moment begriff Hilde, dass Kaufman ihre Muttersprache sprach. »Sie können Deutsch?«, fragte sie erstaunt.

Er zuckte die Schultern und lächelte.

»Kennen Sie Fritz Kortner?«

»Natürlich.«

»Ich habe mich bis jetzt nicht zu fragen getraut«, fuhr Hilde fort. »Kortner bat mich, mit Ihnen über die Freigabe eines Ihrer Theaterstücke zu sprechen.«

Mehrere Sekunden lang betrachtete Kaufman seine Schuhspitzen. »Du darfst mich nicht falsch verstehen, Hildi, aber ich will die Nazis da drüben nicht unterhalten. Ich will nicht, dass die Nazis über ein Stück des Juden Kaufman lachen. Ich gebe meine Stücke weder für Deutschland noch für Österreich frei. Kannst du das verstehen?«

»Aber Kortner ist Emigrant«, erwiderte sie.

»Korters Publikum leider nicht.«

Während Hilde sich umzog, tauchte Noël Coward in ihrer Garderobe auf. Weder ihn noch sie genierte Hildes Nacktheit.

»Dein Monolog vor der Pause ist prächtig«, lobte er. »Wenn diese Show aber tatsächlich eine halbe Million kostet, frage ich mich nur, wieso du Kostüme anhast, die meine Putzfrau nicht tragen würde.«

Als Letzter erschien Cole Porter in Hildes Garderobe. »Ich muss alles umschreiben«, sagte er bestens gelaunt. »Jetzt beginnt die richtige Arbeit.« Cole war reich, einer der erfolgreichsten Komponisten am Broadway, die meisten seiner Lieder waren Welterfolge. Alle großen Stars wie Sinatra oder Judy Garland sangen sie. Trotzdem unterwarf sich Porter dem Diktat der jüngeren Produzenten, ihren Forderungen und Ansprüchen. Er arbeitete so hart, als stünde seine Existenz jeden Tag aufs Neue auf dem Spiel. Porter hatte ununterbrochen Schmerzen, bei Tag und Nacht. Sein Bein war dutzende Male operiert worden, er fürchtete die Amputation. Nichts davon bekam ein Außenstehender mit. Stets war Cole Porter der dezente Mann mit der weißen Nelke im Knopfloch.

»Was um Himmels willen wollen Sie denn jetzt noch ändern?«, fragte Hilde.

»Alles.« Er schenkte ihr seine weiße Nelke.

Im Morgengrauen kamen die Zeitungen heraus. ›*Hildegarde Neff schlüpft in die Schuhe der Garbo und läuft damit davon*‹, stand da.

Von nun an gingen die Proben vom Morgengrauen bis zum Abend. Anschließend aß Hilde ein Sandwich und spielte die Abendvorstellung. Hinterher ging die Probe weiter. Nachts im Bett lernte sie die neuen Textseiten.

Yvonne, eine Darstellerin, war schwanger und wurde während der laufenden Voraufführungen umbesetzt. Die *neue Yvonne* musste die Lieder und Choreografien lernen, während sie die Rolle schon spielte. Sie brauchte zusätzliche Proben.

»Wann sollen wir denn noch probieren, wenn wir acht Vorstellungen die Woche spielen?«, fragte Hilde am Ende ihrer Kräfte.

»Kind, du weißt offenbar nicht, dass der Tag ab jetzt achtundvierzig Stunden hat«, beruhigte sie Cole Porter. »Du hast übrigens Flecken auf dem Rücken. Während der Show ist mir das schon aufgefallen.«

Hilde lief ins Freie. Die Kälte schlug ihr ins Gesicht. Sie hatte fast vergessen, wie Winterluft schmeckte. Trotzdem war ihr so heiß, dass sie den Wintermantel auszog.

»Du hast Flecken im Gesicht«, sagte Don Ameche, als die nächtliche Probe weiterging. »Was ist los – die Nerven?« Er legte ihr die Hand auf die Stirn. »Du hast ja Fieber.«

Zwei Ärzte untersuchten Hilde. Danach offenbarten sie nicht ihr, was los war, sondern besprachen sich mit den Produzenten. Als Hilde dazukam, lag Cy Feuer auf dem Boden und wurde von einem hysterischen Lachkrampf geschüttelt. Kaufman genehmigte sich seinen dritten Whisky. In der Hosentasche Don Ameches hörte man das Klicken des Rosenkranzes.

»Was ist los?«, fragte Hilde. Niemand sah sie an. »Macht's nicht so spannend. Was habe ich?«

»Sag's du ihr«, murmelte Kaufman zu Cy Feuer; der machte eine hilflose Geste zu den Ärzten.

»Masern«, sagte der Doktor.

Hilde stieß die Luft aus. »Das glaube ich nicht.«

»Das wirst du glauben müssen.«

»Ich hatte Masern schon als Kind.«

»Jesus Maria, Scheiße«, rief Feuer. »Unser *Kraut* hat die Masern!«

»Wie lange dauern denn Masern?«, fragte Ernie.

»Mit Medikamenten dreißig Tage, ohne Medikamente einen Monat«, antwortete der Arzt.

»Bei Masern muss man im Dunkeln bleiben«, sagte Ameche.

»Auf einer Bühne im Dunkeln, wenn man die Hauptrolle spielt?« Cy Feuer kringelte sich vor Lachen.

»Kann sie weiterspielen?«, fragte Ernie.

»Nein.«

»Eine halbe Million Dollar in den Sand gesetzt, hunderte Leute arbeitslos, nur weil Hildi eine Kinderkrankheit hat.« Ernie nickte mit einem Ausdruck, in dem *Ewigkeit* lag.

»Ich möchte weiterspielen«, schaltete sich Hilde ein. »Vielleicht kann man mir mit Spritzen helfen.«

»Es ist ansteckend«, sagte Ameche. »Wir spielen noch drei Wochen in Philadelphia. Am Schluss dürften wir alle die Masern haben.«

Cy Feuer kam vom Boden hoch. »Okay. Ich informiere das Ensemble.« Fünf Minuten später klatschte er in die Hände. »Sind alle auf der Bühne?«

»Tür zu!«, brüllte der Inspizient. Oben auf dem Rang klapperte etwas. Die Reinemachefrau glotzte mit Besen und Eimer herunter. »Mach, dass du rauskommst!«, rief Henry.

»Hilde hat die Masern«, sagte Feuer. »Wir alle wissen, dass die Gewerkschaft die Vorstellung sofort schließen würde.« Es war mucksmäuschenstill. »Also ihr habt die Wahl: entweder spielen mit Masern oder keine Show und Arbeitslosigkeit.«

»Könnte es nicht auch Nesselfieber sein?«, fragte ein Tänzer.

»Entscheidet euch«, befahl Feuer. »Ihr habt fünfzehn Minuten.«

Sie standen zuerst in kleinen Gruppen beisammen, später im großen Kreis. Schließlich trat der Darsteller des Oberkommissars aus dem Kreis und ging auf Cy Feuer zu. »Wir haben beschlossen, dass es Nesselfieber ist.«

»Okay.« Cy nickte. Plötzlich rollte eine Träne über seine Wange. »Ich danke euch. Gott segne euch. Und geht mir bloß nicht zu nahe an Hildi ran.«

»Tut uns leid, Hildi«, rief eine Tänzerin auf Distanz. »Gute Besserung!«

»Genug gequatscht«, brüllte Cy. »Durchlauf in fünf Minuten!«

Vor der nächsten Vorstellung glich Hildes Schminktisch einer Dorfapotheke. Zwischen Kleenex, Lotionen, Augentropfen, Vitamintabletten und ihren Schminksachen fand sie einen Zettel: *Kopf hoch, Cole Porter.* Auf den Spiegel hatte jemand mit Augenbrauenstift ein Herz gemalt.

Wer nichts auf der Bühne zu tun hatte, drängte sich in größtmöglicher Entfernung zu Hilde an die Feuermauern. In der Szene, wo alle in der Küche zusammengepfercht waren, flüsterte eine Kollegin: »Wenn dir schwindlig wird und du umfällst, decken wir dich ab.«

Während der kommenden Tage schaukelte Hilde durch Wellentäler der Übelkeit und des Schwindelgefühls. Ameche blieb immer in ihrer Nähe, eine Hand am Rosenkranz, die andere bereit, Hilde aufzufangen. Der Arzt gab ihr während ihrer Kostümwechsel Injektionen. Nach zahllosen Spritzen fand er keine Vene mehr, in die er piken konnte.

Hildes Gedächtnis litt in dieser Zeit. Sie erinnerte sich an nichts oder an alles gleichzeitig. An das Jucken auf dem Rücken, das Brennen der Augen, an Marlene, die im Hotel auf Hildes Klodeckel saß und sie bewachte, an Marlene, die Hilde in die Badewanne setzte, die »Mund auf, iss das, trink das«, sagte und ihr Tabletten in den Mund schob. Marlene, die sie auffing, als sie bewusstlos vom Stuhl sank und nur noch dachte: Komisch, der Boden kann doch nicht so weit weg sein.

Marlenes Zaubergesicht war es auch, das Hilde als Erstes sah, als sie an einem bedeckten Mittwochmorgen die Augen aufschlug.

»Sie ist wieder okay«, sagte Marlene.

Und so war es auch.

George Kaufman weigerte sich, das Stück immer noch weiter umzuschreiben. Als Feuer und Martin darauf bestanden und auf Kaufmans Widerstand stießen, entließen sie ihn fristlos. Cy Feuer übernahm selbst die Regie. Außerdem wurde ein Musical-Doktor engagiert, der die Show mit neuen Gags broadwayreif machen sollte. Dieser Mann begann, Kaufmans zartes Stück mit grobknochigen Witzen zu spicken.

Cole Porter verließ sein Hotelzimmer nicht mehr. Die Produzenten hatten ihn eingeschlossen. Jeden Tag regnete es neue Lieder. Der Choreograf wurde entlassen.

Die Nervosität vor jeder Vorstellung artete in Panik aus, da keiner mehr wusste, was noch gespielt wurde, was gestrichen war und wie noch mal der neue Witz ging, der älter war als der Broadway selbst. Die Premiere wurde zum dritten Mal verschoben.

An irgendeinem Tag in irgendeinem Monat – wer konnte sie noch unterscheiden? – trat Hilde todtraurig vor die Produzenten. »Ich möchte euch bitten, mich aus meinem Vertrag zu entlassen. Ninotschka ist nicht mehr die Rolle, für die ich unterzeichnet habe.«

»Wir haben noch drei Wochen bis New York«, besänftigte Feuer. »Keine Sorge, vieles wird noch geändert.«

»Zu viel wurde geändert.« Hilde war so kaputt, so unsagbar müde, so verzweifelt.

»Du kannst nicht aussteigen«, sagte Cy. »Du bist einfach müde. Ich gebe dir einen Tag probenfrei.«

»Schlaf ein paar Stunden. Brauchst erst um elf im Theater zu sein«, sagte Ernie. »Wir wollen doch alle das Gleiche. Einen Erfolg am Broadway.«

Hilde kehrte ins Hotel zurück und rief ihre Agentin an. »Ich brauche Geld. Ich bin völlig blank, weil wir vor der New Yorker Premiere immer noch nichts verdient haben.«

»Ich schicke dir hundert Dollar«, antwortete die Agentin. »Das wird fürs Erste wohl reichen.«

Hilde hatte die Kaffeetasse in der Hand und ihr Frühstücksei gerade geköpft. Mit beiden Händen schlug sie auf den Tisch. Schwarzer Kaffee und das Weiße vom Ei flogen durch das Zimmer. »Ich arbeite seit vielen Jahren! Meine Gagen habe ich gut angelegt. Wenn ich sage, ich brauche Geld, dann meine ich Geld von meinem Geld und keine Almosen!«

»Was ist das denn für ein Ton?«, giftete die Agentin zurück.

»Du bist gefeuert«, sagte Hilde und knallte den Hörer hin.

Kurz darauf, und das war das Wunder, das war der Schutzengel, der immer dann auftauchte, wenn es Hilde dreckig ging, rief Else Bongers an, ihre Schauspiellehrerin aus Berlin. Die Bongers sprach die Dinge klar und simpel aus, und das tat Hilde mit ihrem wirren Kopf und ihrer wunden Seele und ihrem geschundenen Körper unendlich wohl.

»Wenn die Show nur noch Schmerz und Ärger für dich ist, dann lass die Show sausen«, sagte die Bongers. »Nimm das Geld, das du in den letzten Jahren verdient hast, und mach Ferien.«

»Mein Vertrag lautet auf *Run of the Play*«, gab Hilde zu bedenken. »Das heißt: solange das Stück am Broadway läuft.«

»In diesem Fall weiß ich nicht, ob ich dir Erfolg wünschen soll oder das Gegenteil.«

Seit George Kaufman nicht mehr dabei war, zeigte sich das Ensemble reizbar, bissig und unzugänglich für die enervierenden Witze des Musical-Doktors. »Macht euren Dreck doch allein!«, war der Satz, den man häufig hörte. Zu allem Überfluss begann Cy Feuer, die Lieder auszutauschen. Hilde sang nun ein Lied von Don Ameche und umgekehrt.

Es war das Ende von *Ninotschka*, es war die Müllkippe, der letzte Mist. Aus George Kaufmans zauberhaftem Soufflé war ein versalzenes Volksküchenragout geworden. Trotzdem setzten Feuer und Martin die neue New Yorker Premiere an. Ob Sintflut, Seuche oder Erdbeben, am 24. Februar 1955 sollte der Vorhang hochgehen.

Am Premierenmorgen rief Tyrone Power aus Washington an. Hilde hatte lange nichts von ihrem früheren Liebhaber gehört, auch selten an ihn gedacht, doch jetzt machte ihr Herz einen Hüpfer. Tyrone spielte in Washington Theater. Nach geltenden Hollywood-Gesetzen war das ein ziemlicher Abstieg. Kein Hollywood-Star, der es sich leisten konnte, gab sich mit Theater ab. Es war das deutlichste Zeichen für das Ende einer Karriere.

»Ich hab mir irgendwo Hepatitis geholt«, sagte Tyrone gutgelaunt. »Außerdem bin ich geschieden und blank wie eine Kirchenmaus. Wenn du mich auf den Kopf stellst, fällt höchstens ein Gallenstein heraus.« Sie lachten, sie plauderten über eine Stunde lang. Hilde wusste, dass sie Tyrone immer in ihrem Herzen tragen würde.

Vor der Premiere leistete sich Hilde ein Taxi ins Theater, ein gelb lackiertes, verbeultes, nach Zigaretten stinkendes Ding. In der 41. Straße standen sie zwischen einem Greyhound Bus und der Müllabfuhr im Stau.

Isaak Loewenzahn, wie es auf der Lizenz des Taxifahrers hieß, schaute in den Rückspiegel. »Na, dir is' grad nicht zum Kichern zumute, so kurz vor der Premiere, was, Maidele?«

»Woher wissen Sie …?«, stammelte Hilde.

»Hab dich gleich erkannt, von die Fotos und die Plakate. Was sagst du, wird dei' Show was Feines, wird's a Broadwayhit?«

Verblüfft über die Vertraulichkeit fiel Hilde nichts weiter ein als: »Keine Ahnung.«

»Was ich schon immer wissen wollte: Hat der Gregory Peck O-Beine oder nicht?«

»Ich habe Mr Peck nie in Unterhosen gesehen«, antwortete sie wahrheitsgetreu.

Über seiner rechten Ohrmuschel balancierte der Fahrer einen Bleistift, über der linken eine Zigarette. Auf dem Beifahrersitz lag eine Zeitung. Bei Rot las er darin, bei Grün fuhr er an, ohne aufzusehen.

»Gestern hat wieder a Show am Broadway geschlossen«, fuhr er ungerührt fort. »Dabei hat sie gute Kritiken gehabt. Wenn die Leut' aus dem Theater kommen, reden sie naturgemäß. Da hör ich immer mit, wie's ihnen gefallen hat.«

Hilde räusperte sich, eigentlich nur, um in Ruhe gelassen zu werden.

»Höre ich da ein Husten?« Während der Fahrt drehte er sich um.

»Schon okay.« Sie schaute aus dem Fenster.

»Ein Husten ist nicht okay.« Er gab den Blinker heraus. »Wo wollen Sie hin?«

»Mei' Schwager hat eine Apotheke, die haben die besten Hustenbonbons von New York.«

»Aber Sie können jetzt nicht …«, rief Hilde. »Ich muss in fünfzehn Minuten im Theater sein!«

»Von der 10ten bis zur 46sten brauch ich exakt acht Minuten. Ich liefer dich pünktlich ab, verlass dich auf Isaak Loewenzahn.«

Er trampelte abwechselnd auf Kupplung und Bremse, riss den Schalthebel herum, als ob er jemandem den Arm auskugeln würde. Hilde wurde nach vorn geschleudert, landete mit den Knien auf dem Gummiteppich. Kniend sah sie zu, wie Loewenzahn in die Apotheke rannte und etwas schrie, worauf die Schlange der Wartenden sich umdrehte. Er zeigte auf ein hohes Regal, warf dem Apotheker über die Köpfe der Leute Geld zu, fing eine Tüte auf, rannte ins Freie, stieß mit einem Polizisten zusammen, lächelte entschuldigend, deutete den Hupenden hinter dem Taxi die *Leck-mich-am-Arsch*-Geste und sprang hinter das Steuer. Die Bonbontüte landete auf dem Rücksitz.

»Gleich in den Mund«, rief er.

»Wie viel macht das?« Hilde lutschte Bittersüßes.

»Geschenkt.«

Vor dem Theater versuchte sie, den Taxameter abzulesen. Loewenzahn grinste breit und weitgehend zahnlos. »Für an' kommenden Broadwaystar fahr ich umsonst!«

Hilde folgte der Taschenlampe von Henry und erreichte die rechte Bühnenseite. Nur wenige Sekunden bis zu ihrem ersten Auftritt ihrer allerersten Premiere auf dem Broadway.

»Zeig's ihnen«, flüsterte Henry und schob sie auf die Bühne hinaus.

Die Sowjetkommissarin Ninotschka betrat die Lobby eines Pariser Luxushotels. Sie entdeckte drei abtrünnige Moskauer Genossen und maßregelte sie, so wie sie es hunderte Male probiert, tausende Male abgeändert hatten.

Hilde machte alles wie immer, das nahm sie zumindest an. Lachten die Leute da unten etwa über sie? Wieso lachten die, diese New Yorker Haie, die Kunstkenner, die Überkritischen, die jedem Stück gnadenlos ein Todesurteil verpassten, wenn es ihnen nicht gefiel. Wieso lachten sie so viel? Stimmte irgendwas mit Hildes Kostüm nicht? Hatte sie eine Laufmasche? Warum kicherten und kringelten sich die Leute bei jedem zweiten Satz? War es möglich, dass die Pointen funktionierten, diese x-mal verworfenen, ausgetauschten, umgeschriebenen Pointen? Sollte das Stück in diesen Momenten tatsächlich explodieren und sich wie Konfettiregen in den Zuschauerraum ergießen? Dieses Stück, ausgerechnet dieses verfluchte Stück, das sich monatelang wie Qual, Folter, Höllenmaschine angefühlt hatte?

Hilde fand keine Antwort auf die Reaktion der Zuschauer. Sie hatte auch keine Zeit, sich Gedanken darüber zu machen, ihr erstes Lied begann. Sie stellte sich etwas rechts der Rampe in Position, und blickte wie immer zu Herb, dem guten alten Herb, den sie länger zu kennen glaubte als ihre Mutter. Herb, der ihr befohlen hatte, so laut zu brüllen, dass man sie auf der anderen Straßenseite hörte, der ihr vorwarf, dass sie falsch atmete, und ihr mit der Faust auf die Blinddarmnarbe geboxt hatte. Herb, der wusste, dass sie es konnte, lange bevor sie selbst es wusste. Herb, der sie bei ihrem allerersten Vorsingen im *Imperial* am Klavier begleitet hatte. Herb hob den Taktstock. Hilde und das Orchester setzten gleichzeitig ein.

17.
BERLIN, HEUTE – LONDON, 1959

»Die heilige *New York Times* hat eine Hymne auf mich geschrieben«, sagte Hilde. »Alle Zeitungen haben die Aufführung gut rezensiert, wir waren ein Riesenerfolg. Nach der Premiere saß ich mit Marlene und hundert anderen in einer Bar. Marlene sagte, dass ihr *Silk Stockings* in Philadelphia besser gefallen habe, als es noch ein Theaterstück mit Musik war und kein Musical. Kannst du Auto fahren, Tobias?«

Er saß wie auf einer Wolke. Nein, er saß nicht, er bewegte sich in der Wolke, die Hilde für ihn erschuf. In der Hilde-Wolke folgte er ihr auf allen Wegen, auf die Hinterbühnen des Broadway, ins Rampenlicht, in ungeheizte Hotelzimmer, hinein in den tosenden Applaus einer New Yorker Premierennacht. Und weil sich Tobias so wohl in der Wolke fühlte, erschrak er über Hildes nüchterne Frage.

»Ob ich Auto fahren kann? Ja, schon. Wieso?«

»Weil ich keinen Bock mehr habe, mir die Hacken noch länger abzulaufen. Wir latschen schon wer weiß wie lange die verdammte Potsdamer Straße runter.«

»Wo willst du hin?« Er benützte das Du immer noch mit Scheu. »Und woher nehmen wir ein Auto?«

»Guck mal.«

Vor ihnen leuchtete das Logo eines Autovermieters.

»Ich soll da …?« Tobias tastete an sein Portemonnaie. Führerschein und Kreditkarte hatte er dabei.

Um diese späte Stunde gab es keine Schlange. Die Anmietung des Wagens ging zügig vonstatten. Die Frau am Schalter wollte Tobias die Konditionen erklären.

»Wenn Sie ein bisschen schneller machen könnten«, sagte Hilde freundlich. »Ich will nach London.«

»Sie wollen die Europäische Union verlassen?« Die Frau zog das Anmeldeformular um eine Winzigkeit zurück. »Sie können mit dem Auto nicht außerhalb der EU fahren.«

Hildes überraschter Seitenblick zu Tobias. »Habt ihr England rausgeschmissen aus dem Verein?«

»Ach so, der Brexit … Das ist eine längere Geschichte.« Ihm entging nicht, dass die Frau hinter dem Schalter den Registrierungsprozess unterbrach.

»Soll Ihre Freundin auch fahren?« Die Frau deutete auf Hilde.

Demonstrativ schob er seinen Führerschein auf sie zu. »Nur ich fahre. Und sie ist nicht meine Freundin.«

Die Frau blieb misstrauisch. »Und wie ist das jetzt mit London?«

Hilde wollte erwidern, Tobias kam ihr zuvor. »Sie hat Spaß gemacht. Wir fahren einfach nur in Berlin herum.«

Minuten später bestiegen sie einen schwarzen, ziemlich neu riechenden Benz. Für Tobias hatte es auch ein Golf getan oder ein Fiat, aber Hilde hatte auf das Bild mit der Luxuslimousine gezeigt. »Den finde ich gut.«

Sie stieg hinten ein. »Wieso hast du gesagt, dass ich nicht deine Freundin bin?«

»Weil … Also weil ich dachte …« Umsonst suchte er eine Öffnung, wo er den Zündschlüssel hineinstecken konnte.

»Würde dich das irritieren, wenn ich deine Freundin wäre?«, fragte die siebenundzwanzigjährige, blendend aussehende Hilde im Lagerfeld-Outfit mit hörbarem Schalk im Nacken.

»Irritieren? Darüber habe ich mir noch keine Gedanken gemacht«, log Tobias. Er fand heraus, was man mit dem Schlüssel machen musste, und drückte auf *Start.* Weich und sämig, leise und elegant ging der Motor an.

»Die Dinger klingen heute anders als zu meiner Zeit«, kommentierte Hilde. »Damals hast du einen Benz unter allen Autos auf der Welt herausgehört.«

Vorsichtig bog Tobias aus der Ausfahrt und reihte sich in den spärlichen Nachtverkehr ein. »Wohin jetzt?«

»Wie viel Sprit ist drin?«

»Laut Anzeige sind wir voll.«

»Kennst du London?«

»Das sind über tausend Kilometer, und ein Meer liegt dazwischen. Da wären wir unmöglich bis zum Morgengrauen zurück.« Tobias dachte an das Versprechen, das er Gott gegeben hatte.

»Das schaffen wir locker. Außer wir laufen.« Hilde ließ sich gegen das Leder sinken.

»Was wollen wir denn in London?«

»Ich lerne David Cameron kennen.«

»Sie kennen den früheren britischen Premierminister?«

Sie schloss die Augen. »Unsinn. Meinen David. Meinen Anthony Palastanga. Die Liebe meines Lebens.«

Tobias glaubte sich zu erinnern, etwas über einen Antonio Palastanga in Hildes Leben gelesen zu haben. Es fiel ihm nicht ein, er konzentrierte sich auf die Straße. Umsonst suchte er die Abzweigung nach London.

***

Hilde wartete seit zehn Minuten. Kopftuch, dunkle Brille, hochgestellter Kragen, kein Mensch hätte sie erkannt. Dieser Schauspieler, sie wusste nicht mal seinen Namen, verspätete sich. Dort kam er über die Waterloo Bridge gelaufen, stieg in das blaue Auto, in dem Hilde wartete, und bot ihr eine Zigarette an. Sie reagierte mit eisigem Schweigen.

»Ich hatte angenommen, Hildegarde Neff fährt mit uns«, sagte er mit überraschender Ironie. »Aber im Augenblick kann ich sie nirgends entdecken.«

»Sie musste absagen. Sie hat keine Lust«, konterte Hilde.

Er gab ihr seine rechte Hand und Feuer mit der Linken. »David Cameron. Wir beide sollen uns ineinander verlieben.« Er lächelte, das fand sie schmalzig. Sein dichtes schwarzes Haar fiel in Wellen, das fand sie schmierig. Er wirkte wie ein Südamerikaner, hatte aber blaue Augen. Das fand sie süß.

»Ich bin froh, dass wir diese ungewöhnliche Recherche machen dürfen«, plauderte Cameron weiter, da Hilde erneut nicht antwortete. »Ich weiß wenig über das Leben von Blinden. Ich meine das wahre Leben, den Alltag von Blinden –«

»Ich schalte jetzt ab, Mr Cameron.« Hilde verkroch sich hinter ihrer Vermummung und schloss die Augen.

Das blaue Auto setzte sich in Bewegung. Sie verließen Greater London, tauchten in die Grafschaft Surrey ein, später fuhren sie durch West Sussex.

Hilde schlief auf der langen Fahrt keine Minute. Der Theaterirrsinn war schuld daran, dass sie nicht mehr richtig schlafen konnte. Obwohl *Silk Stockings* nicht länger lief, waren die Probleme, die sie damals hatte, geblieben. Ihr Magen glich dem einer magersüchtigen Debütantin, die bei jeder Aufregung über der Klomuschel kniete. Ihre Nerven ähnelten einem Stall voll Lipizzanern während einer Feuersbrunst. Hilde schlief kaum noch, sie dämmerte bestenfalls dahin. Wenn sie zu den Beruhigungspillen griff, die ihr die Ärzte verschrieben hatten, schlief sie genauso wenig, ärgerte sich nur weniger darüber, dass sie wach im Bett lag.

Mit dieser schrecklichen Krankheit hatte sie nicht gerechnet. Niemand rechnete damit, wenn einem gesagt wurde, was der Internist Hilde offenbart hatte. Am Tag nach ihrem Arztbesuch war sie mit Tyrone Power verabredet gewesen. Er hatte sie aus Washington besucht. Schlecht sah er aus, abgezehrt und gebeugt, aber er war immer noch Tyrone, und sie liebte ihn. Nun, da er geschieden war, hätte sie ihn sogar offiziell lieben können, aber so funktionierte die Liebe nicht. Die Liebe erblühte, wann es ihr gefiel, nicht wann es denen gefiel, die von der Liebe gebeutelt wurden. Hilde und Tyrone wussten, dass ihre Zeit vorbei war. Sie hatte nur wenige Nächte in Hildes Hollywood-Apartment gedauert. Man konnte Hollywood-Nächte nicht wieder aufleben lassen. Man konnte das Geheimnis einer verbotenen Liebe nicht konservieren. Das Verliebtsein ins Verliebtsein besaß einen Zauber, der mit der Zeit abnahm.

In jener Nacht in New York stand eine erschöpfte Broadway-Schauspielerin einem abgehalfterten Filmstar gegenüber. Es war eine bezaubernde Nacht, sie liebten einander, obwohl sie wussten, dass nichts Neues daraus entstehen konnte. Im Bett erzählte Hilde von dem Verdacht des Internisten.

»Wahrscheinlich ist es die Hitze. Ich kann mich an die verdammte New Yorker Sommerhitze nicht gewöhnen.

Manchmal hat es siebenundvierzig Grad auf der Bühne. Ich nehme permanent ab. Der Arzt hat Blutproben genommen.«

Tyrones Antwort hätte *tyronischer* nicht sein können. »Meine linke Augenbraue juckt.« Lächelnd vollführte er sein Augenbrauenballett. »Ich glaube weder an Astrologie noch sonst an Hokuspokus, aber wenn meine linke Augenbraue juckt, weiß ich, dass etwas gut ausgehen wird. Deine Sache wird gut ausgehen.« Sie lagen beisammen, bis das Morgengrauen die Wirklichkeit eines Hotelzimmers sichtbar machte.

»Sind Sie verheiratet?«, fragte der Internist einige Tage später.

»Nein.«

»Sind Sie für irgendjemanden finanziell verantwortlich?«

»Für meine Mutter.«

»Ihr Test hat Leukämie ergeben.«

Hildes erste Frage lautete, wie lange sie noch zu leben hätte. Seine Antwort war schwammig. Er redete über Medikamente, mit denen man heute schon erstaunliche Ergebnisse erzielte. Hilde ärgerte sich darüber, dass ihr niemand rechtzeitig gesagt hatte, dass sie früh sterben würde. Sie wünschte sich die Konstitution von Marlene. Diese Frau konnte nichts umwerfen. Nie war sie krank. Auch sie schlief wenig, aber nur, weil sie das so entschieden hatte. Sie rauchte wie ein Schlot und besaß die Gesundheit einer preußischen Eiche. Auf Hilde hatte sie von Anfang an wie ein Ritter in schimmernder Wehr gewirkt, der seine schützende Hand über die zerbrechliche *Kleene* hielt.

»Isst du Zwiebeln?«, hatte der Inspizient Hilde während einer Vorstellung gefragt.

Sie stand unmittelbar vor dem Auftritt. »Was?«, zischte sie.

»Ob du Zwiebeln isst.«

»Nein. Nie. Wer will das wissen?«

»Sag's ihr selbst.« Er zeigte auf den baumelnden Hörer des Wandtelefons.

»Wem denn?«, schrie Hilde über das Getrampel der Balletttänzerinnen hinweg.

»Marlene!«, schrie Henry zurück.

Hilde nahm den Hörer.

»Isst du Zwiebeln?«, hauchte die Dietrich. Sie war in dem Trubel schwer zu verstehen.

»Nein. Warum?«

»Weil ich gerade für dich koche. Okay, dann gibt's eben Knoblauch.« Marlene hängte ein.

Nach der Vorstellung fuhr Hilde in die Park Avenue. Die Tür zu Marlenes Wohnung stand offen. »Rot oder Weiß?« Die Dietrich stellte die Suppenterrine auf den Tisch.

Das letzte Stück fuhr das blaue Auto am Meer entlang. Eine schöne, karge Gegend. Wie hoch die Klippen waren, konnte man von der Straße aus nicht sehen. David Cameron hielt sich an Hildes Befehl und ließ sie in Ruhe. Er hatte einen freundlichen Nacken. Sie vertiefte sich in die Landschaft dieses Halses, die verwirrten Härchen nahe des Hemdkragens, die nicht wussten, ob sie noch zum Haarschopf Camerons gehörten oder sich zu den Bewohnern seiner Schultern zählen sollten.

Je näher Brighton kam, desto stärker fiel die Landschaft zum Meer ab. Das Blindenheim lag außerhalb der Stadt in einem Park. Das Gebäude mochte ein altes Kloster gewesen sein. Vielleicht hatte man diese Burg aber tatsächlich für Menschen erbaut, die ihr Augenlicht verloren hatten. Hinter dem Haus schimmerte der Ärmelkanal durch die Bäume.

Keine Vorhänge, keine Teppiche, keine Blumen, keine Bilder.

»Willkommen im *St. Dustin's Home of the Blind*.« Der Anstaltsdirektor führte Hilde und Cameron durch das Heim. »Falls Sie sich Sorgen machen sollten, Miss Neff, Sie werden niemanden in diesem Haus finden, der Ihnen Ihre Staatsangehörigkeit vorwirft.«

»Meine Staatsangehörigkeit, wie meinen Sie das?«

»Hat Ihnen der TV-Produzent das nicht gesagt? Alle unsere Patienten sind durch den Krieg erblindet. Die meisten von ihnen auf deutschem Boden.«

Dort kamen einige die Treppe herunter, direkt auf Hilde zu. Sie berührten ihre Schulter, ihr Gesicht.

»Wir haben Besuch«, sagten sie zueinander und drehten die Köpfe hin und her. »Nicht wahr, wir haben Besuch.« Ihre Augäpfel waren weiß, ohne Iris, ohne Pupille, nur wenige trugen dunkle Brillen. Sie hatten Narben, verbrannte Haut und violette Stellen im Gesicht.

Der Anstaltsleiter führte Hilde und Cameron durch die Blindenwerkstatt. »Das ist Ben. Hallo, Ben.«

Ben verpackte einen kleinen Sonnenschirm in Seidenpapier und legte ihn in eine Schachtel.

»Und hier, darf ich Ihnen Taffy vorstellen? Taffy ist unser Star.« Der Leiter nahm einen jungen Mann mit gelocktem Haar und einer freundlich schnuppernden Nase bei der Hand und half ihm auf. Taffy lächelte.

»Er war früher ein berühmter Pianist. Im Luftkrieg ist

er ein berühmter Pilot gewesen.« Er führte den jungen Mann mit dem liebenswerten Lächeln zu Hilde und schob ihre Hände ineinander. »Als Taffy abgeschossen wurde, hat es seine Augen und das Trommelfell zerrissen.«

»Er ist also nicht nur blind, sondern außerdem noch …?«

Taffy erforschte Hildes Hand in allen Einzelheiten. Keinen Moment lang verlor er sein Lächeln.

»Er kann uns nicht hören?«, fragte sie.

»Keinen einzigen Ton.«

»Er sieht so glücklich aus.«

»Der Schein trügt. Letzte Nacht konnten wir ihn nur mit Mühe davon abhalten, unser Klavier zu zertrümmern. Mit bloßer Hand hat er die Saiten herausgerissen.«

Hilde drückte die langgliedrigen Finger und strich über Taffys Unterarm. Sie musste weinen, von einer Sekunde zur anderen. Dabei fand sie ihre plötzlich hochschießenden Tränen affig und eitel. Worüber weinte sie denn? Dass sie, die privilegierte Schauspielerin, sich durch das Raritätenkabinett des Leids und der zerstörten Existenzen führen ließ und mit jenen fühlte, deren Lebensperspektive sich auf die Arbeit in der Blindenwerkstatt reduzierte? Sie schämte sich vor allem vor David Cameron, der diese Welt mit Ernst und Gefasstheit betrachtete.

»Was ist das eigentlich für ein Film, den Sie drehen?«, fragte der Direktor.

»Für die BBC«, antwortete Cameron.

»Und Sie beide sollen Blinde spielen?«

Hinterher fuhren sie nicht gleich zurück. David und Hilde liefen auf die Klippen, bis an den äußersten Rand und blickten auf die wütende Brandung.

»Ich bin froh«, sagte Hilde.

Cameron fror in seinem beigen Anzug. »Worüber?«

»Dass wir hier waren.« Sie hielt ihr flatterndes Kopftuch fest. »Es setzt so manches in die richtige Perspektive.«

»Wo haben Sie den Krieg verbracht?«

»In Berlin. Die meiste Zeit.«

»Wurde von Ihrer Familie jemand …?«

Sie verstand ihn falsch. »Nein. Ich bin keine Jüdin.«

»Das meine ich nicht«, erwiderte David mit einem Ausdruck von Wärme, Gefasstheit, von einer Ruhe, die ihr imponierte. »Wie hat Ihre Familie den Krieg überstanden?«

Durch die dunkle Brille wirkte er fremdländisch, und das fand Hilde schön. »Wir sind davongekommen. Nur mein Großvater –« Sie sprach nicht weiter. Sie liefen am Abgrund entlang, bis Schilder anzeigten, dass die Klippen stark erodierten und der Durchgang verboten sei.

»Ich freue mich auf die Arbeit mit Ihnen.« David strich sein Haar aus der Stirn. »Ich bin ungefähr fünf Nummern unwichtiger als Gregory Peck, aber da wir beide Blinde spielen, werden Sie das hoffentlich nicht bemerken.«

Das brachte sie zum Lachen. Sie lachte herzlich und sie mochte ihn von Herzen. Gemeinsam kehrten sie nach London zurück.

***

»Morgen fliege ich nach Berlin«, sagte Hilde.

David sah aus dem Fenster. »Seit drei Stunden spült dein Nachbar da drüben Geschirr. Ich glaube, er hat schon sämtliche Teller gewaschen, die es in London gibt.« Er drehte sich zu ihr. »Wollen wir baden?«

»Bei der Hitze?« Sie stopfte sich ein weiteres Kissen in den Rücken.

»Kühl baden, meine ich.«

»Okay.«

Er ging ins Bad.

Sie rief ihm nach. »Die Wanne nicht ganz volllaufen lassen!«

»Warum?« Er kam wieder.

»Wenn das Wasser den Sicherheitsablauf erreicht, fließt es in den Hof und von da in den Friseurladen. Die Schweinerei hatte ich schon einmal.«

Er kehrte ins Bad zurück. Man hörte Wasser rauschen. Er zeigte sich wieder.

»Wie alt bist du?«, fragte sie.

»Sechsundzwanzig.«

»Ich bin dreiunddreißig. Hast du dir mal die Nase gebrochen?«

»Wie kommst du darauf?«

»Du hast einen Knubbel an der Nase.«

»Meine Nase ist griechisch und damit anerkanntermaßen klassisch. Meine Vorfahren waren Griechen.«

»Ach, daher der sonderbare Name – Antonio Palastanga?«

Er warf einen Blick ins Bad, wie hoch das Wasser schon stand. »So ist es.«

»Wieso hast du ihn geändert?«

»Wenn du Palastanga heißt, bieten sie dir nur Rollen von Emigranten oder Schurken an.«

»Und du siehst dich wahrscheinlich eher als Liebhaber.« Sie grinste.

»Liege ich da bei dir so falsch?« Er küsste sie. »Wieso hast du das Fernsehspiel zugesagt? Ich meine, so etwas hast du doch eigentlich nicht mehr nötig.«

»Mein Agent sagt, ich könnte mal wieder Geld gebrauchen. Und du, warum machst du den Film?« Sie zog ihn an sich und streichelte seinen Nacken.

»Weil ich einen wütenden, jähzornigen Blinden spielen soll.«

»Und?«

»Ich weiß nicht, wie man wütend wird.«

»Das kennst du nicht – Wut?«, rief sie lachend.

»So ist es. Ich bin nie wütend.«

»Hast du's gut! Ich bin dauernd wütend, über irgendwas und irgendwen. Oder ich habe vor irgendetwas Angst.« Sie drängte sich an ihn. »Ich würde gern mit dir tauschen.«

Er legte den Kopf an ihre Brust. »Als wir nach Brighton gefahren sind, hast du so traurig und müde ausgesehen.«

»Ich war verkatert. Bin mit ein paar Schauspielern was trinken gewesen.« Ihre Hand glitt über sein schwarzweiß gestreiftes Hemd. »Woher hast du das?«

»Ich weiß nicht mehr. Ich trage es nur gern.«

»Ich werde es das *Klavierhemd* nennen.«

»Dann soll es ab jetzt so heißen.«

»Du bist verheiratet?«

»Ja.«

»Hast du Kinder?«

»Nein. Nur eine Katze, die schielt.«

»David, ich habe keine Lust auf eine Affäre.« Sie sah ihn ernst und innig an. »Bei Affären hält der Schmerz länger, als der Spaß dauert.«

Das Wasser im Bad erreichte den Sicherheitsablauf, floss in den Hof und von dort weiter in den Friseursalon.

18.
BERLIN, 1959

An einem Samstag besuchte Antonio Palastanga Hilde in Berlin. Ihr zu Ehren trug er das Klavierhemd. Sie liebten einander wie schon lange nicht mehr.

Am Sonntag wurde ihr der Bundesfilmpreis verliehen. Das Publikum zeigte über die Wahl Hildes eine Fassungslosigkeit, als hätte man einer Alkoholikerin einen funkelnagelneuen Führerschein ausgehändigt. Der Film *Der Mann, der sich verkaufte* war ein magerer Streifen, Hilde spielte darin nur eine Nebenrolle, und doch wurde ihr das Filmband in Silber an die Brust geheftet. Auf der darauffolgenden Party fragten sich viele, wer der jüngere Gigolo an ihrer Seite sein mochte. Bald machte das Gerücht die Runde, dass Hilde einen verheirateten Mann zum Ehebruch verleitete.

Sie konnte tun, was sie wollte, selbst acht Jahre nach dem Skandal drehten sich die Gespräche rund um Hildegard Knef vorwiegend um die *Sünderin.* Die Öffentlichkeit identifizierte sie nach wie vor mit dieser Rolle.

Hilde hatte Deutschland nach der Schmutzkampagne rund um den Film den Rücken gekehrt, in Hollywood und New York gearbeitet und der Welt bewiesen, dass sie kein deutsches *Auszieh*-Starlet war. Sie hatte mit den Größten der Zunft gedreht und zweieinhalb Jahre am Broadway Theater gespielt. Trotzdem war in Deutschland vor allem der *Hirtenbrief* eines Kardinals hängengeblieben, der die Gläubigen zum Boykott dieses Filmes aufrief: Glorifizierung von Prostitution, Sterbehilfe und Euthanasie wurden dem Film und damit Hilde vorgeworfen. Sie hatte die Figur verkörpert, die all diese Schandtaten beging.

Trotz des Aufrufs der Kirche hatten sich viele deutsche Kinobesitzer geweigert, den Film abzusetzen. Darauf griffen die religiös Erzürnten sogar zu Stinkbomben. Die Polizei räumte die Kinos und die Presse titelte: ›*Muss unsere Polizei diesen Schundfilm beschützen?*‹

Der kollektiven Entrüstung zum Trotz scheiterten alle Versuche, den Film mit Aufführungsverbot zu belegen. Die Kirche blies zum Sturm und forderte eine *machtvolle Demonstration des Willens der gesund empfindenden Bevölkerung*. In der Realität sah die machtvolle Demonstration so aus, dass sich sieben Millionen Deutsche den Film ansahen. Selbst die weißen Mäuse, die einige Gegner der *Sünderin* in einem Duisburger Kino freiließen, um Panik hervorzurufen, änderten daran nichts.

»Es war ja nicht nur die Nacktszene.« Hilde machte für David eine Flasche Wein auf. »Wilde Ehe, Vergewaltigung, Gehirntumor, Selbstmord, das war eine zu geballte Ladung für einen Film so kurz nach dem Krieg.«

David streckte sich lang in Hildes Bett aus. »Nacktszene? Deine Brüste waren ja nur ein paar Sekunden lang zu sehen.«

»Ach, du bist drin gewesen?« Sie setzte ihm das Weinglas an den Mund.

»Zweimal.«

»Und ich nehme an, damals hast du dich in mich verliebt.« Sie küsste ihm Rotwein von den Lippen.

»Nein, gar nicht.«

»Du hast dich also nicht in mich verliebt?«

»Doch, schrecklich sogar, aber in einem ganz anderen Moment.«

»Lass mich raten.«

»Da kommst du nicht drauf. Mein Herz ist dir zugeflogen, als du die Hände des blinden Pianisten gehalten hast.«

»In Brighton?«

»Als du geweint hast, so schrecklich geweint, weil du dir immer alles so gut vorstellen kannst. Das Glück dieses Mannes, Klavier zu spielen, und sein Elend, dass er heute weder die Tasten sehen noch seine Musik hören kann. Deine Tränen hatten nichts mit der Reue einer Deutschen zu tun, die an die Schandtaten des Krieges erinnert wird. In diesen Sekunden hast du dir das Schicksal dieses Mannes übergestülpt. Das hat mich tief berührt. Seit diesem Moment weiß ich, warum du so eine große Schauspielerin bist.«

»Hör doch auf.« Sie trank ihr Glas in einem Zug leer. »Aber ein bisschen stimmt es schon. Ich kann mir tatsächlich alles so verflucht genau vorstellen. Glaub ja nicht, dass das ein Vergnügen ist, in andere reinzuschlüpfen, in ihre Gefühle, ihre Hoffnungen, und den tiefen Fall zu spüren, den das Leben uns Menschen aufzwingt.«

Er stellte sein Glas beiseite und hielt sie ganz fest im Arm.

»Mir tut es leid, dass alle so schlecht über die *Sünderin* reden«, murmelte Hilde an seiner Brust. »Nicht wegen mir, sondern wegen Willi Forst. Das war sein erster deutscher Nachkriegsfilm, zugleich sein vorletzter überhaupt. Mittlerweile hat er sich komplett aus dem Geschäft zurückgezogen. Er ist nicht mehr gefragt. Das finde ich traurig.«

David sah sie an. »Forst … War das nicht ein Nazi-Regisseur?«

Hilde setzte sich so vehement auf, dass er die Weinflasche in Sicherheit bringen musste.

»Willi war Österreicher. Selbst wenn die NS-Filmprüfstelle seine Filme mit Preisen überhäuft hat, konnte er die Nazis nie leiden. Willi war groß und still, lustig und ernst. Während unserer Dreharbeiten war er vollkommen offen zu mir. ›Als diese Herrschaften meine Heimat besetzt haben, wurden meine Filme ein stiller Protest‹, sagte er. Deine Filme sind lustig und charmant, widersprach ich, aber doch kein Protest. ›Ich weiß, es klingt grotesk, dass ein Film wie *Wiener Blut* ein Protest sein soll‹, antwortete er. ›Aber es ist die Wahrheit. Meine österreichischsten Filme habe ich gemacht, als Österreich nicht mehr existierte.‹ Willi hat politische Parolen immer aus seinen Filmen herausgehalten.«

Hilde bemerkte das Erstaunen in Davids Miene. »Du fragst dich, warum mich das so aufregt?«

»Nein, ich mag es, wenn du dich aufregst.« Er küsste ihre Hand. »Ich bewundere, dass du wütend wirst.«

»Ja, über Willi Forsts Schicksal werde ich wütend. Weißt du, warum? Weil wir nach der Vertreibung der jüdischen Künstler heute nicht mehr viele tolle Regisseure in Deutschland haben. Du erlebst ja selbst, mit was für Dünnbrettbohrern wir uns herumschlagen müssen.« Hilde legte sich bequemer hin. »Curd Jürgens hat mir neulich einen bezeichnenden Satz von Willi Forst erzählt. Willi hat Curd gewarnt, er sagte: ›Curd, mach bloß keinen Film, in dem eine politische Situation zu zeigen ist. Du wirst eines Tages eine Antwort darauf geben müssen.‹«

Sie liebten einander. Als beide kurz vor dem Einschlafen waren, aber trotz ihrer Müdigkeit nicht einschlafen konnten, wollte David mehr über die *Sünderin* wissen.

»Ach nee, nicht du auch noch«, murmelte sie an seiner Schulter. »Nee, lass ma' lieber. Vorbei ist vorbei.«

***

Man konnte einem Regisseur vertrauen, man mochte ihn bewundern, fand ihn sympathisch oder hasste seinen Despotismus. Oder man war ihm einfach dankbar, weil man einen Job bekam.

Bei Willi Forst kam für Hilde alles zusammen. Als er das erste Mal auf sie zuging, setzte er nicht Schritt vor Schritt, sondern schien zu einer inneren Melodie zu tanzen, ein nostalgischer Foxtrott. Sein Gesicht erzählte etwas von Sommerfrische und Wiener Schnitzel, nichts von Krieg, Hunger, Besatzung, Flucht.

Der Mann, der *Bel Ami*, *Maskerade* und *Wiener Blut* gedreht hatte, traute sich an ein Thema, das nicht zu seinem Erfolgsrezept passte. Umso spannender. Forst strahlte etwas von einem heiteren Monarchen aus. Andere Regisseure mussten sich mit Absagen, Umbesetzungen, Drehbuchänderungen herumschlagen, er nicht. Er stand darüber.

Willi Forst nahm Hilde in eine Bar mit, legte einen Wälzer auf seine Knie und schlug ihn auf. *Die Sünderin.* Vom ersten bis zum letzten Satz las er der jungen Schauspielerin das Drehbuch vor, ein unerhörter Vorgang, wie sie ihn noch nie erlebt hatte. Ohne Unterbrechung las er Szene für Szene, hielt dabei den Schauspieler Forst an der Kandare, er wollte Hilde nur klarmachen, wen sie spielen würde.

Die Prostituierte Marina, die sich in einen gescheiterten Maler verliebte. Er litt an einem Gehirntumor, der ihn erblinden ließ. Um die Operation zu finanzieren, wollte Marina ihrem alten Gewerbe nachgehen, scheiterte aber emotional und lernte stattdessen den Chirurgen kennen, der den Maler operieren sollte. Der Arzt verliebte sich in sie und operierte umsonst. Das Paar verlebte eine kurze glückliche Zeit. Als das Augenlicht des Malers endgültig schwand, bat er Marina, ihm beim Sterben zu helfen. Sie reichte ihm den vergifteten Trunk und brachte sich hinterher selbst um.

Wusste Forst, welch verhängnisvollen Stoff er im prüden, kriegsmüden, ausgelaugten Deutschland anpackte? Seine früheren Filme waren überlebensgroß gewesen, sie handelten von berühmten Persönlichkeiten, Menschen, die dem Kinobesucher Zugang zur Sonnenseite des Lebens verschafften. Und jetzt? Eine gescheiterte Prostituierte, ein erfolgloser Maler, Suizid und Sterbehilfe – Hilde hörte zu und nahm das alles in sich auf. Als Forst die letzte Seite umblätterte und »*Ende*« las, hatte sie die Figur Marina im Geist bereits gespielt. Sie liebte sie, sog sie in sich auf, stülpte sie sich über.

»Na, ist das eine Rolle?« Willi entkorkte eine Flasche Steinhäger, trank allein zwei Gläschen, bevor er Hilde einschenkte.

In ihrer Überwältigung, ihrer Freude brachte sie kaum ein Wort hervor. Endlich eine Filmrolle, die den ganzen Menschen, die ganze Frau, das ganze Leben in sich trug, nicht die langweilig schönen Heldinnen, die man ihr in Hollywood zu spielen gab.

»O ja, das ist eine Rolle«, flüsterte sie überglücklich.

»Ursprünglich wollte ich eine moderne *Maria Magdalena* erschaffen«, fuhr er fort. »Aber in diesem schönen Land gibt es ein kirchliches Filmreferat.«

»Was hat das damit zu tun?«

»Beide Vertreter Gottes auf Erden, der katholische und der evangelische, haben mir von der Maria-Magdalena-Parabel abgeraten.« Forst zwinkerte. »Und so ist unsere Marina eine moderne junge Frau geworden, ganz ohne religiösen Überbau.« Er fasste Hilde ins Auge. »Sie haben keinerlei Probleme mit der Rolle?«

»Probleme? Ich bin einfach nur begeistert.«

»Aber Marina gibt dem Mann ihres Lebens den Becher mit dem Gift.«

»Das hätte ich wahrscheinlich auch getan.«

»Und die Szene, wenn die beiden ihre einzige glückliche Zeit in Wien verleben und sie ihm Modell steht?«

»Warum denn nicht? Er ist Maler. Die meisten Künstler haben ihre Geliebten als Motiv gewählt.«

»Und wenn dieser Maler Sie zum Ablegen Ihrer gesamten Garderobe auffordert, würde Sie das nicht irritieren?«

»Ich wüsste nicht, wie es bei einem Aktporträt anders gehen soll.« Seine hochgezogenen Augenbrauen brachten Hilde zum Lachen. »Ich bin selbst Zeichenschülerin gewesen, Herr Forst. Was denken Sie denn, wie wir einen knackigen Akt hingekriegt hätten, wenn das Modell in der Unterhose vor uns gestanden wäre.«

»Sie fänden es nicht verwunderlich, sich in der Szene auszuziehen?«

»Ich finde es ehrlich gestanden nicht erwähnenswert.«

»Gut. Dann weiß ich Bescheid.« Er gab ihr die Hand. »Jedes Detail der Umsetzung unterliegt selbstverständlich meiner Kontrolle.«

Hilde verstand nicht genau, was er damit meinte, bis die Dreharbeiten begannen.

Noch vor dem ersten Hahnenschrei erschien Willi Forst in der Maskenabteilung, um jeden Pinselstrich in Hildes Gesicht zu überwachen. Die Wölbung der Braue, die Schattierung der Lider kontrollierte er mit der Akribie eines Statikers, der seine Berechnungen eins zu eins in die Wirklichkeit umgesetzt sehen wollte.

Gerade weil Hilde eine Prostituierte spielte, unterließ Forst im Studio jeden familiären Ton, er dirigierte sie gesittet und mit vollendeter Höflichkeit. Die üblichen Kaffeeholer am Set und all die Leute, die »*Auf die Plätze!*« brüllten, verbannte er vom Geschehen. Zeitraubende Diskussionen, wie eine Szene zu spielen sei, erstickte er im Keim. Er, der Herrscher des Filmes, dirigierte, führte und erzwang, ohne dass der Bezwungene auf die Idee kam, mit dem Bezwinger zu hadern. Durch seinen Charme gelang es ihm, dass jeder sich an Forsts detaillierte Regie hielt. Nur wenn sich Darsteller begriffsstutzig anstellten, verlor er für Momente die Beherrschung. Dann schimmerte etwas von der unüberwindlichen Gewalt eines großen Regisseurs durch. Für Hilde war dieser Mann fehlerlos. Seinen Zorn fand sie gerecht, seine Absichten erhaben. Er stellte den Ersatzvater für die Vaterlose dar. Willi Forst bemerkte ihre wortkarge Verehrung; der um vieles Ältere warf Hilde den Mantel seines Vertrauens über.

An einem Sonntag wurde Hilde der Bundesfilmpreis verliehen.

Am Montag läutete das Telefon unausgesetzt. Sie bekam vier neue Filmrollen angeboten.

Am Dienstag lauerten Fotografen Hilde und David Cameron vor ihrer Wohnung auf.

Am Mittwoch stand die ehemalige *Sünderin* als *Ehebrecherin* auf Seite eins der größten Klatschzeitung. Sie verführte einen verheirateten Mann. Nie war die Verwechslung zwischen der Rolle einer Schauspielerin und ihrer Person größer gewesen.

Am Donnerstag wurden alle vier Filmangebote wieder zurückgezogen.

Am Freitag sagte David: »Ich habe mich nicht nur in dich verliebt, sondern auch in Berlin. Ich möchte hier leben. Mit dir.«

19.
ROM, 1959

Es war der Anfang mit David Antonio Cameron Palastanga und das Ende mit allem anderen. Hilde brauchte keine Brücken abzubrechen, es existierten keine mehr. Niemand gab ihr etwas zu spielen. Es erschien den Produzenten zu riskant. Man wusste nicht, auf wen man sich mit Hildegard Knef einließ: auf die Sünderin, den Ufa-Star, den Broadway-Star? Deutschland einigte sich auf die *Ehebrecherin*, und mit der Ehebrecherin wollte niemand in der Branche etwas zu tun haben.

Fünf lange Monate nachdem David zu Hilde nach Berlin gezogen war, wurde ihnen ein gemeinsamer Film in Italien angeboten, *La strada dei giganti*, und sie nahmen dankbar an. Signore Tortini, ihr italienischer Agent, holte sie vom Flughafen in Rom ab.

Tortini schien auf Kriegsfuß mit der römischen Straßenverkehrsordnung zu stehen. In seiner amerikanischen Limousine raste er, häufig zur linken Spur tendierend, auf Busse, Lkws und Fahrräder zu. Er entging den unvermeidlichen Zusammenstößen nur dank mehrerer Schutzengel, die im Machtzentrum der katholischen Kirche zahlreicher im Einsatz zu sein schienen. Auf der Fahrt in die City streifte Tortini zwei Bäume und eine Cinzano-Reklame. In den bürgersteiglosen Gässchen der ewigen Stadt vermochten sich Großmütter und Hochschwangere mit Kinderwagen im allerletzten Moment in Sicherheit zu bringen. Beim Einparken hieb sich Signore Tortini mit seiner

Stoßstange eine Lücke zwischen zwei gegnerischen Autos frei.

Er führte Hilde und David in ein Ristorante, wo ihm ohne Bestellung eine gewaltige Portion Spaghetti aufgetan wurde. Er verteilte mehrere Klacks Butter und einen Berg Parmesan auf seinem Teller, rollte die Spaghetti zu faustgroßen Klumpen und war mit der Vorspeise fertig, bevor Hilde und David überhaupt die Karte bekommen hatten. Beim Fleischgericht brachte Tortini die heikle Angelegenheit seiner Prozente zur Sprache. Während er die Zabaglione löffelte, standen Tränen in seinen Augen. »*Cinque percenti?*« Ein Schluchzen entrang sich ihm.

Der Deal sah so aus, dass Signore Tortini sich die üblichen zehn Prozent Provision mit Hildes deutschem Agenten teilen musste. Das erschien ihm als biblische Ungerechtigkeit. Er tupfte mit der Serviette über die feuchten Augen, wodurch ein Rest Tomatensauce auf seiner Wange zurückblieb. Trotz der tränenreichen Erklärungen war Hilde nicht bereit, an der Fünfprozentklausel etwas zu ändern.

Nach der Mahlzeit fuhr Tortini das Schauspielerpaar nach Cinecittà. Inmitten eines gigantischen Studios stand ein Mann auf einem Stuhl und schrie. Seine am häufigsten verwendete Vokabel war »*Silenzio!*« Er brüllte, er geiferte, er kreischte. Tortini stellte diesen jungen Mann als Regisseur vor, der auf dem Stuhl auf und ab zu springen begann, bis der Sitz durchbrach. Eingekeilt in den Holzrahmen brüllte er weiter, wurde aber von niemandem beachtet, weshalb sich der Lärm rund um ihn zum ohrenbetäubenden Furioso steigerte.

Der Regisseur brüllte die Kostümbildnerin herbei, die Hilde einzukleiden hatte. Da er nur Italienisch und kein

Wort Englisch sprach und niemand daran gedacht hatte, einen Übersetzer zu organisieren, bedeutete er der deutschen Schauspielerin durch Pfiffe, Fingerzeige und kleine Knuffe, wo sie hinzugehen und was sie zu tun hätte.

Nach zwei Tagen infernalischer Dreharbeiten stand Hilde am Rande des Nervenzusammenbruchs. Sie bewunderte David, der die italienische Arbeitsweise mit großer Gelassenheit hinnahm.

»Mein Vater war Italiener«, gab er als Erklärung an.

»Ich dachte, er war Grieche.«

»Sein Vater war Grieche, aber er war Italiener. Wenn du in Italien etwas erreichen willst, musst du brüllen. Du musst ganz einfach. Das Wichtigste ist dabei allerdings, du darfst dich beim Brüllen nicht aufregen.«

Bald darauf hatte Hilde ihre große Szene zu spielen, einen Monolog, in dem sie als Herzogin von Parma ihren Machtanspruch formulierte. Als der Atelierfotograf im Hintergrund trotz mehrfacher *Silenzio*-Schreie nicht zu kreischen aufhörte, probierte Hilde Davids italienisches *Rezept* aus. Sie packte das Männchen beim Rollkragen und schrie ihn minutenlang an, ohne Rücksicht auf dessen Unverständnis, ohne Rücksicht auf ihre Stimmbänder, ohne Rücksicht auf die fehlende Grammatik. Hildes Ausbruch steigerte sich zur Höchstleistung. Als sie fertig war, sah sie sich von ehrfurchtsvoller Stille umgeben. Der Atelierfotograf war zu Zwergengröße geschrumpft. Der Regisseur küsste Hilde auf beide Wangen. Die Beleuchter schüttelten ihr die Hand, der Produzent brachte ihr Blumen. Sie hatte sich in Rom erfolgreich assimiliert und erhielt sogar ihre eigene Garderobe.

Der Tag der ersten Gagenzahlung kam. Weder Signore

Tortini noch irgendjemand im Filmstab erwähnte etwas davon. David suchte den Produzenten auf, der, auf das Honorar angesprochen, das zweitwichtigste Wort der italienischen Sprache benützte: »*Domani.*«

Domani war Samstag, *doppo domani* Sonntag, Montag herrschte in Italien Feiertag. Hilde und David hatten Mühe, finanziell über das Wochenende zu kommen. Als er schließlich am Dienstag den Scheck des Produzenten bei der Bank vorlegte, wurde David gefragt, woher dieser Scheck stamme. Es stellte sich heraus, dass der Produzent nicht berechtigt sei, einen Firmenscheck allein auszustellen, hierzu seien drei Unterschriften nötig.

Der Produzent blieb drei Tage lang unauffindbar. Als David ihn endlich zur Rede stellte, schlug der Mann die Hände über dem Kopf zusammen: ein dummes Missverständnis! Er stellte einen neuen Scheck für eine andere Bank aus.

»Woher haben Sie den Scheck?«, fragte der herbeigerufene Bankdirektor. Davids Antwort kommentierte er so: »Dieser Produzent hat seit zehn Jahren kein Konto mehr bei uns. Ich muss den Scheck leider einbehalten. Das Scheckbuch wird aufgehoben.«

Als David wutschnaubend ins Studio zurückkam, gab der Regisseur Hilde gerade die Anweisung: »Sei happy mit den Zähnen!« Das bedeutete, sie sollte lachen.

»Hör sofort auf zu arbeiten!«, schrie David über das Filmteam hinweg. »Schließ dich in deiner Garderobe ein!«

»Wieso?«

»Weil der Film in ein paar Tagen fertig ist, aber alles, was sie uns geben werden, ist die Hand.«

Hilde schloss sich weg. Die Italiener pochten, sie klopften, droschen auf die Tür ein, sie gingen daran, sie aufzubrechen. Der Tumult im Garderobengang steigerte sich von Minute zu Minute. Signore Tortini wurde herbeigerufen, er fiel auf die Knie, umklammerte Davids Hosenbein und schwor, dass der Produzent grundsätzlich ein ehrlicher Charakter sei. Als das nichts nützte, wälzte sich Tortini auf dem Boden und weinte in sein Taschentuch. Der Aufnahmeleiter kam gerannt und präsentierte David einen neuen Scheck.

»Kein Scheck! Bar. Nur bar«, lautete die Antwort.

»Bar?«, rief die Film-Crew erschrocken. »Wirklich bar?«

»Ausschließlich bar«, hörte Hilde ihren Ritter in schimmernder Wehr draußen antworten. »Sonst dreht sie keinen Meter Film mehr.« David, dessen Vater Italiener war, ließ ein fließendes »*Basta!*« folgen.

Im Hotel präsentierte man den beiden die Wochenrechnung und gewährte ihnen nur noch eine weitere Nacht Aufschub.

Als der Aufnahmeleiter an ihre Tür klopfte und rief: »Sie werden im Studio erwartet!«, stellten sie sich tot.

Der zweite Produktionsleiter wurde deutlicher: »Wenn Sie nicht kommen, werden Sie verklagt.«

Sein Vorgesetzter schrie: »Wir holen die Polizei.«

Zu guter Letzt tauchte der Produzent persönlich vor Hildes Hoteltür auf. »Wir sorgen dafür, dass Sie nie wieder arbeiten!«

Darauf folgte eine unheilvolle zweistündige Stille. Niemand traute sich mehr, an diese Tür zu klopfen. Bis auf Signore Tortini.

»Ich habe das Geld. In bar«, rief er. Beim Hinblättern der Lira-Scheine durchschauerte ihn ein heftiger Schüttelfrost.

Als das Paar ins Studio zurückkehrte, raunte David: »Sie werden uns zur Strafe mit Scheinwerfern steinigen.«

»Sie sind da!«, schrie einer aus der Crew. Die Belegschaft stand am Rande des Sets Spalier. Der Regisseur stürzte auf Hilde zu, umarmte und küsste sie, küsste auch David und hielt beider Hände fest, als wollte er sie trauen.

Der Oberbeleuchter schrie: »*Brava! Bravi! Bravissimi!*«

Sie hatten den Sieg errungen. Den Siegern gebührte der triumphale, zutiefst römische Tribut.

»Ab heute bist du für mich Tonio, der Held«, lächelte Hilde.

»Wieso Tonio?«

»Wegen deines italienischen Vaters.«

»Aber meine Mutter war Schottin.«

Auf dem Flughafen in Rom trennten sie sich. David flog nach London, Hilde nach Berlin. Als er sie nachts anrief, hatte man sie mit 40 Grad Fieber ins Krankenhaus eingeliefert. Die Wirbelsäule, der Kopf, der Nacken, bald schmerzte alles und immerfort. Eine plötzliche Hirnhautentzündung. Sie konnte sich kaum noch bewegen und schrie vor Schmerzen, wenn die Putzfrau mit dem Scheuerlappen gegen ihr Krankenbett stieß.

Auch ihr Gehirn versagte den Dienst. Hilde merkte sich Namen und Gesichter nicht mehr, geschweige denn Termine, nicht einmal Jahreszahlen.

»Die Heilung einer Meningitis dauert lange«, sagte der Arzt zu David, der überstürzt angereist kam. »Man muss Geduld haben.«

»Man muss Geld haben«, sagte David zu Hilde.

Geduld war in ihrer Lage ein kostspieliges Gut, zu kostspielig, wie sie bald feststellten.

Die Arbeit brach durch Hildes Krankheit endgültig weg,

die wenigen Freunde wurden noch weniger. Wohnungen mussten aufgegeben werden, seine und ihre, bis nur noch Berlin übrig blieb. Überflüssiges wurde verkauft. Schließlich musste sogar Hildes Mutter einspringen.

Wohin, um Himmels willen, war das ganze Geld verschwunden? So viel und so schnell? Dr. Brom hatte in Hollywood solide gewirtschaftet. Durch *Silk Stockings* war für Hilde ein kleines Vermögen zusammengekommen. Und all die Filme, die sie gedreht hatte, auch solche außerhalb Hollywoods, deutsche, englische, französische Filme, wo war das Geld geblieben? Verflüchtigte es sich einfach, wenn man nicht darauf achtete? Wenn man nicht alles aufschrieb, was man ausgab? Weil eine Flasche vom teuersten Champagner, ein Flug über den Ozean, ein neues Auto, jedes für sich genommen nicht besonders teuer war, doch in der Summe ergab es den Kahlschlag, auf den Hilde nun fassungslos starrte.

Eine Karriere hatte sie gehabt, eine Karriere hatte sie beendet. Sie war nicht mehr ganz jung, war skandalumwittert durch die *Sünderin,* im wahren Leben zur Ehebrecherin gestempelt und stigmatisiert, und zu allem Überfluss besaß sie keine Reserven in der Hinterhand. Sie hatte nichts für den Tag gespart, der nun angebrochen zu sein schien.

Die arbeitslose Schauspielerin Hildegard Knef lag mit Hirnhautentzündung im Krankenhaus, und die Kosten zehrten den letzten Notgroschen auf. Davids Ersparnisse waren nie der Rede wert gewesen. Nach der Scheidung hatte das meiste ohnehin seine Frau bekommen.

Hilde erholte sich, aber sie war noch lange nicht gesund. Als sie nach Monaten endlich wieder ein Theaterangebot bekam, musste sie es annehmen. Sie, die sonst im Vorübergehen Text lernte, die während der Broadway-Proben nachts neue Szenen auf Englisch gelernt hatte, kriegte eine läppische Komödie in ihrer Muttersprache nicht in den Kopf. Da der Text nie länger als vierundzwanzig Stunden hängenblieb, lernte sie das Stück jeden Tag neu, als hätte sie es gerade zum ersten Mal gelesen.

Hilde glaubte, mittlerweile sei Gras über all die Dinge gewachsen, die die Zeitungen ihr vorgeworfen hatten, und traute sich wieder aus dem Haus. Sie wurde schmerzhaft belehrt, dass die Öffentlichkeit ein Elefantengedächtnis hatte, sofern die Presse es mit Nahrung versorgte. Man rief Hildegard Knef auf der Straße unschöne Dinge nach, Schimpfworte, Schmähungen, die für eine Klage gereicht hätten. Sie zog ihren Schlapphut in die Stirn und starrte durch die dunkle Brille immer geradeaus.

Ein wagemutiger Regisseur bot ihr das Einpersonenstück *Geliebte Stimme* an.

»Das musst du machen«, sagte David. »Wenn du das machst, hast du das Schlimmste überwunden.«

Das Schlimmste war und blieb das, was fehlte: das Geld. Ein Parkplatzwächter wollte von ihnen die übliche Gebühr erheben. Gereizt stülpte David seine Taschen nach außen und rief: »Da! Da! Nehmen Sie alles!« Nichts als Groschen fielen heraus. Der Wächter hatte Erbarmen und ließ sie gratis auf den Parkplatz. Hilde und David krochen unter ihr Auto und sammelten die Groschen wieder auf.

Hildes Mutter und Hildes Freunde luden sie in Berlin öfter zum Essen ein. Das war nett gemeint, aber es half ihnen nicht weiter. Das Einzige, was die Post noch brachte, waren Rechnungen, Briefe von Davids Scheidungsanwalt und amtliche Schreiben der Steuerbehörde. Fritz Lang bot

Hilde einen Film an. Als Langs Produzent den Namen Knef hörte, verweigerte er die Finanzierung. Fritz Lang zog das Angebot wieder zurück.

Fieberhaft überlegte Hilde, was sie noch *machen* könnte, um irgendwie über die Runden zu kommen. Ihre allererste Ausbildung fiel ihr ein, sie war immerhin diplomierte Zeichnerin und bewarb sich, um Plakate zu entwerfen. Doch jedes Mal, wenn sie ihren Namen nannte, fiel den Leuten als Erstes *Die Sünderin* ein, die Ehebrecherin.

Ein Jahr nach dem Ausbruch ihrer Krankheit hatte ein Tourneeunternehmer endlich den Mut, Hilde und David einen Vertrag anzubieten. Er schlug das Stück *Born yesterday* vor. Man war einverstanden, probte in Berlin und tingelte damit ein Dreivierteljahr von Kaff zu Kaff, von Städtchen zu Städtchen. Tagtäglich kreuzten sie durch Deutschland. Bald waren sie müde, erschöpft, ausgelaugt von den endlosen Busfahrten, den tristen Hotelzimmern, den Garderoben, die provisorisch in Turnhallen eingerichtet wurden. Hilde war noch nicht wieder gesund, ein Leben wie dieses schadete ihr. Ihre Verdauung brach zusammen. Ein bisschen besser wurde es erst, als sie mit *Born yesterday* eine Vorstellungsserie am Kurfürstendamm-Theater in Berlin spielten.

Es war eine zähflüssige Zeit, aber Hilde benützte nie das Wort *Erniedrigung*. Das fand sie dumm.

Eine neue Tournee mit Premiere in Hamburg versprach Besserung der Situation. Leider nicht finanziell, dafür hatten sie zu viele Schulden. Aber die neue Aufgabe brachte so etwas wie Hoffnung für David und Hilde. Sobald sie auftrat, klatschten die sonst so kühlen Hanseaten, als wollten sie sagen: »*Genug der Vorwürfe, nu' spiel mal schön.*«

Danach ging es wieder auf Ochsentour. Tagsüber fuhren

sie, diesmal ohne Bus, abends spielten sie. Nachts suchte David die Landkarte nach der nächsten Stadt ab, in der sie auftreten mussten.

Kurz vor Ostern saß er einmal bis drei Uhr früh über der Karte, fand das Gesuchte aber nicht. Es ging nicht anders, er musste Hilde wecken.

»Was ist?«, knurrte sie im Halbschlaf.

»Ich kann *Karfreitag* nicht finden.«

Davids Deutsch war besser geworden, aber manche Wörter sagten ihm immer noch nichts. Hilde lachte.

Sie lachte auch bitter darüber, dass sie ihre Gage unter anderem in die Finanzierung zusätzlicher Hotelzimmer anlegen mussten. David und Hilde waren noch nicht verheiratet. In der sittenstrengen deutschen Provinz mussten sie daher zwei Zimmer nehmen.

Die Spätfolgen der Hirnhautentzündung brachten immer noch Schmerzen mit sich, die manchmal auch während der Vorstellung nicht niederzukämpfen waren. Hilde hasste den Schmerz, nicht wegen der Pein, die er ihr bereitete, sondern wegen ihrer eigenen Wehleidigkeit. Sie verachtete sich, wenn sie, allein im Hotelzimmer, jaulte und keuchte und das Kissen über ihr Gesicht zog, damit David sie nebenan nicht schreien hörte.

Der Schmerz überfiel Hilde wie ein Vergewaltiger. Meist tauchte er in Verbindung mit Erinnerungslücken auf. Mehr als einmal musste David ihr während der Vorstellung weiterhelfen, weil sie nicht mehr wusste, welche Szene sie gerade spielten.

Hilde hatte keine Ahnung, wie es weitergehen sollte. Beide hatten keine Ahnung. Weil sie zu erschöpft waren, von allem, dem Ganzen, zu erschöpft, um weiter zu denken.

20.
DAS LIED DES LEBENS

Langsam strich David sich vom Haaransatz bis zum Nacken über den Kopf. Mit der anderen Hand suchte er nach einer Zigarette. Dies war das sichere Zeichen, dass er gleich etwas sagen würde. Selten redete David viel, meistens antwortete er. Wenn er auf diese besondere Art zu sprechen ansetzte, musste der Anlass ein außergewöhnlicher sein.

»Lass uns miteinander arbeiten.« Er fand die Zigarette in der Hemdtasche, sie war alt und krümelte. »Lass uns produzieren, nur wir beide, irgendwas. Ein Stück, einen Film, ein Gedicht. Irgendetwas, ein Lied vielleicht.«

»Ich kann nicht singen«, erwiderte Hilde vor dem Gartenhäuschen, zu dem ein Freund ihnen den Schlüssel gegeben hatte, damit sie nicht ständig in Berlin rumhängen mussten.

Er lachte. »Nicht singen? Das behauptet die Frau, die tausend Vorstellungen am Broadway gesungen hat?«

»Weil Cole Porter die Songs für mich zurechtgebogen hat.«

»Dann finden wir eben jemanden, der neue Songs für dich zurechtbiegt.«

»Ich kann aber immer noch nicht singen.«

David war gedanklich schon einen Schritt weiter. »Als du neulich interviewt wurdest, hat uns der Interviewer einen Plattenproduzenten vorgestellt. Wie hieß der noch?«

»Weiß ich nicht mehr.«

»Lass uns eine Platte mit dir machen, Hilde. Ein Versuch. Was hast du schon zu verlieren?«

»Meine Stimme.«

»Jetzt mal ernsthaft.«

»Na gut, ich singe. Aber wer schreibt die Lieder?«

»Ach, du willst neue Lieder singen?«

»Alle Welt will neue Lieder hören. Wer soll mir die schreiben?«

»Du.«

»Ich?«

»Das kannst du besser als all die Schreiberlinge, die sich die schmalzigen Schmachtfetzen für den deutschen Schlager ausdenken.«

»Vielleicht schreibe ich aber keine schmalzigen Schmachtfetzen.« Mit den Zehen strich sie über das Gras. »Du traust mir ein bisschen zu viel zu, Tonio, fürchte ich. Was soll ich denn noch alles machen? Bauchtanzen?«

»Das wäre süß.« Er kniete sich vor sie hin. »Lass uns was machen, Darling, wir zusammen, lass uns arbeiten, ja? Arbeiten ist das Wichtigste. Man kann mit allem im Leben fertig werden, nur nicht mit der Tatsache, dass man nichts zu tun hat. Arbeitslosigkeit ist die größte Abhängigkeit, die es gibt.«

Normalerweise sprach David nicht so viel, das war sonst gar nicht er. Aber heute war er es in besonderem Maße. Weil es um Arbeit ging, um gemeinsame Arbeit und damit um das größte Glück. Geld bedeutete nichts, Sicherheit bedeutete nichts, Ruhm bedeutete noch weniger. Arbeit bedeutete alles. Hilde wusste das, aber David hatte es klipp und klar ausgesprochen. Sie liebte ihn dafür, dass er ihr klarmachte, worin das Glück bestand: Arbeit, Lieder, Auftritte, Hektik, Angst, Lampenfieber. Greifbar lag das Glück plötzlich vor ihnen.

Dicht vor Hildes Augen hob David die rechte Hand und ließ seinen Ehering aufblitzen. »Seit wir verheiratet sind, ist es außerdem steuerlich günstiger, zusammenzuarbeiten.«

Sie blitzte mit ihrem Ring zurück. »Na, so ein Glück aber auch.«

***

Wenn Hilde sich einen Proberaum vorstellte, hatte sie das Bild eines konzentrierten, geschützten Ortes vor Augen, an dem sich Menschen trafen, die alle das Gleiche wollten. Sie gaben das Beste von dem, was sie professionell beherrschten, und daraus wurde schließlich Kunst.

Doch jedes Mal waren die Probenräume anders, als Hilde erwartete. Der schlecht beheizte Saal im Bayerischen Wald nahe der österreichischen Grenze war das Beste, was David hatte auftreiben können, vor allem das Preiswerteste. Die Wirklichkeit dieses Ortes bedeutete kalten Zigarrenrauch, den verwehenden Geruch steinzeitlicher Bratwürste, weggeworfener Semmeln, in denen die Bratwürste geruht hatten, und Schnapsfusel. Nie sah Hilde jemanden hier drinnen Schnaps trinken; der Fusel ließ den Verdacht zu, dass die Künstler es heimlich taten.

Während Hilde mehr und mehr das verräterische Bauchgrimmen spürte, das ihr anzeigte, hier ging es um kein Amateurtreffen, sondern um etwas, das man eines Tages einem Plattenproduzenten würde vorspielen müssen und danach einem echten, lebendigen Publikum, während Hilde also fühlte, dass es ernst wurde und sie nicht mehr zurückkonnte, weil David alles so wunderbar organisiert hatte, teilten die anderen aus der Truppe ihre Ernsthaftigkeit nicht im gleichen Maß.

Nacheinander schlurften die Künstler herein, unpünktlich allesamt. Sie kamen eher zufällig, als ob der bayerische Dauerregen sie hier Zuflucht suchen ließ. Hilde spürte, dass diese Leute nicht von Begeisterung getrieben wurden, nicht einmal von der Aussicht, Geld zu verdienen. Der Probenbeginn stand unter dem Sternzeichen der Schlamperei und der daumendrehenden Langeweile. Es wurde geblödelt und gegähnt, die Musiker kratzten sich ausgiebig an unziemlichen Stellen, mopsten sich, besprachen, wie sie die Steuer bescheißen konnten und gaben unübersehbare körperliche Signale von sich, dass die frühe Morgenstunde (halb elf!) für Jazzmusiker eine Zumutung sei.

Sie alle kamen vom Jazz, David hatte darauf bestanden. Kein klassischer Hauch sollte Hildes Musik durchwehen, genauso wenig Volksmusikalisches. Jazz und Swing entsprachen Hildes Sprache, sie selbst dachte in Jazz, fühlte Swing, schrieb Texte, die erst durch Jazzmusik zum Ausdruck kamen.

Die Jazzer in der bratwurstgeschwängerten Höhle waren nicht die Schlechtesten und bestimmt nicht die Besten, aber sie hatten ihren Stolz. Sie duldeten die Chansonsängerin in ihrer Mitte, obwohl Chansons eigentlich eine Stufe unter jener Musik stand, der sie sich verschrieben hatten.

Hilde hätte es an keinem Wort, keiner Miene festmachen können, aber die Jazzer schrabbelten die Lieder, an denen sie so lange gefeilt hatte, mit mäkeliger Herablassung vor sich hin. Manchmal, wenn die Stimmung gehobener war, musizierten sie auch frohsinnig krekel, aber nie so, wie Hilde ihre Songs im Kopf hörte. Aus der Erfahrung von *Silk Stockings* wusste sie, dass man bei einem künstlerischen Endergebnis nie hundert Prozent erwarten durfte, mit siebzig Prozent sollte man schon zufrieden sein. Beim Film war es sogar noch schlimmer. Doch bei diesem zutiefst persönlichen Projekt wollte Hilde sich nur mit dem Besten zufriedengeben.

Sie musste geduldig sein, man fing ja gerade erst an. Die Plattenaufnahmen würden in drei Wochen stattfinden, die Tournee begann in fünf.

Ähnlich wie am Broadway verströmte eine einzige, staubbedeckte Glühbirne ihr trauriges Licht. Sie pendelte über der knarrenden Bodenerhebung, die sich Bühne nannte. Papierschlangenreste und luftlose Ballons gaben Hinweise darauf, dass hier kürzlich Karnevalistisches stattgefunden hatte. Vielleicht lag die letzte Karnevalsveranstaltung aber auch schon Jahre zurück.

Hilde war zugig-dreckige Tourneegarderoben gewohnt, doch hier tastete selbst sie zuerst spitzfingerig über Oberflächen, bevor sie sich irgendwo setzte. Das Rauchen stellte sie vorübergehend ein, ihre Stimme musste gegen eine volltönende Bigband bestehen, ihr Gesang sollte nicht noch dünner klingen, als er das ohnehin tat.

Einige Musiker waren Amerikaner. Hilde hoffte, bei ihnen die Vertrauten der kommenden Zeit zu finden. Sie kannte die Amis als unkompliziert und erwartete bei ihnen mehr Freundlichkeit als bei den deutschen Kollegen, die sich, gewerkschaftlich organisiert, an die offiziellen Probenzeiten hielten. Zu ihrer Enttäuschung blieben die New Yorker Jazzer seltsam distanziert, grüßten ohne Handschlag und der Posaunist raubte Hilde mit improvisierten Soli die Nerven. Der Schlagzeuger hatte die Hautfarbe einer jungen Gurke, es hätte Hilde nicht gewundert, wenn ein einziger Sonnenstrahl ihn töten könnte. Jedes Mal, wenn ein Song unterbrochen wurde, legte er seine Sticks beiseite und schlug ein Rätselheft auf.

Der Einzige in der Truppe, der sich mit den schäbigen Gegebenheiten nicht abfinden wollte, war Ewald, Orchesterwart, Sekretärin und Hirtenhund in einer Person. Er fegte den Boden, spülte die Kaffeetassen und ekelte sich ausgiebig vor allem, was eklig war.

»Wer hat bloß diese Bruchbude gemietet?«, knurrte er, wenn David nicht in der Nähe war.

Nur David gelang es, diesem Ort und der ganzen Unternehmung etwas Weihevolles zu verleihen. Bei aller Mickerigkeit, allen musikalischen Missverständnissen, bei aller Fragwürdigkeit des Projekts »Hilde macht ihre eigene Show und schreibt ihre eigenen Songs« blieb er stets hoheitsvoll. Er betrat den Bratwurstschuppen, als handle es sich um die *Royal Albert Hall.* Nie machte er sich mit den Musikern in ihren ausgebeulten Jeans und löcherigen Pullovern gemein. In Weste und Krawatte demonstrierte er, dass er Brite war. Er statuierte, dass hier im hintersten bayerischen Kuhdorf etwas Großes geboren wurde, etwas Wichtiges, das Wichtigste, womit man seine Tage verbringen konnte: *Hildegard Knef!* David spielte den König, damit Hilde sich als Königin fühlen konnte, die mit ihrer Show den Thron besteigen sollte.

Sie liebte ihn dafür, liebte ihn frenetisch, allumfassend und würde es ihm doch nie richtig zeigen können. David mochte ein britisch-griechisch-italienischer Gentleman sein, Hilde dagegen war und blieb die Berliner Schnodderpflanze, die nicht über Liebe redete, die generell mit der Liebe sprachlich wenig anfangen konnte und sich kitschig-schmalzig fühlte, wenn sie etwas sagte, worin das Wort *Liebe* vorkam. So war sie nun mal, und David nahm sie, wie sie war.

Auch in ihren Songs umschiffte sie das Phänomen *Liebe* am liebsten, obwohl die Lieder doch prall erfüllt davon waren, von der großen, liebeshungrigen Sehnsucht nach dem Leben. Hilde hatte der Leukämie ein Schnippchen geschlagen, die Meningitis besiegt, und die Zeiten der Angst vor dem vorzeitigen Aus des Daseins hatten ihren Schrei nach Leben mächtig anschwellen lassen.

David half ihr hingebungsvoll zu leben, zu atmen und ganz Hilde zu sein. Er bereitete ihr das Bett des Lebens, tat es freiwillig, sanftmütig und still. Wie sollte sie ihm so viel selbstlose Liebe je zurückzahlen? Sie konnte es nicht, weil er es nicht annehmen würde. Er liebte, weil er eben so war, ein Liebender. Er war viel größer als sie, aber niemand bemerkte es.

Die beiden deutschen Klarinetten schlurften als Letzte herein, zwei alte Hasen, rosig durchblutet, Könner, denen keiner etwas vormachen konnte. Als Allerletzter kam *Hansi.* Hansi Hammerschmid, der Wiener, der Jazzpianist, der jahrzehntelang durch alle Erdteile getingelt war, bis er erfolgreich wurde, Hausbesitzer wurde, weil er so viel Geld verdiente. Hansi hatte lange nicht gewusst, wie gut er als Komponist und Arrangeur war. Irgendwann musste er es aber begriffen haben, weil sich inzwischen die Größten der Zunft seiner Kompositionen bedienten. Donna Summer, Esther & Abi Ofarim, Margot Werner oder Anneliese Rothenberger waren darunter. Hansi dirigierte auch den 11. *Grand Prix Eurovision de la Chanson* und arrangierte so ganz nebenbei die Orchesterfassung des Siegerliedes *Merci, Chérie* von Udo Jürgens.

Diesen großartigen Hansi hatte David für Hilde engagiert. Bekniet hatte er den Erfolgreichen, für die noch unbekannte Chansonsängerin zu komponieren. Warum Hansi es tat, konnte Hilde nicht sagen, wegen des Geldes bestimmt nicht. Vielleicht überzeugten ihn die Texte der prominenten Unbekannten, vielleicht ahnte er den Diamanten, den er mit seinen Melodien aus dem Boden schürfen und im Licht erstrahlen lassen konnte.

Hansi war zu dick, er führte einen ständigen Krieg mit seiner Figur. Regelmäßig unterwarf er sich einer Diät, die er regelmäßig nach achtundvierzig Stunden abbrach. »Bringt eh nix«, sagte er dann.

Hansi schleppte einen beeindruckenden Notenstapel mit sich und ließ ihn auf den Tisch klatschen. »Merkst was? Ich hab abg'nommen«, begrüßte er Hilde. »Wo ist der Meister?« Als *Meister* bezeichnete er den Bandleader, der zugleich der Dirigent war. »Hoffentlich ist er net schon am Vormittag in den Cognac gestiegen.«

»Danke, dass du da bist«, sagte Hilde, weil Hansi extra aus Wien angereist kam.

»Schon gut. Dabei sollt' ich echt kürzer treten. Meine Alte sitzt mir im Genick, sie sagt, ich arbeit' zu viel. Die Kinder machen mich verrückt, die Schwiegermutter bringt mich um, die Steuer erwürgt mich, und die Plattenfirma ist ein lahmer Schaaß im Walde. Die tun zu wenig für meine Platten.«

Der Meister trat auf, betrunken ohne Zweifel. Ihm war der Schnapsfusel allerdings nicht zuzuschreiben; der Meister huldigte feinstem Napoléon Cognac.

Man spürte die Verkrampfung im Orchester sofort. Der Schlagzeuger vertiefte sein Gesichtsgrün, der Saxofonist band die gebundenen Schnürsenkel neu, der Pianist staubte seine Tasten ab. Der Meister war unbeliebt, ein Könner, aber die Jazzer lehnten ihn ab. Duckmäuserische Anarchie brach aus, sobald er im Raum war. Leider konnte man nicht ohne ihn. Nur er wusste, wie es klingen sollte, wie der Hansi seine Sechzehntel und Synkopen haben wollte. Vielleicht rührte die aggressive Unterwerfung der Musiker auch daher, dass jeder gern einen festen Job beim Bayerischen Rundfunk oder beim Fernsehorchester gehabt hätte. Doch als Freiberufler mussten sie nehmen, was sie kriegten, selbst wenn der unbeliebte Meister zum Paket dazugehörte.

Mit auffällig langen Nägeln strich er über sein geföhntes Silberhaar. Altbacken nahm er sich zwischen den zottigen Mähnen der Streicher und den bärigen Bärten der Bläser aus. Andererseits gehörte Mut dazu, in einer Szene, die auf Jugend getrimmt war, weißes Haar zu tragen.

Er steuerte auf Hilde zu. »Ich frage mich, ob es *Adaption* oder *Adaptation* heißt«, begrüßte er sie und streckte Zeige- und Mittelfinger wie in einer Heiligenpose empor.

»Fragen Sie das sich selbst oder fragen Sie mich?« Hilde schloss sich aus dem Chor derer, die den Meister nicht mochten, keinesfalls aus.

»Ich habe nachgeschaut. Es heißt *Adaptation.*« Sein Ton war pädagogisch und triumphal zugleich. Er beugte sich über den Notenwust, den Hansi mitgebracht hatte, blätterte wie ein Börsenmakler darin, der eine vielversprechende

Aktie zu finden hoffte. »Ich habe heute Nacht Genet gelesen«, sagte er, über den Stapel gebeugt.

Was gab es darauf zu erwidern? »Wollen wir lieber eine Genet-Lesung machen oder vielleicht langsam mit der Probe beginnen?« Sie konnte nichts dagegen tun, der Widerstand gegen den Meister war gottgewollt.

Während er das Notenmaterial studierte, begann sich das Orchester zu langweilen. Sie packten Semmeln aus, rauchten, steckten ihre Kippen zwischen die Saxofonklappen, griffen heimlich zur Bierflasche. Ewald, der Hirtenhund, übernahm das ausgewählte Musikstück vom Meister und verteilte die Notenblätter an die Musiker.

»Mannomann«, knurrte der Bassgitarrist. Sein dürrer Hals nickte anerkennend zu Hansi hinüber. Der Komponist zwinkerte siegessicher. Der Meister hatte sich die pikanteste der Knef-Nummern herausgepickt.

»Pack ma's?«, ermunterte Hansi die Runde.

Hilde war seit Stunden bereit. Die anderen folgten nach und nach, die Instrumente gingen in die Höhe. Doch man durfte nicht ohne den Produzenten beginnen, den Regisseur des Ganzen. David hatte sich auf drei Stühlen langgemacht, rauchte und durchforstete die Zeitungen, ob die Tourneetermine überall richtig aufgelistet waren, ob die Sensation, dass die *Sünderin* nun eine Sängerin wurde, gut platziert war. David kannte das schleppende Procedere eines Probenbeginns. Er sah sich nicht als Feldwebel, der die Peitsche schwang. Mit der Ruhe des Königs erhob er sich, sah nicht Hilde, auch nicht den Meister an, er wandte sich ermunternd zu Hansi.

»Also, mach ma's?«, übernahm Hansi die Ermunterung.

»Mach ma's«, antwortete der Engländer mit griechischitalienisch-schottischen Wurzeln. Sein Versuch, das Österreichische zu imitieren, zauberte ein Strahlen auf Hildes Miene.

»Dann mach ma' gleich den Opener«, nickte Hansi.

»*One, two, three, four*«, zählte der Meister. Es klappte nicht beim ersten, nicht beim zweiten Mal.

»Naaa, net so. So geht das net.« Ungeduldig tippte Hansi den Takt auf der Tischplatte. Trotzdem blieb der richtige Einsatz für das Orchester unauffindbar.

»Mist«, zischte Hilde und erntete einen rügenden Blick Davids. Sie war jetzt lediglich Mitglied des Ensembles und hatte sich nicht als Diva über Anfangsfehler zu mokieren.

Beim nächsten Versuch deutete Hansi rhythmisch swingend an, dass das nun endlich der Beat war, den er komponiert hatte.

Möglicherweise der Beat, aber nicht der Sound. Nach ein paar Takten unterbrach der Komponist. »Halt, da ist was schräg im Arrangement. Check' ma am besten zuerst die Posaunen.«

Eine Viertelstunde lang klopften sie die Partitur auf Fehler ab. Es wurde hineingekritzelt, Takte fielen dem Rotstift zum Opfer. Hilde schmunzelte: Genau wie am Broadway hatte auch heute keiner einen Bleistift dabei. Der einzige Stummel, jener des getreuen Ewald, wanderte von Mann zu Mann. Der Vormittag wurde zum Mittag, bevor siebzehn Musiker mit den Korrekturen fertig waren.

»Wann soll der Tourneebeginn sein?«, raunte Hilde mit Galgenhumor.

»Das klappt schon«, schnurrte David.

Hansi kam auf sie zu. »Singst du jetzt bitte mit?«

»Von Anfang?«, fragte sie, weil sich die Musiker irgendwo in der Mitte festgebissen hatte.

»Sicher, von oben.«

One, two, three, four – und Hilde war mittendrin. Ohne Mikrofon, ohne Lautsprecher, alles fast wie am Broadway.

Hansi kam dicht neben sie, horchend, lauschend. »Du liegst saumäßig daneben«, rief er über ihren Gesang hinweg. »Außerdem seid's ihr total auseinander.« Er lief zu David. »Die Burschen spielen nicht gut zusammen. Und weißt du, warum?«

»Warum?«

»Weil sie einander auf die Nerven gehn. Jeder hier geht dem anderen am Arsch«, verdeutlichte er auf Österreichisch.

»Die können einander *am Arsch* gehen, so viel sie wollen«, konterte David über einen schrägen Bläser-Riff hinweg. »Spätestens wenn wir Premiere haben, müssen sie einander musikalisch lieben.«

»Du bist der Boss.« Von nun an unterbrach Hansi nicht mehr und gab auch seinen Senf nicht dazu.

Hildes Lied lief von Anfang bis zum Ende durch.

»Ich zieh' mich an und langsam aus
und nicht allein und nicht zu Haus'.
Ich bin auf dem Gebiet
das einz'ge, was hier zieht.
Ich leb' von meiner Haut, bin selten gut gebaut,
ich zieh' mich an und langsam aus.«

21.
DAS KONZERT

Bis London waren sie nicht gekommen. Tobias hatte kaum damit gerechnet, Hilde wohl auch nicht. Es ging auf Mitternacht. Er chauffierte den schwarzen Benz, Sonderklasse, nicht sein gewohnter Lebensraum, aber dass die Limousine alles fast allein machte, beeindruckte Tobias.

»Jetzt weiß ich, wo wir sind«, kommentierte Hilde ihre scheinbar ziellose Fahrt. »Das sind wohl die Reste vom Dönhoffplatz.«

Duster war es auf der Leipziger Straße, funzelige Straßenlampen, noch aus der Vorwendezeit, trotzdem besah sich Hilde alles durch die dunkle Brille. »Wie heißt der Dönhoffplatz heute?«

»Dönhoffplatz«, sagte Tobias über die Schulter.

»Hier war mal das Ufa-Gebäude.«

»So weit von den Babelsberger Studios entfernt?«

»Nur die Verwaltung. Goebbels wollte die Ufa ganz in seiner Nähe haben. Dort oben hab ich zeichnen gelernt. Unterm Dach waren die Trickfilmstudios. Bei der Aufnahmeprüfung hat mich der Professor so hoffnungslos angesehen, dass ich dachte, hier kriegst du nie einen Stipendiumsplatz. Vier von dreitausend Bewerbern wurden genommen. Eine davon hieß Hilde. Nach anderthalb Jahren hatte ich's satt. Die Schnauze voll von der Einsamkeit vor der Leinwand und dem Zeichenblock.«

Tobias verlangsamte. »Wie, du hast hier zeichnen gelernt? Aber ich dachte, du hattest ein Schauspielstipendium.«

»Hatte ich auch, danach. Mit sehr viel Glück.« Sie lachte ihr rauchiges Lachen. »Ein bisschen Glück hatte ich ja im Leben, aber nie lange genug, um es zu genießen. Frau Bongers, meine Schauspiellehrerin, hat mir alles beigebracht, Technik, Körper, Sprache. Als ich mit der Schauspielerei anfing, nahm ich mir vor, wenn ich den Krieg überlebe, möchte ich hinterher fähig sein, auf einer Bühne zu stehen. Ich wusste, dass ich das schaffe.« Sie beugte sich zum Fahrersitz vor und sagte in Tobias' Ohr: »Das zu wissen, gehört zum Glück dazu.«

Ihr Blick ging hinaus auf die Straßen. »Wenn du dir vorstellst, dass ich innerhalb eines Jahres, aus der russischen Gefangenschaft kommend, das Schlossparktheater einweihen, den ersten Nachkriegsfilm drehen und eine Traumrolle nach der andern spielen durfte, dann ist das eine Fügung, ein Zusammenspiel von Dingen, auf die du selber keinen Einfluss hast. Das alles wäre nicht möglich gewesen, wenn Frau Bongers mich nicht trainiert hätte.« Sie schwieg eine Weile, nur das sanfte Schnurren des Motors war zu hören.

»Das größte Lampenfieber meines Lebens hatte ich November fünfundvierzig, vor dem Vorhang vom Schlossparktheater. So gebibbert habe ich selten. Ich war ein Schnuckelchen von einem jungen Mädchen, sah süß aus und musste Goethe sprechen. Ich hatte Todesangst. Die erste Reihe war dicht an der Bühne dran. Diese Stühle hießen *Rasiersessel*, weil die Leute den Kopf so weit nach hinten legen mussten. Manchmal haben wir zehn Stunden ohne Pause probiert und haben's nicht mal gemerkt.« Sie lachte. »Die Atmosphäre strömte aus den Wänden raus, die Passion, der ganze Wahnsinn Theater. Ich war ein Senkrechtstarter.

Fünfundvierzig, als alles auf'm Boden lag, stand ich auf dem Siegertreppchen.«

Der schwarze Wagen zog durch die Nacht. Tobias fuhr, ohne dass ihm ein GPS gesagt hätte, wohin es ging. Erst als er vor einem sonderbar geformten gelblichen Gebäude hielt, begriff er, dass sie auf die Philharmonie zugesteuert waren.

»Wieso sind wir hier?« Er stellte den Motor ab.

»Weil ich ins Konzert muss.«

»Kurz vor Mitternacht? Da gibt es kein Konzert.«

»Worauf du dich verlassen kannst.«

»Was für ein Konzert?«

»Meins.«

»Du willst in der Philharmonie singen, jetzt?«

Sie zog den Blazer vor der Brust zu, es wurde frisch. »Ich werde zuhören.«

»Wem?«

»Mir. Das wollte ich immer schon. Nur so höre ich wenigstens mal mit eigenen Ohren, dass ich nicht singen kann.«

Nirgends entdeckte Tobias einen offenen Eingang, alles dicht, alles dunkel, selbst der Pförtner war nach Hause gegangen. Aber Tobias hatte gelernt, in dieser Nacht an alles zu glauben, was Hilde sagte. Wenn sie singen und zugleich zuhören wollte, warum sollte das nicht möglich sein?

Hilde stieg aus. Tobias bot ihr seinen Arm und geleitete sie zur Philharmonie.

***

Der Scheinwerferkegel schuf absolute Blindheit. Man sah nichts und musste trotzdem hinaus. Jetzt oder nie. Die Philharmonie – wie David das wieder hinbekommen hatte! Wenn es je einen Schutzengel, einen guten Geist, einen Unermüdlichen gegeben hatte, dann Antonio Palastanga. Ohne ihn säße Hilde immer noch auf Stapeln von Rechnungen und könnte die Heizung nicht bezahlen. Mit ihm saß sie gleich da draußen auf einem Barhocker und würde die Menschen, die deutschen Menschen zum hundertsten Mal davon zu überzeugen versuchen, dass sie nicht so schlecht war, wie viele glaubten. Dass sie die gleichen Gefühle hatte wie die zweitausend Leute da unten und dass sie über Gefühle etwas zu sagen, zu singen hatte, obwohl ihre Art zu singen schnodderig und flapsig rüberkam. Die Leute sollten *hinter* die Berliner Schnauze sehen und spüren, was für ein zartes Wesen da steckte, ein Federchen gewissermaßen, verletzlich wie jede Frau und jeder Mann im Publikum. Dabei dick gepanzert wie die meisten im Publikum, Mann oder Frau.

Davon sang Hilde, darüber hatte sie nachgedacht, so viele Monate nachgedacht und es aufgeschrieben, manchmal nur einen Satz am Tag, ein paar Worte, am Abend hatte sie alles wieder ausgestrichen, bis auf einen Satz oder ein Wort. Sie hatte sich vorwärtsgehangelt durch das Labyrinth der Buchstaben.

Jetzt war sie fertig, eine mordsmäßige Arbeit, neunundzwanzig Lieder an einem Abend, in einer Show, mit nur einer kleinen Pause. Sie hätte auch ihr dreißigstes Lied zum Besten geben können, aber sie fand die Zahl neunundzwanzig so schön unvollkommen. Unvollkommen wie Hildes Gesang. Singen konnte sie noch immer nicht. Sie hatte keine Höhen, leider hatte sie auch keine Tiefen. Dazu war ihre Stimme zu kratzig, zu viel Nikotin, zu wenig Schlaf. In der Mittellage klappte es ganz gut. Wenn die Band die richtige Tonart spielte, konnte Hilde sich hören lassen.

Aber manchmal war der Pianist unkonzentriert und fing ein Lied in G-Dur an, statt in Es. Weil die Jazzmusiker das Improvisieren draufhatten, spielten auch sie G-Dur und ließen Es-Dur hinter sich. Hilde war dagegen schlecht im Improvisieren. Wozu hatte man wochenlang geprobt, wenn sie plötzlich G statt Es singen sollte? In G wurde die Luft nach oben dünn. Da konnte sie die Tönchen bestenfalls hauchen. Sie hauchte nicht so perfekt wie Marlene, die hunderte Konzerte gegeben und sich weit weniger verausgabt hatte, weil sie alles in ihrer *Sahnelage* sang. Marlenes Stimmumfang war nicht größer als sechs Töne, aber mit diesen sechs Tönen versetzte sie die Massen in Euphorie.

Hilde stand in der schwarzen Kulisse. Die verfluchte Einsamkeit vor dem Auftritt eines Chansonabends. In einem Konzertsaal gab es keinen Bühnenpartner, der mitbibberte, so wie am Theater, es gab kein geschriebenes Stück. Es gab nur die lächerlichen neunundzwanzig Fitzelchen von Gefühlsausbrüchen, Nachdenklichkeiten, Lebensweisheiten, Erfahrungsberichten, die Hilde zu Texten verdichtet hatte, die zu Liedern geronnen waren, schöne Lieder, von Hansi zauberhaft vertont und noch besser arrangiert.

Am Theater kam ein Theaterstück irgendwann ins Laufen, auch an zähflüssig schwerfälligen Abenden, wenn das Publikum mit Bussen aus dem Umland herbeigekarrt worden war, bewies das Stück seine Kraft. Die Geschichte erzählte sich von selbst, und am Schluss waren die Menschen geplättet, aufgewühlt und ein bisschen klüger.

Wem konnte man bei einem Chansonabend die Schuld in die Schuhe schieben, wenn das Ding nicht erblühen wollte, wenn es die Leute nicht erreichte, wenn der Applaus mager war und die Songs zu Tode gehustet wurden? Den Posaunen konnte man nicht die Schuld geben, die bliesen anständig, hinterher gingen sie zum Bier, wie jeden Abend. Dem gurkengrünen Schlagzeuger konnte man nicht die Schuld geben, obwohl er das Tempo manchmal gegen den Willen des Dirigenten ketzerisch anzog, weshalb Hildes Texte zu Zungenbrechern wurden. Dem Meister konnte man auch nicht die Schuld geben, der hielt die siebzehn Clowns eisern zusammen.

Inzwischen zog die Band an einem Strang. Die Jungs saßen im Halbdunkel, Hilde stand im Licht. Bekanntermaßen sah man ja nur die, die im Lichte standen, die anderen, Musiker und Publikum, waren fein raus, die sah man nicht.

Aus ihrer Zeit bei *Silk Stockings* wusste Hilde, wenn man die Leute nicht nach den ersten Sekunden im Griff hatte, husteten sie einen rasch aus dem Scheinwerferkegel. Wer glaubte, das Publikum sei eine unsichtbare, amorphe Masse, der hatte keine Ahnung vom Oben und Unten der Bühne.

Hilde wusste genau, wenn in der dritten oder siebten oder zwölften Reihe jemand saß, der sie ablehnte. Jemand, der gekommen war, um sich die Bestätigung zu holen, dass die Knef nichts taugte. Solche Leute waren nicht etwa Kritiker, nein, die saßen links außen auf den besten Plätzen, umsonst.

Die Schar der *Ablehnenden* im Publikum hatte die Macht, Hilde aus dem Konzept zu bringen. Dann geschah es, dass sie, während sie sang, über etwas ganz anderes nachdachte. Das war schlimm, dann war sie nicht bei sich, nicht bei der Sache. Während sie sich zwischen Verstärkergeschepper und Lautsprecherrückkoppelung durchzusetzen suchte, während sie die Einsätze des Meisters über den Monitor sah und das Orchester zu erlauschen hoffte, ratterten in ihrem Gehirn die unglaublichsten Geschichten ab. Denn obwohl die Songs Schlag auf Schlag folgten, unterlag Hilde, während sie sang, der Sinnestäuschung, viel Zeit zu haben.

Der Huster in der sechsten Reihe hat die Visage eines Fuchses. Ist er ein Fuchs oder eher eine Katze? Warum hustet er? Wenn er husten muss, weshalb lutscht er kein Bonbon dagegen? Ich könnte ihm mit Kaugummi aushelfen, aber der klebt gerade an der Unterseite meines Barhockers. Die Frau drei Reihen hinter ihm ist unglücklich. Wieso zappelt sie so viel rum, macht das Unglück zappelig? Warum hat sie ihren Mantel nicht vor Konzertbeginn ausgezogen und an der Garderobe abgegeben? Weil sie dachte, dass ihr kalt wird. Weil sie in der zugigen Philharmonie kein Risiko eingehen wollte, einen Schnupfen zu kriegen. Jetzt ist ihr heiß geworden, sie zieht den Mantel aus, nicht wie ein zivilisierter Mensch, sie zelebriert einen Slapstick des Ausziehens. Wie lange sie allein mit dem linken Ärmel braucht! Bevor sie damit fertig ist, dürfte das Orchester Pause machen.

Nicht zum ersten Mal verstand Hilde, dass ein einziger unter zweitausend Menschen mit seiner stummen Bösartigkeit mehr Macht besaß als all die Wohlwollenden rundum. Die Bosheit funkte durch den Abend, die Bosheit ließ sich weder abstellen, noch konnte man sich ihr verweigern. Zu Hildes Leidwesen waren ihre Antennen auf die Frequenz der Böswilligen ausgerichtet, dabei wäre es so viel schöner gewesen, das Erwartungsvolle, das Verständnis, die Wärme, den Willkommensgruß von zweitausend freiwillig aus der Kälte gekommenen Menschen aufzufangen. Sie hatten einen Teil ihres Monatslohnes ausgegeben, um Hildegard Knef zu sehen, zu hören, um sich mit ihr zusammen zu erinnern, an die Jahre.

Hilde hatte nun auch schon einige Jährchen auf dem Buckel, viele der zweitausend waren in ihrem Alter. Sie sang für ein Publikum, das etwas Ähnliches erlebt hatte wie sie. Verblendung, Führerkult, Krieg, Niederlage, Kopf hoch, zerstörte Existenzen, wiederaufgebaute Existenzen, Freunde und Familie vergast, Freunde und Familie überlebt, Freunde und Familie gerade noch mal davongekommen, geflüchtet nach England, in die USA.

Hilde war die Nabe des Rades, an der zweitausend Biografien zusammenliefen. Sie war eine von ihnen. Auch sie hatte gelitten, gestritten, war unterlegen und wieder aufgestanden. Deshalb stand sie heute hier, deshalb war die Berliner Philharmonie bis auf den letzten Platz ausverkauft. Deshalb machte David dort in der Kulisse so ein verzücktes, glückliches Gesicht, weil all das, was er sich vorgestellt hatte, aufging. Sein Traum, Hildes Traum ging in Erfüllung. Wer hätte das gedacht? Wer, bei den ewigen Göttern des Theaters, hätte das in hundert Jahren für möglich gehalten?

Sie war am Ende gewesen, so was von am Ende, dass ihre gute, treue, unauffällige Mutter ihr mehrmals unter die Arme hatte greifen müssen. Nun konnte sie der Mutter alles zurückzahlen und ihr die Renovierung der Wohnung finanzieren. Den Mantel mit dem kleinen Pelzkragen schenkte sie der Mutter zum Geburtstag.

Die Band spielte die Kennmelodie. Hansi hatte entschieden, dass diese flotte Schnulze Hildes Kennmelodie sein sollte. War es das wirklich, das Liedchen über die Rosen, die herabregneten, tja, vielleicht, warum nicht?

Gleich musste sie rausgehen. Sie wollte, dass es im Publikum knisterte, wenn sie kam, ein ganz besonderes Knistern, wie man es am Ende des Winters hörte, wenn das Eis der Bäche schmolz. Bei Konzerten knisterte es manchmal sofort, manchmal erst später, aber sonderbarerweise war das Eis immer geschmolzen, bei jedem Auftritt, in jeder Halle. Dann saßen sie da, mit diesen *bereiten* Gesichtern. Sie waren bereit, Hilde zuzulassen. Ihre Gesichter sagten: »Nu' zeig mal, was du draufhast. Stimme haste keine, aber zeig uns trotzdem was für unser Geld.«

Hilde musste auf der Hut sein. Denn es gab da draußen noch eine böse Falle, die böseste von allen. In ihrem Gauklerberuf war sie so manches gewohnt, verdreckte Garderoben, wo der Linoleumboden ein Eigenleben zu führen schien und dann der Schock, wenn die Dusche noch dreckiger war. Die Kaugummis der Jahrzehnte pappten an den Spiegeln, die Kaffeeränder, die Bierränder, die Wasserleitung, aus der Grünliches tropfte, und die Toilette, die man nur mit angehaltenem Atem betrat. All das hatte sie erlebt und sich daran gewöhnt. Aber warum, in Gottes Namen, *bohnerten* sie die Bühne? Schmutz und Staub gehörten zum Theaterleben dazu. Weshalb brach der deutsche Bohnertick ausgerechnet dort aus, wo man sich als Künstler frei und elegant bewegen sollte? Man kam auf die Bühne und flog fast auf die Fresse. Wenn die da unten die unsicheren Bewegungen der Skandalnudel Knef bemerkten, ging gleich das Gezischel los: »Ist sie schon wieder besoffen?«

Hilde war nicht besoffen, nur ein kleines Gläschen von etwas Kreislaufstärkendem hatte sie sich gegönnt. *Im As-*

bach Uralt ruht der Geist des Weines. Warum nicht, bei dem Parforceritt, den sie vor sich hatte? Neunundzwanzig Lieder auswendig daherzuträllern, bedeutete, mehr Text zu bewältigen als der selige Dr. Faustus.

»Für Sie, nur heute Abend …«, hörte sie über Lautsprecher. »Begrüßen Sie mit Ihrem wärmsten Applaus die große, die unvergleichliche …«

Wer hatte diese nichtssagende Ankündigung freigegeben? Und jetzt auch noch Trommelwirbel. So ein Trara konnte nicht hilfreich sein vor dem Auftritt einer einzelnen Person, die nichts im Gepäck hatte als sich selbst.

Hilde war nicht die Frau, die nach dieser Ankündigung mit *Strahlerei* noch eins draufsetzen konnte. Sie war auch keine geheimnisvolle Diseuse wie Marlene, die aus dem Halbschatten trat, Zigarette in der einen, Mikrofon in der anderen Hand. Hilde war nicht Juliette Gréco, die ihren Körper in einem schwarzen Kleid wegblendete und nur aus Händen, koketten Fingern und geschminkten Augen bestand. Hilde kam einfach herein, so wie man ein Milchgeschäft betrat, und begann zu singen. Ob sie genügend Ausstrahlung und Persönlichkeit mitbrachte, mussten die zweitausend da unten entscheiden. Wehe, wenn die Künstlerin sie nicht spätestens beim dritten Lied in der Tasche hatte, dann war der Ofen aus, bevor es überhaupt richtig begonnen hatte.

Als sie den ersten Schritt auf die Bühne setzte und spürte, dass der Scheinwerfer sie nicht gleich fand, war ihre ganze Selbstsicherheit dahin. Alles schien weg zu sein, bis auf das Wackeln in den Knien, das hatte sie vom Broadway in die Philharmonie mitgenommen, auch das zitternde Kinn und die Gleichgewichtsstörungen. Und dann dieser gebohnerte Boden! Der Weg zum Barhocker kam ihr hundert Kilometer lang vor.

Ob das Rauschen da unten Applaus war oder bloß das Rauschen in ihren Ohren, wer konnte das unterscheiden? Das Orchester spielte irgendwas, nie gehört, völlig unbekannt, oder war das etwa die Eröffnungsmelodie? Sie hätte nicht darauf geschworen.

Auf das Publikum hatte sich Hilde nicht vorbereiten können, weil sie es nicht kannte. Ihre Stimme hatte sie nicht vorbereiten können, weil sie keine hatte. Ihren Text konnte sie, vorhin in der Garderobe hatte sie Wort für Wort gekonnt, alle neunundzwanzig Lieder. Aber was bedeutete das schon? Unter der Dusche war jeder ein Caruso. Auf der dunklen gebohnerten Bühne musste man es schaffen, und da war man nichts als ein einziges Fragezeichen.

Hilde erinnerte sich an die wunderbaren Worte Davids. »Leicht sein, frei sein, dann hast du am Anfang den richtigen Ton. Beim zweiten Lied ernst sein, weise sein. Und mit einem Schalk im Auge den dritten Song verkaufen. So und nicht anders.« So und nicht anders, dachte sie. Beherzt auftrumpfend im vierten Lied, danach kam das knurrige Nuttenbekenntnis, na und immer so weiter.

Der Barhocker war erreicht. Der Meister hielt das Orchester an und gab Hilde ihren Anfangston. Sie spürte, dass sich die Musiker, die siebzehn Bärigen und Professionellen und Kreidebleichen, zu ihr wandten. Jetzt hörte sie auch das Klatschen der Leute. War es ein warmer oder ein kühler Applaus, ein ermunterndes *Ja* oder ein verhaltenes *Mal sehen*, was die Hände da unten vollführten?

Nun reiß dich mal zusammen!, rief Hilde sich innerlich zu. Bist du ein wehleidiges Mäuschen oder eine Frau mit

Schmackes? Hast du zweitausend zahlende Menschen hierhergelockt und siebzehn Musiker und den Meister und Hansi und all die Leute hinter der Bühne, damit du jetzt wehklagst, wie schwierig dein Beruf ist? So kenne ich dich gar nicht, giftete sie, während sie das Mikro an den Mund hob. Reiß dich zusammen und tu deinen Job!

»Eins und eins, das macht zwei,
ein Herz ist immer dabei
und wenn du Glück hast, dann sind es zwei …«

Die klatschten, ja, tatsächlich, sie klatschten mitten im Lied! Die verklatschten den ganzen Anfang. Was gab es da zu klatschen, dachte die andere Seite von Hildes Gehirn, diejenige, die wusste, was rund um sie vorging, während die strahlende Hilde ihr Eröffnungslied sang, das Lied mit der kleinen Philosophie, so klein, dass man nicht recht sagen konnte, was das Besondere daran war. Die Leute klatschten, weil sie die Frau mit ihrer Todesangst da oben wiederkannten, sie willkommen hießen und ihr sagen wollten: »Mach dir nicht ins Hemd, Hilde, wir sind ja da! Wir mögen dich! Mach weiter!«

Und sie machte weiter. Die nächsten Zeilen waren ihr besonders ans Herz gewachsen. Darin lag die ganze Wahrheit von Hilde, darum sang sie es voll Inbrunst. Die Leute spürten das. Die Leute liebten es.

»Der Mensch an sich ist feige
und schämt sich für sein Gefühl …«

22. DÄMONEN

»*Der Mensch an sich ist feige*«, flüsterte Hilde. Sie saß da und starrte zum Firmament, als wär es ein Himmel voller Sterne. Dabei konnte nichts trüber und bedrückender sein als der Himmel über Berlin. Sterne gab es woanders, in Berlin war Grau die Modefarbe, jedes Jahr. Über ihnen erhob sich die Philharmonie, nicht mehr selbstbewusst in Gelb, eher dreckig Ocker. Nach vierundzwanzig Uhr schalteten sie die Touristenbeleuchtung ab.

»*Der liebe Gott sieht alles*«, murmelte Hilde.

Sie hatten die Mitternacht hinter sich gelassen. Geisterstunde. Das Konzert war vorbei, das Publikum gegangen, jetzt kamen die Geister. Warum tauchten die Dämonen selbst nach Jahrzehnten noch auf? After Midnight, die Zeit, wenn der Mensch nicht fliehen konnte vor sich selbst und dem, was gewesen war, was er erlebt, gehasst und nie bewältigt hatte.

»Was hast du?«, fragte Tobias.

Er spürte die Sinnlosigkeit seiner Frage. Diese Dämonen gehörten Hilde, sie allein musste sich mit ihnen herumschlagen. Manche Dinge konnte man mit keinem teilen, nicht mit dem besten Freund, auch nicht mit einem Fremden. Die Dämonen trotzten jeder Therapie, jedem wohlgemeinten Rat. Lebe mit uns, befahlen sie, mach etwas aus uns.

Hilde hatte schon eine Menge aus ihren Dämonen gemacht und sie dadurch manchmal in dunkle Ecken verbannt. Aber sie versteckten sich nur, sie waren da und taten immer noch weh, während der Sekunden, die zu Jahrhunderten anschwollen, wenn man sie durchlebte. So wie der Mann an der roten Ampel, der auf Grün wartete. Währenddessen zog seine große Liebe an ihm vorbei. Wie er sie kennengelernt, verehrt, wie er seine Frau mit ihr betrogen hatte. Wie die Liebe immer größer wurde, wie sie alle drei schließlich eine Entscheidung treffen mussten. Wie die Rechtsanwälte auftraten und alles so schäbig machten. Wie seine Ex-Frau einen neuen Mann fand und er ein bisschen Eifersucht spürte, aber in seiner neuen Liebe das neue Leben fand. Wie alles eigentlich gut war, aber trotzdem die Wehmut auslöste, dass nichts für immer sein durfte, weil das Leben eben nur *vorläufig* war. All das bedachte der Mann an der Ampel während der Sekunden, bis das Licht auf Grün sprang. Sein halbes Leben hatte in ein paar Sekunden Platz gefunden.

Hilde liebte David über alle Maßen. David liebte Hilde sogar noch mehr. Das war nicht von Anfang an so gewesen. Bei der ersten Begegnung in dem britischen Blindenheim hatte er sie arrogant, unnahbar und wenig sexy gefunden. Während der Dreharbeiten blieb sie ganz Profi und zog sich zwischen den Szenen in ihre Garderobe zurück. Doch Hilde verstellte sich nur. Der bildschöne, zwei Meter große, um sieben Jahre jüngere Mann faszinierte sie so sehr, dass sie eine erste private Begegnung mit ihm in ihrer Wohnung arrangierte. Sie flunkerte ihm vor, auf ihrer Party würden sich Produzenten und Regisseure ein Stelldichein geben, die David nützlich sein könnten. Als er bei ihr eintraf, erwartete sie ihn in aufreizendem Outfit und log, sie hätte die Gäste schon nach Hause geschickt, weil sie morgen einen frühen Flieger erreichen müsste. Sie lockte David, den verheirateten Mann, in die Falle.

Dämonen.

Antonio Palastanga war Realist. Er wusste, er war für einen Mann zu schön, deshalb bot man ihm nichtssagende Rollen an. Er besaß genug Selbstkritik, um zu erkennen, dass seine Begabung hinter seiner Schönheit zurückblieb. In Hilde erkannte er die Begabung einer grandiosen Frau, der nur eines in erstaunlichem Maße fehlte: Selbstbewusstsein. Sie konnte alles und traute sich zu wenig zu. Ohne David wäre sie nie auf die Idee gekommen, tiefer zu buddeln, was noch in ihr schlummerte. Eigene Texte sollte sie schreiben, und wenn es nach David ging, sogar einen ganzen Roman.

»Aber wie denn nur?«, fragte Hilde.

»Mit einer Schreibmaschine.« David schenkte ihr eine.

Sie schrieb und dichtete, Seite um Seite, hunderte davon. Irgendwann war der Stapel so hoch, dass man tatsächlich einen Roman dahinter vermuten konnte. Den Roman eines außergewöhnlichen Lebens, das ihr geschenkt worden war. Ein schweres Leben, würden manche sagen, ein schillerndes Leben, andere, doch in jedem Fall war es ein Geschenk. Wie hieß es so schön: Einem geschenkten Gaul schaute man nicht ins Maul. Und so sollte der Roman dann heißen. Während sie arbeitete, rauchte Hilde wie ein Schlot. David tat in der Zeit das, was er am besten konnte: Er war da. Ruhig und angenehm. Er half, wenn er konnte, und hielt sich zurück, wenn er sollte.

»Es war Liebe«, murmelte Hilde, den Blick zur Philharmonie erhoben. »Verstehst du, es war die reine Liebe.«

Sie wollte auf keinen Fall schwanger werden, nicht von

einem verheirateten Mann. Die allgemeinen Zeichen standen schon ungünstig genug. Sie war als *Sünderin* gebrandmarkt und wurde als Ehebrecherin an den Pranger gestellt. Andererseits wollte sie keinen weiteren Schwangerschaftsabbruch riskieren, es wäre ihr dritter gewesen. Dämonen. Sie verstand jede Frau, die sich zu diesem folgenschweren Schritt entschied, aber die Dämonen verstanden gar nichts, sie verwandelten sich in Gewissensbisse und öffneten die Hölle vor Hilde. Seit der *Sünderin* war ihr die katholische Kirche auf den Fersen. Sie fragte ihren Gynäkologen nach der sichersten Verhütungsmethode.

Um sechs Uhr morgens setzten die Fahrer des Krankenwagens Hildes Trage im Nebenraum des Operationssaales ab. Über ihr tauchten zwei junge Ärzte auf. Hildes Gynäkologe war nicht dabei.

»Es ist sieben Wochen zu früh«, sagte sie. »Müssen Sie operieren?«

»Ja«, sagte einer der viel zu jungen Ärzte.

Hilde sah hellgrüne Wände, Lichtkreise statt einer Deckenlampe. Den Gesichtsausdruck der Ärzte sah sie nicht. Sie spürte die Nadel in der linken Armbeuge. Flammen zuckten hoch, Fontänen aus Flammen. Sie glaubte zu ersticken. Sie glaubte zu erwachen.

»Du erwachst nicht, du stirbst«, sagte der Schmerz.

»Etwas Besseres als den Tod finde ich überall«, zitierte Hilde die Bremer Stadtmusikanten.

Der Schmerz fand das nicht originell und eroberte Hilde. Es begann bei den Zehen, wuchs Nerv um Nerv weiter, erreichte Wade und Kniescheibe, auch die frische Operationsnarbe, dann den Rücken, den Hals.

»Ich glaube, ich sterbe«, sagte Hilde zu den jungen Ärzten.

»Sie haben eine schöne gesunde Tochter«, sagte der eine.

Das mit der Tochter konnte stimmen, alles andere war Lüge und damit nur Schmerz. »Ich sterbe wirklich«, sagte sie. Kopf ohne Körper. Der Kopf wusste, dass Hilde starb, der Körper war mit Schmerzen beschäftigt.

»Uterusatonie«, stellte jener ältere Arzt fest, den die jungen Kollegen herbeigerufen hatten. Versagen der Blutgerinnung, Nierenversagen, Kreislaufzusammenbruch.

»Fibrinogen-Infusion«, ordnete der ältere Arzt an. Aber die Dosis war zu klein, daher wirkungslos. Mehr Fibrinogen hatte die Klinik nicht vorrätig. Der ältere Arzt begriff, dass Hilde mit ihrer Prognose recht hatte, sie starb wirklich. Er rief bei den Behring-Werken an, die das Fibrinogen herstellten, aber die Telefonleitung war wegen Bauarbeiten gestört. Der Arzt rief die Polizei, sie brachte ihn mit Funkstreife und Blaulicht zu den Behring-Werken. Dort hatten sie genügend Fibrinogen vorrätig.

David stand über Hilde. War er eine Vision oder ein Besuch? Ein Sonnenstrahl fiel in sein pechschwarzes Haar, ein kleiner Gruß von Gott. Spielte Gott in dem Stück mit? Ergriff er Partei?

»Wir haben eine Tochter«, sagte David, oder Gott sagte es mit der Stimme von David.

»Wo ist sie?«

»Sie ist gesund. Wunderschön. Glaub mir.«

Sie glaubte es nicht so richtig, aber sie war zu beschäftigt mit dem Schmerz und dem Tod. Die Beruhigungsspritze zeigte den umgekehrten Effekt, die Schmerzen nahmen noch zu.

»Atemdepression«, sagte der ältere Arzt.

Gegenüber von Hildes Bett hing ein vergessener Weihnachtsstern. Aus diesem Stern krochen blutige Spinnen. Ihre Spinnenbeine hinterließen blutige Tupfer an der Wand. Hilde machte sich bereit für den Übertritt. Trotz der vielen Gedanken und all dem Zeug, das man gelesen hatte, trotz der Mühsal, zu meditieren und seinen Geist zu öffnen, blieb man auf den Übertritt unvorbereitet. Dann lieber ein Sprung mitten hinein in den heißen, den eisigen Tod. Auch er war ein Dämon, allerdings kein vorübergehender.

Im Morgengrauen, als draußen die Tauben mit ihrem schauerlichen Lärm begannen, der bestimmt Tote aufgeweckt hätte, kam die Schwester und erneuerte die Nadeln in Hildes Armen. »Ich habe Ihre Tochter in Händen gehalten«, sagte sie. »Ich habe sie abgenabelt. Sie ist gesund. Glauben Sie mir, sie lebt. Sie setzt sich durch. Ich bin jetzt dreißig Jahre dabei; wenn ich ein Kind in der Hand halte, weiß ich, ob es durchkommt. Ihre Tochter hat einen guten Charakter, auch das weiß ich, im Augenblick, wenn es aus dem Bauch kommt. Am ersten Schrei erkenne ich es.«

Die Schwester massierte Hildes Knöchel. Sie sprach leise, wisperte fast nur. »Es gibt Kinder, da möchte ich den Eltern sagen: Tut mir leid, da wird nichts draus. Aber in so einem Fall halte ich meinen Mund.«

Hilde betrachtete den Dämon in der Schwesterntracht und war geneigt, ihm zu glauben.

»Sie waren schlimm dran, Frau Knef. Eine Stunde lang hatten Sie nicht den Schatten einer Chance. Der Doktor hat Sie angeschrien, dass Sie nicht aufgeben sollen.«

»Davon weiß ich nichts.«

»Er hat Sie zurückgeholt, unser Doktor, so wahr ich hier vor Ihnen stehe. Vielleicht hat auch Ihr Zorn Sie zurückgeholt. Mitten in Ihrer Bewusstlosigkeit habe ich gespürt, wie zornig Sie waren. Sie haben innerlich geschrien. Und dann …«

Hilde hatte nicht die Kraft, den Kopf zu heben. »Und dann?«

»Da war noch etwas anderes. Ich konnte es nicht sehen, auch der Doktor hat es nicht gesehen. Aber es war im Raum. Es hat Ihnen gesagt, dass Sie zurückkehren sollen. Dass es noch zu früh ist für den Übertritt. Dass noch viel für Sie zu tun ist und dass Ihr Leben noch wunderschön werden wird.«

»Wer hat das gesagt?«

»Wenn ich das wüsste. Es war zu spüren, und Sie haben darauf gehört.«

Dämonen, dachte Hilde, überall.

Die Schwester hielt die Armbanduhr unter die Nachttischlampe. »Ich muss weiter. Bevor es hell wird, kriegen wir noch drei Kinder. Neulich war eine junge Frau hier und bekam ein gesundes Mädchen. Als der Vater davon erfuhr, ging er weg und kam drei Tage nicht wieder. Er hatte sich einen Sohn gewünscht.«

»Ich habe Wadenkrämpfe«, sagte Hilde über das Zischen des Sauerstoffs hinweg.

Die Schwester rief den Arzt. Hildes Decke wurde weggezogen. Thrombosegefahr. Sie bekam Injektionen in beide Oberschenkel.

»Sie machen es einem wirklich nicht leicht«, klagte der Doktor.

Darüber musste sie lachen.

»Nicht lachen.« Vorsorglich stemmte die Schwester die Hände auf Hildes Bauch. »Die Narbe. Sie dürfen auf keinen Fall lachen.«

Nach fünf Wochen durfte Hilde ihr Kind zum ersten Mal sehen. Durch die Scheibe der Frühgeburtenabteilung, über den Inkubator hinweg.

»Christina.« Hilde winkte. Sie weinte wie ein Schlosshund. Die Freude, die Anspannung, vor allem aber die unglaubliche Hilflosigkeit dieses Wesens, das halb versteckt hinter Schläuchen und Elektroden lag.

»Es wird schwer für Sie sein, Ihr Kind nicht anzufassen«, hatte der Doktor prophezeit.

Nichts war schwer, solange Christina atmete. Solange Hilde sie ansehen durfte.

Im hellen Licht des Glaskastens begann Christina zu weinen. Der Arzt schaltete das Licht aus.

»Wir müssen gehen.« David führte Hilde hinaus.

Dämonen.

23.
DIE WOLKEN DES GLÜCKS

Ein Kind sein. Die Barrieren und Gabelungen des Lebens noch nicht kennen. Und weil das Kind sie nicht sah, gab es diese Dinge nicht, die mit dem Erwachen des Geistes einhergingen. Christina lebte, sie wurde Tinta genannt, wuchs im Luxus der Eltern auf und wurde größer, während der Luxus schwand und die Schulden sich häuften. Tinta litt an einer Muskelschwäche und wurde neun Stunden lang operiert. Mit achtzehn zog sie aus, verdiente sich ihren Lebensunterhalt als Tierpflegerin, später als Bäckerin. Zukunft, Abschied, Zukunft.

Man begriff seine Kinder, weil man sie mit seiner eigenen Kindheit verband. Hilde war neun Jahre alt gewesen und besuchte die Schule in Berlin-Wilmersdorf. In den Ferien liebte sie es, für den Großvater zu tanzen, zu spielen, zu zeichnen. Sie war das Mädchen, das alles konnte, sprang durchs Gras und spielte Szenen, in denen sie sämtliche Rollen übernahm. Alle Begabungen Hildes waren in Großvaters Garten bereits vorhanden. Sie kamen nicht einzeln, nacheinander, sondern alles wucherte ungehemmt, so wie sich die Hagebutten mit dem Feuerdorn und den Brombeeren zu einem unentwirrbaren Gestrüpp verflochten, dem Schutzwall rund um das Paradies des Großvaters. Hilde lebte in diesem Dornröschenschloss, und ihre Liebe zu ihm war der Antrieb für ihr Erblühen.

Einmal zeichnete Hilde den Großvater, während er im Liegestuhl unter dem Apfelbaum sein Nickerchen hielt.

Auf Hildes Bild sah es aus, als wäre er tot. Er schreckte aus dem Schlaf hoch, besah sich das Werk und lachte so lange, bis er Schluckauf bekam und sich auf die Wiese legen musste, damit es aufhörte.

Ihre gemeinsame Zeit dauerte nur wenige Sommer lang, die schönsten Sommer ihres Lebens. Viel von der Kraft, die Hilde später für ihre Gabelungen und Schicksalsschläge brauchte, tankte sie in diesen Jahren. Kraft gewann man als Kind. Der erwachsene Mensch verbrauchte Kraft. Alles wurde in der Kindheit angelegt. Alles.

Der Großvater genoss Hildes Tänze, Späße und Malereien, ihren Heißhunger auf das Leben und seine Äpfel. Während sie einen nach dem anderen verschlang, erzählte er Begebenheiten, die in der Zeit verstreut lagen wie die Äpfel unter dem Baum. Er sprach gern von seiner Kindheit in Ostpreußen, auch für ihn der innere Ort der Entstehung und Festigung.

Als Hilde größer wurde, berichtete er über ihren Vater, von dem sie so gut wie nichts wusste. Die Bilder, die sie von Papa gehabt hatte, setzten sich aus den spärlichen Erzählungen der Mutter zusammen. Der Großvater beschrieb ihn genauer.

Er war ein Tausendsassa gewesen, gewann Wettschwimmen durch die Spree, Fußballpokale und Boxwettkämpfe. Als Soldat rückte er in den ersten Krieg ein. Als die Deutschen vor Verdun standen, ging Hildes Vater ins Bordell. Er kam mit Syphilis wieder heraus.

Der Krieg war verloren. Die Menschen hassten alles, was sie an den Krieg erinnerte. Deshalb rissen sie Hildes Vater, als er auf dem Anhalter Bahnhof ankam, die Schulterstücke und Tapferkeitsmedaillen herunter. Dem Tausendsassa blieb nichts, bis auf die Syphilis. Er, der nur Siege kannte, fand sich im gedemütigten Deutschland nicht zurecht. Er suchte den Krieg, suchte überall Streit. Die schiefe Bahn wurde sein Lebenspfad. Unterwegs fand er Hildes Mutter. Die Syphilis sei geheilt, hatte man ihm gesagt, deshalb nahm er die Liebe von Hildes Mutter an. Eine gute, kurze Liebe.

Der Auftritt der kleinen Hilde fand im Dezember 1925 statt. Besorgt lief ihr Vater vor dem Zimmer, in dem sie entbunden wurde, auf und ab. »Ist sie in Ordnung?«, rief er. »Ist ihr Blut in Ordnung?«

Seine Krankheit kam wieder. Er behandelte sich selbst mit Spritzen. Er bekam hohes Fieber, später Angina und wurde ins Krankenhaus eingeliefert. Die Zeit wurde zu seinem Feind. Er schrie nach Hildes Mutter. Statt seiner Frau kam der Priester ins Zimmer.

»Mein Sohn, was auch geschieht, es ist Gottes Wille«, sagte der Priester. »Er wird sich deiner annehmen in all seiner Güte.«

Hildes Vater sprang aus dem Bett und würgte den Priester, bis er bewusstlos war. »Ich bin achtundzwanzig!«, schrie Hildes Vater. »Ich habe eine Frau und ein sechs Monate altes Kind. Es ist nicht *sein Wille*, dass ich sie im Stich lasse. Es kann nicht sein Wille sein, Pfaffe, du lügst!« Mit diesen Worten fiel Hildes Vater über den ohnmächtigen Priester und starb.

So erzählte der Großvater es der Neunjährigen. Hilde war traurig, weil sie ihren Vater nicht kennengelernt hatte, doch die Dramatik seines Ablebens gefiel ihr. Dafür bewunderte sie ihn posthum.

Eines Abends spielte sie dem Großvater eine Geschichte vor, von der das Kind unmöglich wissen konnte, welche Bedeutung sie einmal für die Erwachsene haben würde. Der Großvater saß im Liegestuhl unter dem Apfelbaum.

Wie jeder Theaterdirektor, der etwas auf sich hielt, hatte Hilde die Szenerie stimmungsvoll beleuchtet. Zwei Petroleumlampen und sieben Kerzen standen im Kreis um die imaginierte Bühne. Petroleum war Mangelware, Kerzen Luxus, aber der Großvater schenkte der Kunst, was der Kunst gebührte. Er genehmigte sich ein Bier, die Steinhägerflasche stand verborgen im Gras. Die Großmutter war fern in Berlin, Hilde und der Großvater genossen den verbotenen Luxus in vollen Zügen.

Sie hatte sich eine Geschichte ausgedacht, in der Hilde die größte Sängerin der Welt darstellte, die zugleich eine unheilbar kranke Frau war. Niemand durfte von der Krankheit wissen. Trotz ihrer grimmigen Schmerzen musste sie jeden Abend ihre Vorstellung spielen. Nicht einmal ihr Liebster, der umschwärmte Monsieur Gaston, ahnte, wie es um die Liebe seines Lebens stand.

Hatte die elfjährige Hilde in die *Kameliendame* hineingeschmökert oder etwas darüber im Radio gehört? Was wusste sie schon über einen *Liebsten*? Der Großvater fragte nicht nach solchen Details und nippte am Steinhäger.

Die größte Sängerin der Welt bereitete sich auf den Auftritt vor. Sie memorierte ihre Arie, während sie von todbringenden Schmerzen geschüttelt wurde. Da Hilde keine *Arie* kannte, bediente sie sich eines alten deutschen Liedes, dem der Text von Matthias Claudius zugrunde lag. Hilde hatte die Küchengardinen abgenommen und sie in ein Cape umgewandelt. Mit der Miene eminenter Begabung trat sie vor ihr Einpersonenpublikum. Sie trällerte zunächst zauberische Töne, die das Vorspiel des Orchesters darstellten. Schließlich begann sie.

»Der Mond ist aufgegangen, die Silbersterne prangen am Himmel hell und klar.«

Im Original ließ Matthias Claudius goldene Sterne am Himmel prangen, aber Hilde bevorzugte schon damals das Silber vor dem Gold.

»Und aus den Wiesen steiget der weiße Nebel wunderbar.«

Nach dieser Einleitung ließ Hilde erste Anzeichen ihres Endes durchschimmern. Sie krümmte sich, der Schmerz durchzuckte den Leib, Hilde fiel auf die Wiese. Ihr Gesicht spiegelte Qual, aber auch Durchhaltevermögen wider. Sie durfte ihr Publikum nicht enttäuschen.

Der heitere Ton des nächsten Liedes sollte verschleiern, dass es mit ihr zu Ende ging. Hilde stand auf und sang einen Schlager, der in diesen Tagen oft in Großvaters Radio zu hören war.

»Du bist heut schlecht rasiert,
sonst hätt ich dich verführt.
Doch so hat's mich geniert aus Liebe.«

Bei derlei Frivolitäten wäre die Großmutter sofort dazwischengegangen und hätte die Darbietung beendet. Der Großvater zuckte im Liegestuhl hoch, setzte sich senkrecht hin und begann, aus vollem Hals zu lachen. Das stachelte die Künstlerin weiter an.

»Grade heut, wo ich ein Teufelein,
bist du ein Stachelschwein, oh weh!«

Der Großvater lachte Tränen und klatschte. Für Hilde war das der Zeitpunkt, um das Drama auf die Spitze zu treiben. Sie rollte mit den Augen, warf die Arme hoch und sank ins Gras. Dort blieb sie, ergriffen von sich selbst, leblos liegen. Sie hatte den ersten Chansonabend ihres Lebens gegeben, ohne es zu wissen.

Der Großvater klatschte weiter, bis die soeben Verstorbene quietschvergnügt aufsprang, den Applaus freudestrahlend entgegennahm, in die geöffneten Arme des Großvaters rannte und zu ihm in den Liegestuhl sprang. Das alte Möbel hielt so großer Liebe nicht stand und brach mit Getöse zusammen. Die beiden lachten in den sommerlichen Himmel, betrachteten die Sterne, die tatsächlich vorwiegend silberig leuchteten, und redeten, bis sie müde wurden. Als Hilde eingeschlafen war, trug der Großvater sie ins Haus und deckte sie zu. Es war der Sommer der Olympischen Spiele in Berlin, einer der letzten Sommer, bevor der Krieg ausbrach.

***

Hilde spürte den scharfen Schmerz, der von der Kniekehle hochstrahlte, durch ihren Leib schoss, bohrend verharrte und sich ohne Vorwarnung in die Bauchdecke bohrte wie die Sporen eines Herrenreiters. Verblüfft blieb sie stehen und lauschte in sich hinein.

»Was ist los?«, fragte Hansi, der sie in die Garderobe begleitete.

Sie hielt die Hände an den Leib. »Ich weiß nicht genau.«

»Psychosomatisch«, beruhigte sie Hansi. »Das ist völlig normal vor so einer Premiere.«

Sie waren ausverkauft, auch der Vorverkauf für sämtliche Konzerte lief hervorragend.

David erwartete Hilde in der Garderobe, wo es nach frischer Farbe roch. Er schloss das Fenster. »Dass die ausgerechnet heute hier streichen mussten. Das fehlt noch, dass du dir eine Grippe holst.«

Hilde setzte sich unter die Trockenhaube. Kamen ihre Tränen von einem beginnenden Schnupfen oder von der Angst? Ihre Hände waren eiskalt. Sie versuchte, den Lidstrich selbst zu ziehen, umsonst. Die Maskenbildnerin, zugleich Garderobiere, übernahm es, das Knef'sche Markenzeichen aufzumalen, und beklopfte Hildes Gesicht anschließend mit Puder.

»Noch zehn Minuten«, kam es aus dem Lautsprecher.

Fertig geschminkt legte sich Hilde auf den kalten Boden und schlief augenblicklich ein. Sie beherrschte das autogene Training mittlerweile gut. *An nichts denken – alle Gedanken haben bis später Zeit – du hörst nur deinen Atem –*

David rüttelte sie wach. Er war bereits im Smoking, der schöne David, das Bild von einem Mann, ohne die kleinste Spur von Nervosität. Gegen ihn fühlte sich Hilde wie ihre eigene Großmutter. Alles auf der Welt hätte sie jetzt lieber getan, als da hinauszugehen und neunundzwanzig Lieder zu singen.

Als David Hilde vom Boden aufhalf, zischte der Schmerz von den Kniekehlen hoch durch ihren Leib. Der Minutenschlaf hatte ihn nicht vertrieben.

Die Garderobiere war noch beim Bügeln, aggressiv plättete sie den widerborstigen Saum des Kleides, stülpte es Hilde über und zog den Reißverschluss hoch.

»Du wirst großartig sein«, sagte David.

Sie klammerte sich an seine Worte wie eine Geisel an das Lächeln ihres Entführers und stolperte zwischen ihm und Hansi den langen Korridor entlang. David gab ihr sein Taschentuch. Sie trocknete ihre klatschnassen, eiskalten Hände.

Dort kam der *ewige Fan* den Gang entlanggetänzelt. Sie kannten ihn alle, sie nannten ihn den *Schrecklichen*, sie hassten ihn. Wie er es machte, jedes Mal vor einem Konzert Zugang zum Bühnenbereich zu bekommen, blieb sein Geheimnis.

»Verehrte! Ach, wie Sie heute wieder aussehen«, schmierte er Hilde seine Segenswünsche ums Maul. »Darling! Eine Wonne, ein Gedicht, das Zusammenfließen von Schönheit und Begabung!« Er hopste, er kicherte, er umkreiste Hilde wie ein betrunkener Satellit.

»Lassen Sie die Frau in Ruh'«, knurrte Hansi.

»Wer hat Sie hereingelassen?«, fragte David höflicher. Seine geballten Fäuste sprachen eine andere Sprache. »Gehen Sie bitte.«

Der ewige Fan folgte ihnen ungeniert in den Bühnenbereich. Hatte er etwa den Inspizienten bestochen, der den Hausfremden geflissentlich übersah?

Der Schmerz zerrte an Hilde wie ein Angler, an dessen Haken sie gebissen hatte. »Ich krieg keine Luft.«

Hansi ließ das nicht gelten. »Hol einfach tief Luft, dann kriegst du Luft.«

»Wenn ich Luft hole, kippe ich um«, japste sie.

»Bist halt eine kleine Primadonna«, flüsterte er.

Sie war keine Primadonna, sie starb ganz einfach tausendundeinen Tod.

»Das sind nur die Nerven«, beruhigte David.

»Wir sind bummvoll«, motivierte Hansi. »Das wird super.«

»Wir mussten zusätzliche Stühle reinstellen«, bestätigte David.

Die Musiker schlenderten zum Orchesterpodium, sie

nickten Hilde zuversichtlich und ohne jegliche Nervosität zu. Die hatten es leicht, vor ihnen lagen die Noten auf dem Pult. Wenn sie die Noten spielten, konnten sie sicher sein, das Ergebnis war das gewünschte. Hilde hatte kein Instrument, auf dem sie spielen konnte, sie hatte nur sich selbst.

Sie taumelte. Der Angelhakenschmerz. David fing sie auf, nicht ängstlich oder besorgt, er fing sie einfach. Hilde hob die Arme und legte sie um seinen Hals.

»O Gott«, zischte die Maskenbildnerin, die mit ihrer Puderquaste hinter der Bühne stand.

»Was?«

»Sie ist nicht rasiert!«

»Na servus«, kommentierte Hansi die Behaarung unter Hildes Achseln.

»Elektrorasierer!«, befahl David.

»Ich habe es vergessen«, stammelte die Maskenbildnerin. »Tut mir so leid. Wie konnte ich das vergessen?«

»Halten Sie den Mund und holen Sie den Rasierer.«

»Ist das wirklich so schlimm?«, fragte Hansi.

»Am Anfang noch nicht. Aber beim vierten Lied hebt sie die Arme.«

»Ja, beim vierten Lied wird's *haarig*«, kommentierte Hansi.

Die Maskenbildnerin kam mit dem Rasierer zurück. Die Männer warfen sich auf den Boden und suchten eine Steckdose. Weitere Musiker schlenderten zum Auftritt und wurden draußen mit Kleckerapplaus begrüßt.

»Es ist zehn nach acht. Sollen wir anfangen?«, fragte der Inspizient.

»Noch ein paar Minuten.« David beobachtete, wie die Maskenbildnerin Hildes Achseln rasierte.

Jede zum Tode Verurteilte wurde vor der Exekution rasiert. Hilde hielt still. David gab das Zeichen.

»Opener«, rief der Inspizient.

Draußen ging das Licht an.

»Du musst aufpassen«, erteilte Hansi letzte Ratschläge. »Gleich hinter dem Auftritt sind zwei Stufen. Pass auf, dass es dich dort nicht aufs Maul haut. Zwischendrin sind Leisten hingenagelt, quasi als Sicherheitsbarriere, die sind aber nix als Stolperschwellen. Und gebohnert ist die Bühne natürlich auch.« Er gab Hilde das Handmikro und legte das meterlange Kabel zurecht, damit es sich mühelos ziehen ließ.

Wie aus dem Nichts tauchte ein Unbekannter auf. Zuerst glaubten sie, der ewige Fan sei wieder herangeschlichen, aber es war jemand anders. War dieser Konzertsaal denn ein Vogelhaus, wo jeder rein- und rauskonnte, wie es ihm passte? Vor dem Bauch des Mannes baumelte ein Aufnahmegerät. Er schob Hilde das Mikrofon fast zwischen die Zähne.

»Bin von den Nachrichten. Eine schnelle Frage: Was glauben Sie, mit Ihren Liedern auszusagen? Oder wollen Sie dem Publikum etwa nur eine heile Welt vorgaukeln?«

Halb irre vor Angst und Schmerz schaffte Hilde trotzdem so etwas wie eine höfliche Antwort. »Muss das jetzt sein?«

»Wir haben nach der Vorstellung bestimmt noch Gelegenheit …«, versuchte es David verbindlich.

Nicht aber der Hansi. Ihm platzte die Hutschnur. »Schleich dich, du Arschloch!«, bellte er den Nachrichtenmann an und trat ihm vor das Schienbein.

Der schwere Mensch taumelte gegen das Inspizientenpult und hielt seine Apparatur fest. »Das wird Ihnen noch leidtun!«

»Ich kann auch Karate!« Bedrohlich näherte sich Hansi dem Mann. Der verstand den Ernst der Lage und rettete sich durch die Bühnentür.

David gab Hilde einen winzigen Schubs voller Liebe und Zuversicht. Sie taumelte in den Scheinwerfer hinein. Blind wie ein Maulwurf wandelte sie über die gebohnerte Bühne und erreichte glücklich das Stativ, an dem sie sich festhalten konnte. Sie verankerte das Mikro, während die Band mit der Intro des Eröffnungsliedes schon zu Ende war. Der Meister ließ eine Endlosschleife spielen. Der gurkengrüne Schlagzeuger huschte mit den Stahlbesen über die Trommel. Die Streicher zupften die Pizzicati. Da Hilde zu spät eingetroffen war, zupften sie noch einmal und auf Befehl des Meisters ein drittes Mal.

Aber es ging immer noch nicht los: Das lag am Applaus. Wie Maschinengewehrsalven zuckte er zur Bühne hoch. Die Leute bewarfen Hilde außerdem mit Blumen. Haarscharf sausten die Geschosse an ihr vorbei. Ein Strauß landete auf Hildes Kontroll-Lautsprecher, ein Bouquet auf der Borte ihres Kleides. Die Leute warfen Rosen, jedes Mal Rosen, weil sie das Rosenlied mit Hilde identifizierten. Rosen hatten bekanntermaßen Dornen. Das Bouquet verhakte sich im Kleid, klammerte sich wie Efeu fest, rutschte nicht, fiel auch nicht hinunter. Wohlmeinendes Kichern aus dem Saal.

Hilde wollte sich für die Blumen bedanken und wollte die verdammten Rosen zugleich loswerden, aber der Rhythmus lief unerbittlich weiter. Allmählich verlor der Meister die

Geduld. Ewig konnte er das *Plingpling* nicht weiterdirigieren, es klang schon wie eine hängengebliebene Schallplatte.

Leere bunte Zigarettenschachteln, lautete die erste Zeile des Songs. Wie lautete die zweite Zeile? Nicht vorausdenken, dachte Hilde, der Text kommt schon, zur rechten Zeit kommt er. Der Text war noch immer gekommen. Der Nagel von Hildes Mittelfinger verkrallte sich in ihre Handfläche. Die Atmung schien einigermaßen in Ordnung, kein Frosch im Hals. Das Tempo des Meisters war gut. Sie spielten die Intro nun schon zum gefühlt fünfzigsten Mal.

Jetzt der Schmerz, der Stich! Zwischen Wirbelsäule und Bauchnabel. So rasend laut, dass Hilde sicher war, man konnte den Stich in der letzten Reihe noch hören. Schon wieder! Als würde ein riesiger Vorhang mittendurch gerissen. Hilde schloss die Augen, bis sie glaubte, den Schmerz bezwungen und sich wieder im Griff zu haben.

In diesem Moment fiel der linke Lautsprecher aus, er krächzte wie ein Radio im Krieg.

»Jetzt mach aber endlich«, rief Hansi aus der Gasse. »Fang an! Die Leut' wollen hinterher rechtzeitig zum Bier!«

Sie horchte auf die Intro. Wie ein Kind, das auf den fahrenden Schulbus aufsprang, wartete sie die richtige Stelle ab.

»*Leere bunte Zigarettenschachteln*«, begann Hilde. »*Und zerknülltes Butterbrotpapier.*« Sie hangelte sich ordentlich durch die erste Strophe und erreichte glücklich den Refrain.

»*In dieser Stadt kenn ich mich aus,*
in dieser Stadt war ich mal zu Haus.«

Die heutige Premiere fand nicht in Berlin, sondern in einer anderen deutschen Metropole statt. Hilde nahm die Leute einfach in *ihre* Stadt mit. Oder die Leute machten

Hildes Stadt zu ihrer eigenen Stadt, jedenfalls gingen sie zusammen auf Reisen.

Nach sechzehn Liedern war Pause. David empfing Hilde mit einem riesigen Handtuch und wickelte sie ein. Sie eilten in die Garderobe, die Maskenbildnerin zog ihr das Kleid aus und hängte es auf einen Bügel über der Heizung. Sie rubbelte Hilde trocken. Da das nicht schnell genug ging, half sie mit dem Handföhn nach. Sie rollte heiße Lockenwickler in Hildes feucht gewordene Strähnen, während David ihr lauwarmen Tee einflößte. Eine Wimper war abgegangen und wurde restauriert. Beim Föhnen verbrannte die Maskenbildnerin Hildes Ohr. David schob ihr eine Halstablette in den Mund.

»Läuft gut«, sagte er.

»Wahnsinn.« Die Maskenbildnerin. »Du bist die Größte.«

Es klopfte. »Sind alle nackt?«, rief Hansi durch die Tür.

Bademantel. »Geht schon«, antwortete Hilde.

»Superklass, echt klass«, lautete Hansis Lob in seiner Muttersprache. »Das mit dem Lautsprecher war natürlich ein Schaaß. Dass der ausgerechnet am Anfang ausfallen musste.«

»Dreh dich um«, sagte die Maskenbildnerin.

»Warum?«

»Weil du dich umdrehen sollst.«

Hansi legte die Hand über seine Augen. »Ich blinzle nicht, Ehrenwort.«

Hilde schlüpfte aus dem Bademantel und hinein in das schwarze Kleid für den zweiten Teil. Die Wickler wurden aus ihrem Haar entfernt.

Sie wollte hinaus, sie musste jetzt einfach eine rauchen. Davids besorgtes Gesicht übersah sie geflissentlich. Draußen traf sie die Musiker. Alle gingen ihr mit schlechtem Beispiel voran und qualmten.

»Läuft spitze«, sagte der gurkengrüne Schlagzeuger. »Wir sehen zwar nicht, was du da vorne machst, kommt aber gut an.«

»*Crazy, man, crazy*«, kommentierte der amerikanische Posaunist.

Der Inspizient kam gelaufen. »Einsteigen, meine Herren. Es geht weiter.«

Die Musiker ließen sich davon nicht beeindrucken. Erst wurde die Kippe zu Ende geraucht.

»Gib ihnen noch mal Zunder«, sagte der Gurkengrüne, bevor er sich den anderen anschloss.

David trat hinter Hilde. Er hatte dieses besondere Gesicht, das zeigte, wie glücklich er war, dass etwas im Leben einmal so lief, wie man es sich erträumte. Keine Kompromisse, kein Sich-selbst-belügen-Müssen, weil der Job sich Jahre und Jahre dahinschleppte, ohne dass etwas Großes passierte, etwas Richtungsweisendes. Irgendwann kam dann der Tag, an dem man sich eingestand, dass man im Leben nichts auf die Beine gestellt hatte.

Es gab andere Arten zu leben, in denen das Glück darin bestand, seine Familie um sich zu haben, die Kinder groß werden zu sehen und aus einem Schaukelstuhl über die Landschaft zu schauen. Aber nicht in diesem Beruf, niemals bei den Schaustellern, den Gauklern, den Sängern, den Spielern. Bei ihnen lag das Glück darin, anerkannt und in letzter Konsequenz *geliebt* zu werden. Grausames, zum Unglück verdammtes Leben, das nur unter diesen Voraussetzungen erblühte.

Heute, und das strahlte Davids Gesicht aus, heute spürte

man nichts von den Mächten der Mittelmäßigkeit. Alles glänzte, der Zenit war erreicht, man schaute hinaus in die Weite. David freute sich über alle Maßen für Hilde, und da er ein Teil von ihr geworden war, fühlte sich seine Freude fast größer an als ihre.

Nach neunundzwanzig Liedern und sechs Zugaben stolperte sie, beladen mit Blumen, die Hurraschreie und das Bravorufen noch im Ohr, in die Garderobe zurück, sank auf das durchgesessene Sofa, bereit, sich auf den Wolken des Glücks davontragen zu lassen.

Spätestens seit dem zweiten Lied hatte sie den Schmerz vergessen. Geduldig war er die ganze Zeit im Hintergrund geblieben. Doch der Schmerz hielt nichts von den Wolken des Glücks. Er packte zu und krallte sich fest. Unerbittlich kletterte er durch Hildes Körper nach oben.

»Du musst dich umziehen«, sagte David.

»Für wen?« Sie wollte dem Schmerz keine Aufmerksamkeit schenken.

»Für die zwanzig Journalisten, die draußen warten.«

Hilde schob das Wolkenglück beiseite, unterdrückte den Schmerz und zog sich zum dritten Mal an diesem Abend um.

Gleich darauf zitterten zehn Mikrofone vor ihrem Mund. Im dämmerigen Foyer machte sie drei Fernsehkameras aus, außerdem knipste und blitzte es von allen Seiten.

»Wie fühlt sich so ein Blitzlichtgewitter an, Frau Knef?«, lautete die erste Frage.

»Ich mache meine Arbeit, und die mit den Blitzlichtern machen ihre.«

»Es ist in letzter Zeit still um Sie geworden. Würden Sie das heute als Ihr Comeback bezeichnen?«

Sie spürte, wie der Schmerz sein wachsames Haupt erhob. Hilde hasste Fragen wie diese, hatte aber gelernt, sie höflich zu umschiffen. Mit dem Schmerz im Bauch ging das nicht. Der Schmerz suchte Streit. Der Schmerz riss Hilde mit sich.

»Es scheint keine Nuancen mehr zu geben zwischen: *Es ist still um sie geworden* oder *Man kann ihren Namen nicht mehr hören*«, antwortete sie mit eisigem Lächeln. »Für welche Schlagzeile entscheiden Sie sich heute?«

»Dann ist es also kein Comeback?«, hakte der Interviewer nach.

»Wenn Sie mit Fremdwörtern um sich werfen, rate ich Ihnen, dass Sie sie erst mal richtig verstehen.« Hilde bemerkte Davids besorgtes Gesicht.

»Glauben Sie, dass Sie Juliette Gréco als Sängerin das Wasser reichen können?« Die Frage von einem anderen.

»Ich glaube, die Gréco bevorzugt eher Whisky als Wasser. Ich dagegen trinke lieber Schampus.« Sie hoffte auf den Humor des Fragers, doch sein Gesicht blieb ausdruckslos. »Das Verteilen von Zensuren überlasse ich anderen.«

Von hinten drängte sich einer vor. »Meinen Sie, dass Sie der Jugend etwas zu sagen haben?«

Die Fragen wurden schlimmer und immer schlimmer. Bis eine freundliche Frau vortrat und sagte: »Ich gratuliere Ihnen. Ich werde eine sehr gute Kritik über Sie schreiben.«

Die umstehenden Kollegen betrachteten die Freundliche voll Häme. Man *lobte* doch nicht öffentlich, wenn man zum Kritikergewerbe gehörte. Aber die Frau ging noch weiter. »Als ich sehr jung war, habe ich all Ihre Filme im Kino gesehen.«

Jetzt lachten die Hyänen laut heraus, denn deutlicher konnte man einer Frau nicht mitteilen, dass sie in die Jahre kam.

Die Freundliche bemerkte ihren Fauxpas. »Ich sage das nicht wegen des Altersunterschieds«, beteuerte sie.

»Haben Sie Angst vor dem Altern?«, rief einer.

»Nein.«

»Wovor haben Sie Angst?«

»Am meisten vor den Menschen. Am wenigsten vor dem Alter.«

In Wirklichkeit hatte Hilde Angst davor, was dieser Schmerz bedeuten könnte. Sie kannte Schmerzen seit ihrer Kindheit, aber diesmal war es anders. Sie ängstigte sich, krank und kraftlos zu werden. Sie empfand den Verfall des Leibes als die grausamste Zumutung der Natur. Wenn sie einen Menschen, den sie liebte, nach Jahren wiedersah und den Verfall an ihm bemerkte, packte sie Zorn. Mein Gott, ein solcher Kopf, ein solcher Mensch, eine solche Kraft, wieso musste das mit den Jahren so schrecklich verkümmern? Weshalb forderte die Natur, dass man unerbittlich wieder in die Erde hineinrutschte?

Hilde kannte diesen Zorn schon seit ihrem Zeichenstipendium bei der Ufa. Weil die jungen Männer damals alle an der Front waren, konnte man den Kunststudenten nur Greise als Aktmodelle vorsetzen. Zum ersten Mal spürte sie einen Horror vor dem Altwerden. Was hatte sich der liebe Gott dabei gedacht, den Menschen das anzutun? Die tröstende Ausrede, dass der Mensch mit dem Alter weiser wurde, hielt Hilde für eine Lüge. Man wurde nicht weiser, sondern dämlicher. Das fand sie das Allerfürchterlichste von allem.

Auf der Straße kreischten die Autogrammjäger. Der *ewige Fan* drängte jauchzend heran.

»Göttlich!«, krakeelte er. »Das dritte Lied würde ich allerdings streichen. Das ist zu morbide. Und achten Sie darauf, dass das Standmikro Ihren Mund nicht verdeckt. Außerdem verneigen Sie sich zu tief. Bestehen Sie darauf, dass das Saallicht während des Applauses ausgeschaltet bleibt. Man kommt sich ja vor wie in einer Bahnhofshalle.«

Hilde musste sein Gebabbel über sich ergehen lassen, denn von allen Seiten drängten die Jubelnden heran und schlossen sie ein. Die Menschen stahlen sich an den Kameras vorbei, die ihre gefährlichen Augen auf den Star richteten. Hilde nahm sich die Zeit, schrieb ihren Namen geschätzte hundert Mal auf Zettel, in Bücher, auf Porträtfotos, sogar auf Unterarme. Irgendwann war die geliebte Geißelung vorbei, irgendwann packten sie ihre Kameras und Tonbandgeräte weg, auch die Begeisterten verloren sich in der Nacht.

Hilde schaute zum Portal der Konzerthalle hoch. Kaum zu glauben, dass sie vor ein paar Stunden da drin panische Angst und fiebernde Hilflosigkeit erlebt hatte. Alles war gutgegangen. Die Leute verstanden, was Hilde ihnen sagte, vielleicht liebten sie es sogar.

Verkrampft und todmüde lächelten sie einander zu, Hilde, David, Hansi, auch einige Musiker waren übrig geblieben, und der Tonmeister aus der Konzerthalle. Hieß er Wolfgang?

In ihren Schal gewickelt, fragte Hilde: »Wohin gehen wir?«

»Dort drüben ist etwas für uns reserviert.« David zeigte in eine Richtung.

Sie kehrten im *Bella Bella* ein, ließen sich Alkohol bringen und Nudeln, für die das *Bella Bella* berühmt war. Hilde sank mit der Stirn fast in die Pasta, so hundemüde war sie.

Und wieder zeigte der *ewige Fan* sein feixendes Antlitz. »Ausgerechnet hier verstecken Sie sich, Verehrteste!«, rief er vom Eingang aus. »Sie sollten sich das beste Restaurant der Stadt leisten!«

»Hansi, bitte, geh du.« Hilde kaute.

»Schleich dich, du Arschloch!« Mit gekonntem Griff packte Hansi den *ewigen Fan* an den Schultern und warf ihn aus dem *Bella Bella* hinaus.

Sie blieben nicht lange. Wie ein Nebel zog die Erschöpfung über die Gesellschaft hin. Seit Wochen liefen ihre inneren Motoren auf Hochtouren, nun fiel alles von ihnen ab. Hilde schaffte ihre Nudelportion nicht ganz.

Man stolperte zum Ausgang, rauchte noch eine im Freien. Wolfgang, der Tonmann, gab allen Feuer. Sie drängten sich in der Häusernische zusammen, wo es nicht zog. Wolfgang blieb an der Ecke stehen. Zu spät sah er einen zitronengelben Wagen heranschießen, der die Kurve nicht packte und auf den Gehweg schoss.

Wolfgang flog so spielerisch leicht in die Höhe, als ob er aus Watte wäre. Er fiel auf die Erde und lag da, nach außen hin unbeschadet. Ein rotes Rinnsal lief aus seinem Ohr. Seine Augen waren halb geschlossen, er lächelte. Wolfgang, der Tonmann, war tot.

Diesen Moment nützte der Schmerz, um sich Hildes endgültig zu bemächtigen. Er biss nicht nur zu, er fraß, er verschlang sie. Während die anderen zum toten Wolfgang rannten, ging Hilde mit einem Keuchen in die Knie und sank gegen die windgeschützte Hausmauer. Wenige Meter entfernt feierte der Tod einen seiner zahllosen Siege. Hilde erkannte ihren eigenen Schmerz als Vorboten, als den kleinen Bruder des Todes.

24. SPÄTE ZEIT

Die Philharmonie lag hinter ihnen. Es roch nach Abschied. Tobias hatte Gott um eine Nacht mit Hilde gebeten und versprochen, sie im Morgengrauen zurückzubringen. Er ahnte, dass ihnen nicht die ganze Nacht gegönnt sein würde. Die Macht der ägyptischen Katze endete mit der Geisterstunde.

In ihren schwarzweißen Converse schritt Hilde munter aus, Tobias dagegen schlurfte mit hängenden Schultern neben ihr her. Eine ungekannte Müdigkeit befiel ihn. Wie kam das nur? Um diese nächtliche Stunde hatte er normalerweise seine besten Ideen. Hilde dagegen blieb unverändert die Siebenundzwanzigjährige, die von einer Leinwand in sein Leben gesprungen war. Sie liefen, der schwarze Benz war irgendwo zurückgeblieben.

»Müde?«, fragte Hilde.

Vor dem Denkmal für die ermordeten Juden blieb sie stehen. Ging ein kleines Stück zwischen die schwarzgrauen Stelen hinein. Sie fragte nicht: »Was ist das? Wo sind wir?« Sie schaute und erkannte. Sie war ja dabei gewesen und wusste, nur einen Steinwurf entfernt hatte Dr. Goebbels seine Dienstvilla gehabt.

Dem Brandenburger Tor schenkte Hilde kaum Aufmerksamkeit. Ihr Blick ging zwischen den Säulen hindurch, vorbei an der amerikanischen Botschaft, weiter zum Hotel *Adlon*.

»Dort habe ich um meinen Pass gekämpft«, sagte sie.

»In der US-Botschaft? Ich dachte, durch die Heirat mit David hattest du einen britischen Pass.«

»Den wollte ich nicht mehr.« Sie ging weiter. »Ich war nicht bei den Amerikanern, sondern im Adlon.«

»Du hast dich im Hotel Adlon um Passangelegenheiten gekümmert?«

»Der Bundeskanzler hat es für mich getan.«

»Welcher?«

»Schröder kam persönlich zu mir. Ich war schon fast tot. Alle wussten, dass ich bald sterben werde. Da sagte ich zu Schröder: Ich bin Deutsche. Ich will als Deutsche sterben. Ich würde mich über einen deutschen Pass freuen.«

»Gerhard Schröder, warte, der war …« Tobias mobilisierte seinen müden Kopf. »Von 1998 bis 2005.«

»Gestorben bin ich 2002. Passt doch alles zusammen.«

»Schröder hat dir –«

»Vom Adlon aus hat er den Innenminister angerufen. Das hat mich beeindruckt. Kurz darauf hatte ich meinen funkelnagelneuen Pass. Wenn's im Leben nur immer so einfach wäre.«

Sie passierten den Reichstag. Von nun an ging es an der Spree entlang.

***

»Herr Albers?«

»Komm nur rein, Kleene.«

»Kann ich Sie einen Augenblick sprechen?«

Da stand der größte deutsche Filmstar, Held der späten zwanziger, dreißiger, vierziger und sogar noch eines Teils der fünfziger Jahre in Unterhosen in seiner Garderobe. Ein alter Mann, ach Gott, ein alter Mann war er geworden. Haare hatte er schon als Junger nicht viele auf dem Kopf gehabt. Wenn er keines seiner sieben Toupets aufhatte, die zwischen strahlend Blond bis dezent Grau changierten, trug er fast immer die Hamburger Skippermütze. Aber wegen Hilde machte er sich nicht die Mühe, der *blonde Hans* zu sein. Er war der kahle Hans, mit Pantoffeln an den krampfaderigen Füßen, mit Beinchen dünn wie Zahnstocher und der Unvernunft eines Lausejungen. Sein Mittelfinger rührte im Sektglas. Ihm bekam die Kohlensäure nicht mehr so gut. Er kippte den Schampus.

»Was kann Hänschen für dich tun?« Er guckte so keck, wie Hänschen das immer tat.

Hilde, die Anfängerin, drehte 1951 einen Film mit Hans Albers, dem Titan: *Nachts auf den Straßen.* Er spielte den gutmütigen Lasterfahrer, Hilde war die betörende Kanaille. Ausgerechnet der blonde Hans, dem die Frauen im Dutzend erlegen waren, sollte der raffinierten jungen Schönheit auf den Leim gehen? Hilde glaubte nicht recht an ihre Besetzung, und Albers tat das wohl auch nicht.

»Unser Regisseur sagt, die Entscheidung liegt bei Ihnen«, fuhr sie zögernd fort, nachdem sie die Garderobentür geschlossen hatte. Niemand sollte den berühmten Alten in Unterhosen sehen.

»Dat ist mir auch nicht oft passiert.« Der Ausdruck seiner berüchtigt blauen Augen, auf die bei jedem Film ein besonderer Scheinwerfer abgerichtet wurde, bekam etwas Wehmütiges.

»Was denn, Herr Albers?«

»Dass eine junge Hübsche wie du die Tür freiwillig zumacht, wenn sie in meine Bude kommt. Meistens haben die jungen Damen die Türen vorsichtshalber offen gelassen, bis – tja, bis ich sie dann doch zugemacht hab.« Er lachte und öffnete die Tür wieder. »Sukrow!«, schrie er. »Wie lang muss ich warten, bis du mir die nächste Buddel aufmachst!«

Albers' persönlicher Garderobier schoss mit der geöffneten Champagnerflasche um die Ecke, als hätte er seit Stunden nur auf den Ruf des Meisters gewartet.

»Also, mien Deern, um welche Entscheidung geht's denn?« Albers ließ auch Hilde ein Glas vollgießen.

»Unser Film hat vier Wochen zu spät angefangen, und wir haben noch sechs Wochen zu drehen. Aber ich muss in drei Wochen in Hollywood sein. Ich habe einen Vertrag für den neuen Tyrone-Power-Film.«

Das war zu einer Zeit gewesen, als Hilde Tyrone nur von Plakaten kannte, als seine berüchtigten Augenbrauen noch keinerlei Wirkung auf sie zeigten.

»Wenn ich nicht rechtzeitig nach Hollywood komme, brummen sie mir eine Konventionalstrafe auf, die ich nie und nimmer zahlen kann.«

Albers quirlte die Kohlensäure raus und trank das Glas schwungvoll leer. Gleich war Sukrow wieder zur Stelle.

»Und nu' willste, dass wir Tag und Nacht drehen, stimmt's oder stimmt's?«, fragte Albers. »Was sagt denn der Regisseur dazu?«

»Der sagt ja.«

Albers ließ sich in den Sessel fallen. »Da war mal ein Schauspieler, mit dem hab ich angefangen, auf irgendeinem Nudelbrett in der Provinz. Da warst du noch nicht mal ein Zwinkern in Vaters Auge. Und dieser Schauspieler, der war besser als ich, 'ne ganze Ecke besser. Aber den haben die

Theatergötter nicht in der Wiege geküsst, und deshalb bin ich ein Star geworden und der nicht.«

Er ließ sich von Sukrow eine Zigarre geben. Mit der Nagelschere schnitt er die Spitze ab.

»Siehste, Hilde, du hast ja alles noch vor dir. Und ich hab es bald hinter mir.« Er nahm die ersten Züge. »Deshalb machen wir es genau so, wie du willst. Wir scheißen auf die Gewerkschaft, drehen bei Tag und bei Nacht, und anschließend geh' ich auf Kur, und du fährst nach Hollywood und drehst deinen Film mit dem … dings, dem Taiga-Bauer, oder wie der heißt.«

Zwei Wochen später hatten die Schauspieler Bindehautentzündung vom unausgesetzten Scheinwerferlicht. Die Schminke brannte auf der gereizten, pickeligen Haut, und der böhmische Kameramann sprach nur noch Tschechisch. Hilde litt unter Magengrippe und fiel am letzten Drehtag, drei Stunden vor ihrem Abflug nach Hollywood, vom fahrenden Laster.

Nur Hans Albers schien immun gegen den Schlafentzug zu sein, er behielt die Ruhe, trank mehrere Flaschen Champagner am Tag und vergaß lediglich bei der Szene, als er Hilde eine scheuern sollte, den Siegelring abzunehmen. Mit dicker Backe und halb ohnmächtig vor Müdigkeit kam sie in Los Angeles an und lernte Tyrone Power kennen.

Damals war Hans Albers der Alte gewesen und Hilde die Blutjunge. Doch plötzlich, sie hatte nicht recht aufgepasst, war Hildegard Knef nicht mehr jung. Der Spiegel sagte ihr das. Auch die Zeitungsbilder erzählten davon, und die Journalisten waren so geschmacklos, darüber zu schreiben.

Die Jahre, als Hilde die Geliebte und die Sünderin gespielt hatte, waren vorbei. Mit einem Mal spielte sie die Puffmutter in der *Dreigroschenoper* und darauf eine Gräfin von Soundso, alles Frauen, die das Leben gezeichnet hatte. So war das, wenn man die vierzig überschritten hatte, wenn man mit zweiundvierzig ein Kind bekam und damit beschäftigt war, den Krebs zu bekämpfen.

Die Asche von Hans Albers ruhte seit Jahren auf dem Ohlsdorfer Friedhof. War es da ein Wunder, dass sich nun auch Hilde mit der Vergänglichkeit beschäftigte? Man kapierte die Vergänglichkeit nicht von einem Tag auf den anderen. Das Trauerspiel begann unmerklich. Eine Zeitlang ließ es sich noch maskieren, mit Mittelchen und Wässerchen, die so teuer waren, weil sie angeblich so wunderbar wirkten, die aber genauso wenig brachten wie die billigste Hautcreme. Man betäubte sich mit einem Gläschen hier, einem Pillchen dort, in Hildes Fall mit etwas Morphium, an das sie sich nach ihren Krebsoperationen gewöhnt hatte. Morphium war ein grausamer Geliebter, den man irgendwann nicht mehr beherrschte und erst recht nicht loswurde.

Dann kam der Tag, an dem man der Vergänglichkeit nur noch durch die Schmeichler entfliehen konnte. Und plötzlich freute man sich sogar über die Komplimente des *ewigen Fans*, der blumig über Hildes Aussehen schwadronierte. Über die etwas unehrlichen Freundinnen und andere Bewunderer, die immer jünger wurden, gern an Hildes Ruhm naschten und sich mit ihr ablichten ließen.

Wenn das alles aber nichts mehr nützte, weil man selbst merkte, dass man nur noch belogen wurde, war das ein arger Schock für eine Schauspielerin. Man haderte zwar noch mit dem Schicksal, aber schließlich verzweifelte man daran. Dabei war Mitte vierzig, Anfang fünfzig doch kein Alter.

Gregory Peck, mit dem Hilde manchmal telefonierte, war ein Mann in seinen Fünfzigern und sah besser aus denn je!

Wenn sich die Verzweiflung schließlich als Gerissenheit tarnte, dachte man, eigentlich wäre doch nichts dabei, der Natur ein wenig nachzuhelfen. *Corriger la fortune* nannten das die Franzosen, und die mussten es schließlich wissen.

Hilde war nicht mehr auf ihrem Zenit, aber sie galt immer noch als eine der berühmtesten Frauen Deutschlands. Hatte sie wirklich geglaubt, so ein Eingriff würde unbemerkt bleiben? Hatte sie angenommen, dass man ihn vor der deutschen Presse, den aufdringlichen deutschen Fotografen verheimlichen könnte?

Die deutsche Presse! Hildes Erzfeind, von Anfang an. Eine Krankenschwester in der Privatklinik, wo Hilde es *machen* ließ, wollte etwas abhaben vom Ruhm und beging die Schändlichkeit, es den Zeitungen zuzuflüstern.

Die Zeitungen dachten nicht darüber nach, dass eine Schauspielerin das Recht hatte, ihrem Äußeren die Form zu geben, die sie in ihrem Inneren fühlte. »*Das ist nicht mehr unsere Hilde!*«, titelten sie. »*Verunstaltet, bizarr, zum Weinen traurig!*«

Nur einer hatte den Mut, öffentlich zu sagen: »Das gefällt mir, dass sich Frau Knef zu ihrer Schönheits-OP bekennt. Damit leistet sie Pionierarbeit für die vielen, denen noch der Mut dazu fehlt.« Dumm nur, dass dieses Lob ausgerechnet aus dem Mund eines prominenten Münchner Kosmetikchirurgen kam. Damit goss er Öl ins Feuer und machte alles noch schlimmer.

Dumm war auch, dass der Eingriff nicht besonders gut gelungen war. Nach außen tat Hilde zwar, als sei sie zufrieden mit dem Geschnipsel, im stillen Kämmerlein schrie sie, brüllte ihren Spiegel an, sofern die Narben das zuließen. Sie weinte, Gott, so viel wie damals hatte sie noch nie geweint.

Vielleicht weinte sie auch immer noch, weil David auf und davon war. Er hatte sich davongeschlichen, als seine Aufgabe erfüllt war. Mit seiner Hilfe hatte Hilde mehrere Häute abgestreift und war zur neuen Hilde geworden, furchtloser, kompromissloser und – älter. David zog weiter, trotz ihres gemeinsamen Kindes. Christina wurde größer und entfaltete sich als wunderbares Wesen, genau wie die Geburtshelferin es prophezeit hatte. Hilde verhielt sich als Mutter so gut oder schlecht, wie Schauspielermütter das eben taten, die ständig in der Welt umherreisten, um ihre Karriere am Laufen zu halten. Vor allem aber, um Geld zu verdienen.

Sie war so verdammt schlecht im Umgang mit Geld. Genaugenommen war sie der größte Idiot in diesen Dingen. Sie hatte es nicht drauf, sparsam zu leben. Wenn schon Hotel, dann das Adlon, wenn man fliegen musste, dann erster Klasse.

Als ihr erstes Buch erschien, *Der geschenkte Gaul*, war sie auf einen Schlag die am meisten veröffentlichte Frau Deutschlands. Eine Menge Geld floss herein. Aber noch mehr Geld versickerte. Anders ließen sich die grotesk hohen Schulden nicht erklären.

Weil Hilde ständig Geld brauchte, sagte sie alles zu, auch die Talkshow bei Blacky Fuchsberger. Natürlich war es um Wochen zu früh. Mit so einem Gesicht ging man noch nicht an die Öffentlichkeit. Sie spürte den Schock der Leute, als sie das Studio betrat. Auch den Schock Fuchsbergers, obwohl der die Höflichkeit in Person blieb. Vor allem aber den Schock beim breiten Publikum. Sie hörte die bösen

Sätze und war zugleich gezwungen, unter Schmerzen ihr Gesicht zu einem Lächeln zu verzerren.

»Wie sieht die denn aus?«, raunten die Leute. »Die OP hat ja wohl die Krankenkasse bezahlt«, zischten sie. »Damit kann sie bestenfalls bei 'ner Hundeausstellung auftreten.« Die gnadenlose Presse sprach hinterher von Hildes *»Auftritt der Peinlichkeit«*.

***

Brustkrebs, Ehescheidung, Facelifting – aus dieser Startposition heraus entschloss sich Hilde zu einer Welttournee. Ein Kraftakt, der sie genau das kosten konnte, worum sie so erbittert kämpfte: ihre Gesundheit.

Wie die Totenvögel hackten die Presseleute auf ihr herum und meldeten schadenfroh, dass vierzehn Tage vor Tourneebeginn in Hamburg erst hundert Karten verkauft seien. In Kassel waren es gar nur fünfzehn. Die angekündigte Welttournee wurde auf Deutschland und Österreich beschränkt. In den USA, Südamerika, Australien und Japan wollte niemand Hildegard Knef sehen. Die wenigen Konzerte fanden vor halbleeren Sälen statt.

Verlor Hilde allmählich ihr Publikum? Früher, zu Beginn ihrer Karriere, war ihr vorgekommen, dass die Deutschen nichts mit ihr anfangen konnten, darum war sie ins Ausland geflohen. Inzwischen wollten die Menschen im Ausland sie auch nicht mehr sehen. Sie redete sich ein, dass sie immerhin vier Berufe hatte; auf irgendeinem Gebiet würde es schon klappen. Sie schrieb, sie sang Chansons, sie trat in Shows auf und war immer noch eine passable Schauspielerin. Hätte der Regisseur Barlog, ihr alter Freund, Hilde sonst die *Mutter Courage* angeboten? Hätte Boy Gobert, der größte Intendant seiner Zeit, sie sonst ans Thalia Theater holen wollen?

Doch es war wie verhext: Für die missglückte Welttournee hatte sie alle Angebote abgesagt. Manchmal kamen noch Filmangebote mit Rollen für *reife Frauen*, aber die Produzenten zogen diese Angebote oft wieder zurück, weil Hilde nach dem Lifting angeblich *zu* jung aussah. Hatten die Leute nie etwas von Maske und Schminke gehört? Man malte sich ein paar Striche ins Gesicht, und fertig war die Sache. Es dauerte eine Weile, bis Hilde sich eingestand, dass sie alles falsch gemacht hatte.

Lag es daran, dass David nicht mehr da war, der ihr seine Liebe und Fürsorge geschenkt, der ihr bei allen großen Entscheidungen geholfen hatte? Oder war es tatsächlich so, dass die Leute die *runderneuerte* Hildegard Knef nicht mehr sehen wollten?

»Ich bin ein Ästhet«, gab sie bekannt, als die dummen Fragen nicht abreißen wollten. »Ich fühle mich verpflichtet, den Leuten, die dreißig Mark zahlen, um mich zu sehen, ein angenehmes Äußeres zu präsentieren.«

Sie wusste sehr gut, wie falsch sie mit diesem Argument lag. Hildegard Knef war eine deutsche Künstlerin, kein Hollywood-Starlet. Sie war keine US-Ikone wie Marilyn, die mit sechsunddreißig aus dem Leben schied, weil auch sie das Alter näher rücken spürte. Eine deutsche Schauspielerin, Chansonsängerin und Romanautorin durfte bedenkenlos altern. Sie durfte ihrem Publikum jedes Alter präsentieren, weil das Publikum mit ihr zusammen alt wurde. Die Menschen hätten es ihr gedankt und sie dafür respektiert. Weshalb musste Hilde, die kluge Hilde, die so viel Weisheit in ihre Lieder legte, so blöd sein und ihre Haut straffen und das Doppelkinn absaugen lassen?

Weil sie das Gefühl hatte, dass sie sich selbst entglitt, wenn sie ihrem Verfall nichts entgegensetzte. Von Anfang an hatte sie sich zu Zähigkeit und Disziplin gezwungen, weil sie im Grunde zu zart besaitet war für den Beruf, der eine Elefantenhaut verlangte. Dieser Zwang hatte schon in der Kindheit begonnen, als nach ihrer Kinderlähmung das linke Bein um zwei Zentimeter kürzer war. Ein Leben lang versuchte sie zu verbergen, dass sie nicht auf einem Bein stehen konnte.

Als sie in *Silk Stockings* tanzen musste, ging sie zu Jerome Robbins, dem berühmtesten Choreografen des Broadway, und sagte: »Mein linkes Bein ist kürzer, außerdem habe ich einen Meniskusriss, aber ich möchte tanzen lernen.« Und Robbins sagte: »Fabelhaft.« Danach nahm sie jede Woche drei Stunden bei ihm.

Als *Kleene aus Berlin* war sie angetreten, die die Kraft eines Stars in sich fühlte. Ein Star war sie geworden.

Hilde hatte die Monroe beobachtet. Marilyn war ein Bündel an Neurosen, eine perfekte Kombination von Unperfektheiten, aber die Kamera liebte sie. Erst die Kamera registrierte, dass ihre Schwächen Stärken waren, dass Wahrheit darin lag und eine zauberhafte Arglosigkeit, mit der sie die Menschen rührte. Mit nur wenigen, nicht besonders guten Filmen war Marilyn zum Star geworden.

Hilde besaß diese Gabe nicht, sich vor der Kamera zu transformieren. Sie betrat das Studio als Hilde und spielte ihre Rolle als Hilde. Unter ihren abertausend Schauspielkollegen gab es im Grunde nur zwei Kategorien, die *Versteller* und die *Seier*.

Die *Versteller* bezogen ihren Erfolg daraus, dass ein Schauspieler per Berufsdefinition ein pefekter Lügner war. Er durfte sein eigenes Selbst ablegen und in die Haut von jemand anderem schlüpfen. Die leuchtendsten Vorbilder der Versteller waren Laurence Olivier und Alec Guinness. In dem Film *Adel verpflichtet* spielte Guinness allein acht Mitglieder einer Adelsfamilie. Olivier verfilmte *Hamlet, Othello, Richard III.* und *Henry V.* mit sich selbst in der Hauptrolle und war in allen Figuren kaum wiederzuerkennen.

Die Versteller stellten jedoch die Minderheit unter den Stars dar. Die *Seier* schienen besser dafür geeignet. Sie waren immer nur sie selbst, und die jeweilige Rolle hatte ihrer Persönlichkeit zu folgen. Marlene trat stets mit der gleichen Frisur vor die Kamera und mit ihrer berühmten kühlen Herablassung. Auch die Garbo blieb immer die Garbo, ob *Kameliendame, Ninotschka* oder *Anna Karenina.* Tyrone Power konnte in seinen Filmen kein anderer sein als der, den die Frauen liebten. Diese Schauspieler nahmen ihre Rollen zum Anlass, ihre Persönlichkeit auszudrücken. Sie brauchten keine Verkleidung dazu, ihr Mysterium beruhte auf der inneren Wahrheit, die von der Kamera erfasst wurde.

Hatte Hilde es je so weit gebracht? Sie war kraftvoll, charismatisch, sie war auch hübsch gewesen. Doch das Wunder, das jene vollbrachten, die mit der Kamera eine erotische Beziehung eingingen, dieses Wunder war Hilde verwehrt geblieben. Weder in der *Sünderin* noch in *Entscheidung vor Morgengrauen* hatte sie die Sterne vom Himmel geholt. Sie hatte ihre Hand- und Fußabdrücke zwar auf dem *Walk of Fame* in Hollywood verewigt, aber sie war keine der Ewigen geworden.

Eine deutsche Ikone zu sein, konnte sie immerhin von sich behaupten, eine Femme fatale, an der sich die Deutschen aufrieben, mit der sie sich manchmal aber auch identifizierten, weil sie ein bisschen stolz waren auf *ihre* Knef.

Hilde hatte das Glück gehabt, an der Seite einiger *Ewiger* zu spielen. Oskar Werner gehörte dazu, Liebling der Götter, der sich selbst vom Olymp gestoßen hatte. Oft arbeitete sie jedoch mit solchen, die nur glaubten, groß zu sein. Passionierte, fanatische Kollegen waren dabei, die vor jeder Vorstellung sterben mussten, um zu spielen. Aber auch müde gewordene, die ihre Theatervorstellungen routiniert herunternölten. Hilde hatte Kollegen kennengelernt, die im Filmatelier völlig unauffällig wirkten und erst auf der Leinwand leuchteten.

Insgeheim war sie damit zufrieden, nur ein Stern zweiter Ordnung zu sein. Sie hatte Stars beobachtet, die kurze Zeit hell am Firmament strahlten, aber bald der unberechenbaren Filmindustrie zum Opfer fielen und dem Wankelmut der Verleihbosse. Das waren begabte Menschen, die am Ende erbärmliche Nebenrollen spielten und mit Geldsorgen starben.

Für Hilde würde es nicht so kommen. Noch lange nicht. Dafür hatte sie zu viel auf dem Kasten. Für sie sollte es wahrhaftig rote Rosen regnen. Sie glaubte an das Glück, obwohl es sich oft vor ihr versteckte. Sollte das Glück etwa den prosaischen Namen *Paul* tragen?

25.
DER DRITTE MANN

»Ich will die Mühle nicht mehr.«

Die alte Mühle im Salzkammergut war das Letzte, was Hilde noch mit David verband, und darin lag der Schmerz und die Schwierigkeit. Sie wollte nichts Verbindendes mehr mit dem Mann, dem sie siebzehn Jahre lang ihr Leben anvertraut, mit dem sie so viel geteilt hatte.

Die Mühle im oberösterreichischen Traunkirchen war zu Beginn kaum mehr als eine Ruine gewesen. Vielleicht nahm das Projekt Hilde deshalb so gefangen. Dies sollte der Ort sein, an dem sie sesshaft werden und als Familie leben wollte, zusammen mit David und Tinta. Voll Feuereifer stürzte sich Hilde in die Arbeit, plante und zeichnete, ließ sich von den Architekten nicht dreinreden und gab für ihre außergewöhnlichen Ideen viel Geld aus.

Das Geldausgeben begann schon damit, dass ein Statiker feststellen musste, ob man den maroden Bau überhaupt noch retten konnte. Die Leute im Dorf sahen das Haus eher als reif für die Abrissbirne an.

Eine Mühle stand natürlich am Wasser. Die unerbittliche Feuchtigkeit des Salzkammergutes hatte an dem Gebäude seit Jahrhunderten ihre Wirkung getan. Es wäre billiger gekommen, den Kasten abzureißen und ein neues Haus zu bauen. Doch das war undenkbar für Hilde; Geist und Atmosphäre der Mühle sollten im Ursprung erhalten bleiben. Dafür flossen die Zehntausenden, die sich bald zu Hunderttausenden addierten.

David machte bei allem mit Freuden mit. Nach dem jahrelangen unentwegten Umherziehen an ihrer Seite, manchmal zusammen mit Hilde auf der Bühne, immer öfter aber im Halbdunkel der Hinterbühne oder in der Garderobe auf sie wartend, sehnte auch er sich nach einem Heim. Das Projekt *Mühle*, ihre gemeinsamen Pläne und Träume taten der Liebe gut, belebten ihre Beziehung. So warm, so innig, so zärtlich und hingebungsvoll war ihre Gemeinsamkeit nie gewesen wie in den Jahren, als sie die geliebte Bruchbude vor dem Zusammenbruch retteten.

Die meisten Arbeiten übernahm ein gewisser Manfred Großschädl, seines Zeichens größter Bauunternehmer der Region. Was Hilde und David nicht wussten, Großschädl nahm jeden Auftrag an. Er hamsterte sie sozusagen, was zur Folge hatte, dass er mit all seinen Arbeiten nicht nachkam.

Großschädls Männer begannen termingerecht damit, das Erdreich an den Außenmauern abzugraben, um die verrotteten Fundamente trockenzulegen, doch nach drei Tagen hatte Großschädl eine kritische Situation auf einer anderen Baustelle. Kurzerhand zog er seine Leute von der Mühle ab, schickte sie an den Krischort und ließ Hilde zwischen Erdhaufen und unverlegten Plastikrohren mit der Versicherung zurück, die verlorene Zeit später ruckzuck aufzuholen.

Dieser Vorgang wiederholte sich während der anderthalbjährigen Bauzeit gezählte siebzehn Mal. Ob Zimmerleute, Dachdecker oder die Klempner für die Dachrinnen, Großschädls Professionisten agierten wie Phantome. An einem Tag vor Ort in Traunkirchen, waren sie am nächsten wieder mit unbekanntem Ziel verschwunden. Nachdem sich die Renovierung bereits um Monate verzögert hatte, stellte

Großschädl die Arbeit zu Beginn der Frostperiode ganz ein. Nächsten Frühling, versprach er, werde die Mühle ruckzuck fertiggestellt.

Hilde und David bekämpften ihre Enttäuschung, Wut und Ungeduld damit, dass sie im Inneren des Hauses selbst Hand anlegten. Sie begannen, die Wände zu streichen, und stellten fest, dass der Verputz beim Ausmalen von den Mauern bröckelte. Sie bürsteten die historischen Holzbalken liebevoll, nur um später von Großschädl zu hören, dass die Balken den Vorgaben der österreichischen Brandschutzverordnung folgend feuerfest ummantelt werden müssten. Der erhoffte Zufluchtsort, ihr Projekt der Liebe, brachte den beiden Wahlösterreichern ein Jahr voller Ärger, schlafloser Nächte, Geldsorgen und Magengeschwüren ein.

Aber irgendwann war die Mühle in Traunkirchen tatsächlich vollendet. Das Dach saß keck auf den feuerfesten Balken, Schimmelpilz und Schwamm hatte man besiegt, die Böden versiegelt und das Ganze nach Hildes Vorstellungen möbliert. Sie und David waren sehr zufrieden, glücklich, sie verbrachten einige friedvolle Jahre in dem Haus. Hilde glaubte fest an die Beständigkeit ihrer *Burg* und titelte für David den Text ihres berühmten Liedes um: *Von nun an ging's bergauf.*

Die Mühle war nur eine von vielen *Baustellen,* auf denen Hilde und David in jener Zeit schufteten. Die Knef spielte wieder häufiger in Filmen und auf der Bühne, sie gab Konzerte, nahm Platten auf, ging auf Tournee, schrieb ihre Autobiografie weiter. Sie war zum Arbeitstier geboren, das im Rampenlicht stehen musste.

Für David traf das Gegenteil zu. Seit 1962 hatte er seine Karriere als Schauspieler, Regisseur und Journalist praktisch an den Nagel gehängt. Hilde war der kreative Motor ihrer Beziehung, der weibliche Tausendsassa. Er akzeptierte das und sah es als seine Aufgabe an, die Stolpersteine aus dem Weg zu schaffen, die Hilde an ihrer Kreativität hinderten. Was er tat, tat er für sie und aus vollem Herzen. Ihre Beziehung blieb perfekt, solange beide vor Arbeit nicht wussten, wo ihnen der Kopf stand. In diesem Zustand waren sie ein Team, ein perfektes Paar und blieben Jungverliebte über viele Jahre.

David übersetzte Hildes Bestseller *Der geschenkte Gaul* ins Englische. Das Buch wurde ein internationaler Erfolg. Da sie dadurch genügend Geld verdienten, schien der häuslichen Zufriedenheit in ihrer Mühle nichts mehr im Weg zu stehen.

Darin lag der Irrtum. Aufgrund des Erfolges mussten sie nicht mehr so viel arbeiten. Sie hatten nur noch füreinander und für Tinta da zu sein. David und Hilde, in dem riesigen Haus aufeinander losgelassen, dem anderen rettungslos ausgeliefert, und dazu Tinta, deren gesundheitliche Probleme von Jahr zu Jahr ernster wurden. Wie man Christina am besten helfen sollte, war oft Thema ihrer Auseinandersetzungen, aber es waren Scheingefechte, Stellvertreterkriege. Die Wahrheit lag darin, dass Hilde und David nichts mehr *zusammen* zu tun hatten. Sie kämpften nicht länger Schulter an Schulter ums Überleben und für gemeinsame Projekte.

David versuchte sich an eigenen Arbeiten, schrieb Drehbücher, spielte kleine Rollen, scheiterte und scheiterte wieder. Hilde versuchte, für ihn so hilfreich zu sein, wie er es jahrelang für sie gewesen war, aber sie gestand sich bald ein, dass sie nicht zur *Helferin* taugte. Hilde war ein künstlerisches Universum, sie produzierte in einem fort, ihre Kunstmaschine stand nie still. Zur Mentorin, zur moralischen Unterstützerin ihres Mannes zwang sie sich jedoch umsonst.

David und Hilde übersahen die Krise für einige Zeit, sie gingen darüber hinweg, bis sie feststellten, dass die Perioden von Streit und gegenseitigen Verletzungen häufiger geworden waren als die Momente der Liebe und des Verstehens. Irgendwann wussten beide nicht mehr, wehalb sie ihre Tage und Nächte überhaupt noch miteinander verbrachten.

Das endgültige Aus vollzog sich kurz und schmerzlos. In nur elf Minuten wurde die Ehe vor dem Kreisgericht in Wels geschieden.

»Ich will die Mühle nicht mehr«, gestand Hilde ihrer Freundin, einer Freifrau mit dem Spitznamen Putzi. »Ich werde sie David überlassen und möchte wieder nach Berlin ziehen. Viele Jahre sind vergangen. Mal sehen, was Berlin jetzt mit mir macht, wo ich *reifer* geworden bin.«

Darüber mussten beide lachen. So manche Veränderung mochte mit Hilde passiert sein, aber so etwas wie Reife konnte auch sie nicht an sich erkennen.

»Du hast noch so viele Sachen in Traunkirchen stehen«, gab die Freifrau zu bedenken. »Willst du die alle David überlassen?«

»Nicht im Traum. Antonio konnte mit meinen Einrichtungsideen ohnehin nie viel anfangen. Er hat sich nur nicht getraut, es zu sagen. Der ganze Krempel kommt nach Berlin.«

»Wer soll dir den Krempel denn nach Berlin schaffen?«, fragte Putzi, ihren eigenen Hintergedanken klug verbergend.

»Die Möbelpacker.«

»Du unterschätzt so einen Umzug, Hilde. Du überschätzt dich.«

»Was soll ich deiner Meinung nach machen?«

»Lass mich mal überlegen. Vielleicht habe ich eine Idee für dein Problem.«

Die Idee hieß Paul und hörte im Übrigen auf den schlichten Nachnamen Schell. Seinen beeindruckend langen Namen hatte Paul bei der Emigration in die USA abgeben müssen. Paul Rudolph Freiherr Schell von Bauschlott entstammte einem ungarischen Adelsgeschlecht, das auf das Jahr 1695 zurückging. Seine Familie hatte vor den Kommunisten 1949 die Flucht ergriffen und war in die Vereinigten Staaten geflohen.

Hildes kommender Umzugshelfer war fünfzehn Jahre jünger als sie. Er hatte zunächst keine Lust gehabt, seiner Freundin Putzi den Gefallen zu tun und der Knef behilflich zu sein. Erst nach mehreren Telefonaten sagte Paul zu.

Hilde hatte Hochachtung davor, wie gewissenhaft der frühere Freiherr, selbst gewohnt, andere für sich arbeiten zu lassen, ihre Übersiedlung in die Tat umsetzte.

»Du bist fünfzehn Jahre jünger als ich«, sagte sie, nachdem sich ihre Hochachtung in Sympathie verwandelt hatte.

»Fünfzehn Jahre, das ist doch nichts«, antwortete Paul.

Sie standen vor den Bergen von Kisten und Kartons, die aus dem Möbelwagen in die neue Wohnung in der Clausewitzstraße Nr. 4 hochgeschleppt worden waren. Von hier aus erreichte man in wenigen Minuten den Kurfürstendamm.

»Das sagt man am Anfang immer, dass der Altersunterschied nichts bedeutet«, erwiderte Hilde, gewohnt, kein Blatt vor den Mund zu nehmen.

»Für eine Frau, die so erstklassige Lyrik schreibt, bist du ganz schön prosaisch.« Er strich die Locke aus der Stirn, die immer ein bisschen zu lang war, weil er kaschierte, dass ihm trotz seiner relativen Jugend die Haare ausgingen.

»In Liedern und Texten kann man träumen«, gab sie zurück. »Da muss man sogar träumen. Aber im wahren Leben sollte man das lieber bleiben lassen.«

Mitten in dem Chaos setzte sich Hilde auf einen Kistenstapel. Wie eine Königin thronte sie vor dem nicht besonders hochgewachsenen Freiherrn.

»Heißt das, du willst mich, deinen Umzugsaristokraten, entlassen, nur weil ich jünger bin als du?«

Der *Umzugsaristokrat* brachte sie zum Lachen. »Wenn du mein Umzugsaristokrat bist, warum hilfst du mir dann nicht, die Clausewitzwohnung einzurichten?«

»Ich soll also noch weiter versklavt werden?« Erschöpft von der Plackerei, setzte er sich vor Hilde auf den Boden.

»Warum nicht?« Mit dem Knie stieß sie zart gegen Pauls Rücken. »Für einen Sklaven besitzt du erstaunlich viel Geschmack. Die Möbel aus der Mühle passen nur zum Teil hier rein. Ich werde mich in nächster Zeit häufig in Antiquitätengeschäften, beim Trödler und an Orten aufhalten, wo man anständige Sofas kriegt.«

»Ein Sofa wäre jetzt genau das Richtige«, seufzte Paul.

»So wie du da am Boden sitzt …« Hilde gluckste vor Lachen. »Hast du nichts von einem Freiherren, du wirkst eher wie mein persönlicher Hofnarr.«

Den Hofnarren wollte Paul nicht auf sich sitzen lassen, stand würdevoll auf und küsste Hilde zum ersten Mal auf den Mund.

Kurze Zeit später schenkte sie ihm eine goldene Kette

mit Kreuzanhänger, die der katholische Ungar nie wieder abnahm. Sie gestanden dem anderen, sich unwiderrufbar ineinander verliebt zu haben.

***

Für die Flitterwochen reisten sie auf die griechische Insel Lefkas, eher zwangsläufig, denn Hilde hatte ein außergewöhnliches Angebot angenommen. Viele Jahre nachdem sie sich in Hollywood kennengelernt hatten, war Billy Wilder auf sie zugekommen. Sie würden ihren ersten gemeinsamen Film zusammen drehen. Hilde spielte die Titelrolle – *Fedora.* Schauplatz der Geschichte sollte eine griechische Insel sein.

Die Story war ein typischer Wilder-Plot, mit dem er allerdings seinen oscargekrönten Film *Sunset Boulevard* plagiierte, eine Geschichte über Alter, Vergänglichkeit und den verzweifelten Versuch, den Verfall des Lebens aufzuhalten. Vielleicht weil diese Themen Hilde so nahegingen, gestaltete sich die Arbeit mit Billy Wilder schwierig.

Laut Drehbuch lebte der alternde Weltstar Fedora zurückgezogen auf Korfu. Beim Besuch eines Filmproduzenten präsentierte sich die inzwischen siebenundsechzigjährige Frau jedoch jugendfrisch und voll Liebeshunger. Begleitet wurde sie von einer alten Gräfin im Rollstuhl und einem Schönheitschirurgen, der das Wunder ewiger Jugend bei Fedora scheinbar zustande gebracht hatte. Je weiter sich die Story entblätterte, desto klarer wurde, dass die zeitlose Fedora in Wirklichkeit von deren unehelicher Tochter dargestellt wurde, die dem Weltstar wie aus dem Gesicht geschnitten war. Die Gräfin im Rollstuhl dagegen gab sich am Ende als die wahre Fedora zu erkennen, die bei einer Schönheitsoperation entstellt worden war und nach einem Schlaganfall im Rollstuhl saß.

Eine grausame Geschichte, doppelt grausam für Hilde, die für die alte Frau täglich eine Spezialmaske aufgeklebt bekam. Bei der glühenden Hitze auf der Insel hinterließ die Gummiflüssigkeit Spuren in ihrem Gesicht. Vom tagelangen Sitzen im Rollstuhl bekam sie Rückenschmerzen und musste behandelt werden.

Ihr Verhältnis zu Billy Wilder verschlechterte sich immer mehr. Lag es an der Rolle? Lag es daran, dass Hilde in ihren Flitterwochen war, eine jungvermählte Frau, die jeden Tag in eine Siebzigjährige verwandelt wurde? Lag es daran, dass Paul Schell häufig am Set auftauchte und *seinen Senf dazugab*, was Wilder ihm vorwarf? Wilders Vorwürfe gingen noch weiter. Dem Kameramann vertraute er seinen Ärger darüber an, dass alle Schauspieler ihr Bestes gaben, nur Hilde deutete in ihrem Spiel an, dass sie ihm einen Gefallen damit tat, in dem Streifen mitzuwirken.

Es mochte daran liegen, dass Hilde nur die zweite Wahl Wilders gewesen war. Der ganze Film fühlte sich wie *zweite Wahl* an. William Holden, der Star aus *Die Brücke am Quai* und *Sunset Boulevard*, litt unter Alkoholsucht. Keiner in Hollywood besetzte ihn noch. Trotzdem hatte Wilder ihm die männliche Hauptrolle anvertraut. Den Part der jungen Fedora sollte ursprünglich Faye Dunaway spielen, sie sagte ab. Die Schweizerin Marthe Keller war damals praktisch noch unbekannt. Aber für Hilde zählte am schlimmsten die Tatsache, dass Wilder ursprünglich Marlene Dietrich für den Part der alten Gräfin gefragt hatte. Seither war Marlene sauer auf ihren Freund, der es gewagt hatte, ihr die Figur einer Greisin anzubieten. Nun musste Hilde die Greisin spielen, und sie hasste jede einzelne Szene. Hasste die Hitze und die Stunden, die sie täglich in der Maske saß. Sie hasste es, dass ihr junger Ehemann sie so sehen musste. Es kam ihr vor, als ob Paul täglich vor Augen geführt bekam, wie seine Zukunft mit der alternden Hildegard Knef aussehen würde.

Trotz der Tortur reisten sie und Paul im Frühling darauf mit großen Hoffnungen zu den Filmfestspielen nach Cannes. Vielleicht hatte Henry Fonda, der einen winzigen Gastauftritt in *Fedora* hatte, Hilde einen Floh ins Ohr gesetzt, als er ihr beim Drehen zusah und sagte, sie würde *oscarreif* spielen. Machte sie sich wirklich Hoffnungen auf den begehrten Preis?

Der Film war eine Katastrophe. Er strahlte das Unglück, das Hilde während der Dreharbeiten erlebt hatte, förmlich aus. Er wirkte altbacken, hatte keinen richtigen Schluss, wenig Spannung, schlechtes Licht und magere schauspielerische Leistungen. Die einhellige Meinung lautete, dass Wilder, der Altmeister der Hollywood-Komödie, alt geworden war. Obwohl Billy Wilder fast hundert wurde und im selben Jahr wie Hilde starb, sollte *Fedora* sein vorletzter Film sein.

In Cannes musste Hilde außerdem feststellen, dass Wilder sie synchronisieren hatte lassen. Den Oscar bekam eine Schauspielerin aber nur, wenn ihre eigene Stimme zu hören war. Nach dem Debakel des Filmes blieb der Oscar für immer ein unerfüllter Traum. Enttäuscht kehrte sie nach Berlin zurück, um ihre neue Liebe zu leben, die neue Ehe, und um möglichst rasch mit neuen Projekten zu beginnen.

26.
TAUSEND ROSEN

Hilde zupfte ein Salatblatt aus ihrem Fladenbrot. »Was meinst du, wie viele Menschen sind glücklich, weil du lebst?«

»Wie bitte, was?« Tobias kaute. »Darüber habe ich noch nie nachgedacht.«

»Was glaubst du, wie viele Menschen glücklich waren, weil ich gelebt habe?«

»Meinst du das im Ernst, oder ist das der Text zu einem deiner Songs?«

Sie packte das Brot in die Alufolie zurück. »Auf meiner langen Wanderung habe ich irgendwann vergessen, mir diese Frage zu stellen.«

Sie saßen auf den Stufen des verwaisten Babylon-Kinos. Alles war dunkel, kein Mensch in der Nähe, selbst die Nachtschwärmer, die sonst auf diesem Weg von Mitte nach Prenzlauer Berg flanierten, schienen einen anderen Weg zu nehmen.

»Was sagen die Leute heute, wenn man den Namen Hildegard Knef ausspricht?«

Tobias dachte an Marlou, die den Ausdruck *Naziblondchen* verwendet hatte. Doch das stimmte nicht. Die meisten Leute assoziierten mit Hilde … die roten Rosen.

»Sag's schon«, forderte sie ihn auf. »Es sind die Rosen. Habe ich recht?«

Konnte sie Gedanken lesen, oder war die Antwort so offensichtlich?

Hilde streckte sich. »*Für mich soll's rote Rosen regnen,* singt dir jeder vor, sobald er meinen Namen hört. Der Song ist mein Markenzeichen geworden, meine Kennmelodie. Und das finde ich doch ziemlich bedenklich.«

»Was ist bedenklich daran, den Menschen Lebensmut zu schenken? Denn nichts anderes ist dieses Lied, ein Mutmacher.«

»Weißt du, was das Lied in Wirklichkeit ist? Selbstgefällig. *Für mich soll es – Für mich, für mich – Ich, ich, ich.* – Was habe ich denn für andere getan? Immer nur an mich gedacht, meine Karriere, mein Publikum, meine Krankheiten.«

Tobias hielt dagegen. »Dir wurde die Karriere oft schwer gemacht. Du hattest tödliche Krankheiten zu überwinden.«

»Sicher hatte ich es schwer, so wie jeder Mensch im Leben. Mein Beruf ist kein Zuckerschlecken, trotzdem habe ich viel Geld damit verdient. Wenn man's zusammennimmt, Millionen. Und was habe ich damit gemacht? Verschleudert, verplempert, rausgeschmissen. Allein mit den Einnahmen vom *Geschenkten Gaul* hätte ich zum Beispiel eine Stiftung gründen können und Leuten helfen, die Brustkrebs haben oder Meningitis oder einfach nur ein schweres Leben. Viele Leute mit Geld tun so etwas. Aber die Knef macht das nicht. Die Knef lebt im Adlon und jammert rum, dass ihr das Geld ausgeht.«

»Hilde, was ist denn auf einmal los mit dir?«

»Abschied ist los, mein Kleiner. Die Knef nimmt Abschied. Die Geisterstunde ist vorbei. Was dachtest du, wie das vonstatten geht? Romantisch wie bei *Cinderella*, wenn der Prinz Abschied nimmt und sie sich in Aschenputtel verwandelt?«

Tobias hob den Kopf und las die fragmentierte Buchstabengruppe über sich: N-E-F – SPEKTIVE. Die restlichen Lettern waren schon abgenommen worden. »Du bist aber kein Aschenputtel. Und ich kein Prinz.«

»Natürlich nicht.« Hilde lachte überrascht. »Der Prinz bin ich.«

»Und das Aschenputtel bin in dem Fall dann wohl ich?«

Sie musterte ihn mit schiefgelegtem Kopf. »Sieh dich mal an, in deinem ausgebeulten Mantel, mit den verdreckten Latschen und dem T-Shirt, das dringend gewaschen gehört. Du bist die perfekte Besetzung eines männlichen Aschenputtels.« Sie knüllte das Falafelpapier zusammen. »Wer tot ist, der hat nur einen einzigen Wunsch.«

»Das würde mich jetzt interessieren, was für einen Wunsch jemand hat, der tot ist.«

»Man wünscht sich, ein Lächeln auf den Gesichtern der Menschen zu sehen. Menschen, die ich geliebt habe. Menschen, die ich nie gekannt habe. Tragen sie ein Lächeln, wenn sie über mich sprechen? Oder bleiben ihre Gesichter ausdruckslos?«

Tobias überlegte, dass Hildes Tod fast zwanzig Jahre zurücklag. Konnte man erwarten, dass ihr Name noch ein Lächeln auf Gesichter zauberte? Sie hatte recht, diese Frage zu stellen, und unrecht zugleich. Hilde hatte ein pralles Leben geführt, war erfolgreich und berühmt gewesen, hatte den Menschen aber auch Niedergang und Schicksalsschläge nicht vorenthalten. Sie hatte viele Lieder hinterlassen, im Grunde aber nur ein einziges Lied. Reichte das nicht? Ein Mensch, ein Lied, das für immer in Erinnerung bleiben würde. Hildes Song über die Rosen hatte die Qualität eines Volksliedes, es wärmte die Herzen, auch heute noch.

Tobias spürte, dass es Zeit war. »Wollen wir hineingehen?«

Sie beugte sich zu ihm und gab ihm einen Kuss auf die Wange. »Danke«, sagte sie, ungewohnt zärtlich für die raue Berliner Distel.

»Ich habe dir zu danken.«

»Ich kann ihn nicht länger warten lassen.« Sie trat auf die Schwingtür zu.

»Wen?«

»Gregory natürlich.«

»Glaubst du, er wartet immer noch?«

Die Schwingtür schwang nicht auf, weil sie abgesperrt war. Was kümmerte Hilde eine Schwingtür? Schon standen die beiden im Foyer des Kinos. Aus dem großen Saal hörte man gedämpfte Filmgeräusche. Welcher Film mochte es sein?

Tobias legte die Hand an den Türgriff zum großen Saal. Er zögerte.

»Was ist?« Sie war dicht hinter ihm.

»Ich bin traurig.« Sie sahen einander in die Augen. »Wie oft erlebt man so eine Nacht wie diese?«

»Nicht sehr oft.« Sie zog den Blazer aus. »Tja, siehste, da habe ich also schon wieder einen Menschen traurig gemacht.«

»Ich bin traurig, weil ich glücklich bin. Weil du mich glücklich gemacht hast.«

»Das ist schön.«

Tobias umarmte Hilde. Er streichelte ihr Haar, ihren Rücken und spürte, dass auch sie seine Nähe suchte. »Du bist wunderbar«, flüsterte er.

»Hör doch auf. Blöder Kerl.«

»Ich hab mich in dich verliebt.«

»Das gibt sich wieder, glaub mir.«

Umarmt standen sie da.

»Hast du keine Freundin?«, fragte Hilde.

»Nicht im Moment. Marlou wäre vielleicht … Ich weiß nicht.«

»Sei nett zu Marlou. Nett sein ist eine wunderbare Sache. Man fühlt sich nachher immer besser.«

Sie küssten sich noch einmal. Zum letzten Mal.

»Jetzt aber los.« Hilde betrat den Saal des Babylon-Kinos.

Geblendet sah sie nur die knallhelle Leinwand. Überall glitzerte es, man befand sich schließlich am Mittelmeer. Gregory Peck stand immer noch auf dem Segelboot, hielt sich am Mast fest und hatte den unverwechselbaren Gregory-Ausdruck.

Nachdem sich Hildes Augen an das Halbdunkel gewöhnt hatten, bemerkte sie, dass noch andere Leute im Kino waren. Viele Leute sogar. Verdammt noch mal, der Laden war ja brechend voll! Gab es so viele Berlinerinnen und Berliner, die sich um ein Uhr nachts *Schnee am Kilimandscharo* anguckten?

Der einsetzende Applaus traf sie wie ein Schlag. Die Leute klatschten wie verrückt. Wieso standen sie auf, all diese Leute im Kino und applaudierten? Hilde war wie erstarrt, zugleich erwachte in ihr das alte Zirkuspferd. Wenn geklatscht wurde, musste sich jemand verbeugen. Hilde verneigte sich vor den Menschen. So ein Empfang, man kam sich richtig wichtig vor.

Sie tat einen Schritt ins Kino hinein. Plötzlich wurde ihr ganz fahl im Magen. Das waren nicht irgendwelche Leute! Sie kannte diese Menschen, jeden einzelnen von ihnen!

»Na, Kleene, jetzt haben wir's beide hinter uns.« Das war Hans Albers, der blonde Hans. Heute stimmte es, er hatte sein allerschönstes Toupet aufgesetzt. Kumpelhaft klopfte er Hilde auf die Schulter.

»Danke, Herr Albers.«

Hinter ihm lehnte ein anderer lässig an der Stuhllehne. »Du machst Sachen, Hilderl. Die halbe Nacht in Berlin herumstrawanzen, gehört sich das?«

»Otto, bist du das?« Sie erkannte O.W. Fischer. Sie waren nur in einem einzigen Film zusammengekommen. Damals hatte Hilde die erotische Aufregung nicht begriffen, die um O.W. gemacht wurde. Natürlich war er fesch, dabei aber klug und schrecklich menschenscheu.

»Hallo«, grüßte Hilde zurück.

Hier musste die österreichische Ecke des Babylon-Kinos sein, denn hinter Fischer winkte Willy Forst, und neben ihm schnäuzte sich Herr Großschädl in ein riesiges Taschentuch.

»Ruckzuck!«, rief er Hilde zu.

Der Appaus dauerte schon so lange, irgendwann mussten die Leute doch müde werden. Hilde taumelte durch den Mittelgang weiter.

Auch Tyrone war gekommen. Der schöne, unwiderstehliche Tyrone Power besuchte das Babylon. Wie traurig war das, dachte sie, dass er kaum älter als fünfzig geworden war. Sein Lieblingslied *Enjoy yourself, it's later than you think* hatte durch seinen frühen Tod einen bitteren Beiklang bekommen. Tyrone starb während einer Fechtszene, das passte zu ihm. Er, der *Im Zeichen des Zorro* jeden Bösewicht mit seinem Degen durchbohrt hatte, musste in seinem letzten Film einen simplen Schwertkampf ausführen, erlitt dabei einen Herzinfarkt und starb noch am Set.

Hilde umarmte Tyrone, den Geliebten, und sah in seine schönen braunen Augen. Er zwinkerte ihr mit markigen Brauen zu.

Da saß Billy Wilder. War er noch böse auf Hilde? Sie hatte ihm damals den Film geschmissen, obwohl es da nicht viel zu *schmeißen* gab. Jeder drehte mal gute und mal schlechte Filme. Billy Wilder waren die berühmtesten Komödien des 20. Jahrhunderts gelungen. Er war ein *Ewiger*, ein für immer Geliebter. Wenn es in hundert Jahren noch Kino geben sollte, würden die Leute immer noch über *Some like it hot* und *Das Appartement* lachen und weinen.

Billy nahm die Zigarre aus dem Mund. »Marlene kommt ein bissl später«, krächzte er.

»Marlene kommt auch her?«, rief Hilde über den Applaus hinweg.

»Aber erst am Schluss. Marlene taucht immer als Letzte auf.«

Hilde drehte sich um. Wo war Tobias geblieben? Dort stand er an der hinteren Tür. Das war Hildes Applaus. Da wollte er nicht stören. Was für ein Aufwand, und alles für sie?

Ewald von Demandowsky ließ es sich nicht nehmen, ihr ebenfalls die Ehre zu geben. Auch die gute Frau Bongers und Barlog, der wunderbare Regisseur. Sogar Oskar Werner. Er sah lustig aus mit seinem blonden Haarschopf, der so unordentlich zu Berge stand. Oskar Werner trompetete mit seiner unverwechselbaren Stimme durch den Saal.

»Spült's irgend an Tusch für die Hilde!«

Und wirklich erklang ein mächtiger Tusch. Woher kam

die Musik? Aus der Ecke vor der Bühne. War das die Möglichkeit? Ihre alte Band hatte sich zusammengefunden. All die coolen Burschen aus den siebziger Jahren, die Hilde bei ihren Konzerten begleitet hatten. Der Meister strich sein weißes Haar zurück, der gurkengrüne Schlagzeuger, begleitet von Trompeten und Posaunen, spielte den gewünschten Tusch.

»Hallo«, rief Hilde, mit einem Mal ganz kleinlaut, weil sie so glücklich war. Ihr diese Freude zu machen, war ein herrliches Geschenk.

Obwohl ein Tusch keine besonderen kompositorischen Fähigkeiten erforderte, tauchte Hansi beim Orchester auf. Er lachte und freute sich und lachte weiter, weil er Hilde so gernhatte.

Hinter der Band, im Halbdunkel stand einer, über den Hilde ein wenig erschrak. Weil die Liebe immer auch etwas Erschreckendes hatte. Die Liebe fühlte sich in diesem Fall so groß, so unfassbar an und blieb es für alle Zeit. Wohin das Leben sie auch getrieben haben mochte, die Liebe für David würde immer bestehen. Tränen traten ihr in die Augen. Wie sanft er war, wie gut und schön, dieser Antonio Palastanga, wie viel sie ihm verdankte. Die Liebe floss von Hilde hinüber zu ihm und wieder zurück. Es war ein Moment für die Ewigkeit.

Paul drängte sich nicht vor, das tat er nie. Er saß in der zweiten Reihe und sah sie lächelnd an. Auch ein Mensch, von dem sie nur Gutes erfahren hatte. Paul überlebte sie, natürlich, das war ihnen von Anfang an klar gewesen. Die meisten, die sich im Babylon versammelt hatten, waren tot. Und lebten doch weiter, das war das Besondere dieser Nacht.

»Tinta schickt Grüße«, rief Paul. »Sie ist in Südamerika.«

Hilde hätte Tinta gern gesehen, aber so war das mit Kindern. Manchmal schafften es ausgerechnet die eigenen Kinder nicht bis ins Babylon-Kino.

Sie sah sich unter den vielen Menschen um. Was für ein Privileg, sie gekannt, ihre Begabung erlebt, mit ihnen gearbeitet zu haben. Was für ein Reichtum war ihr geschenkt worden. Sie brauchte sich keine Sorgen zu machen, ob Menschen glücklich waren, weil sie gelebt hatte. Jeder, der lebte, brachte Glück und Unglück, und am Ende floss alles zusammen zu Sternenstaub, zu dem Stoff, der das Universum zusammenhielt. Das hörte sich verblasen an, dachte sie, so wie einige Texte von mir, aber an so einem Abend wurde man eben sentimental.

»Na, wirste sentimental?«, fragte die berühmteste hauchige Stimme der Welt.

»Marlene? Du hast es geschafft.«

»Hast du etwas anderes erwartet?« Die Dietrich wischte ihrem Schützling eine Träne aus dem Augenwinkel. »Du bist immer noch so nah am Wasser gebaut.«

»Ich war viel zu weich für den Beruf.«

»Und zugleich ein Elefant.« Marlene zeigte zur Leinwand. »Jetzt mal los. Wie lange soll er denn noch warten?«

Hilde verstand, wen sie meinte. »Recht hast du.« Sie ging die letzten Schritte auf die Leinwand zu. Geduldig stand Gregory auf dem Segelboot.

»Hallo«, sagte Hilde. »Entschuldige, dass es so lange gedauert hat.«

Gregory gehörte zweifellos zu den Ewigen dieser Stunde, aber ihm stand immer noch nur ein einziger Satz zur Verfügung. Der Satz aus *Schnee am Kilimandscharo*, der jetzt drankam und immer drangekommen war, seit dieser Film die Leinwand erblickt hatte.

»*Nein? Dann verrate mir mal, warum du glaubst, dass ich nicht fahre*«, sagte Gregory Peck, ganz in der Rolle.

»Du bist mir schon einer«, lachte Hilde und schwang sich über die Brüstung. »Könntest dir auch mal einen neuen Satz einfallen lassen.«

Mit einem Mal war es vollkommen still im Babylon-Kino. Die Ewigen waren dorthin entschwunden, wo man sie immer finden würde, im Gedächtnis von uns allen. In unseren Erinnerungen, in den Momenten, wenn wir uns freuten, dass das Leben größer war als der Alltag, größer als die Not, sogar größer als der Tod. In diesen Momenten brauchten wir sie. Und sie kamen jedes Mal hervor und beschenkten uns.

In der Stille, die dem Applaus folgte, schwamm Hildegarde Neff auf das kleine Boot zu, wo Gregory Peck sie erwartete. Sie sprach die Textzeile, die im Drehbuch stand, und alles stimmte wieder. Gregory lehnte sich zurück und sah zu, wie Hilde abtauchte und im tiefblauen Wasser der Côte d'Azur verschwand.

Zum Abschied hob Tobias die Hand. »Leb wohl.«

Den Rest des Filmes wollte er nicht mehr sehen. Er kannte *Schnee am Kilimandscharo* besser als jeder andere in Berlin.

Tobias ging in die Nacht hinaus. Er schlug den Kragen des Halbmantels hoch. Zwei Uhr früh, es wurde kühl. In ein paar Tagen, da war er sicher, würde der Frühling kommen, er freute sich auf die Kirschblüte in der Lottumstraße. Was für eine einmalige Nacht, was für eine unerwartete Freundschaft, eine unverhoffte Liebe.

Erst nach einer Weile fiel ihm auf, was er da leise vor sich hin sang. Es war, wie Hilde gesagt hatte: Niemand vergaß diese Melodie. Wann immer das Lied von den roten Rosen erklingen würde, war Hilde da. Dann würde man an sie denken. Für immer.

****